アラビアの夜の種族 I

古川日出男

角川文庫
14321

総目次

はじめに明記するけれども、これはぼくのオリジナルではない。The Arabian Nightbreeds の英訳（無署名、発行所不明）を底本にして、できるかぎり粉飾的な日本語化を意図した。おおかたの日本人がイスラーム世界になじみが薄いであろう現実に配慮して、しばしば訳註を挿入したけれども、それが逆効果となって口やかましいと感じられなければいいなと思う。もっとも、この訳註に関してはいろいろと力不足です。およそ過去一世紀半、この作品の拡散のために翻訳をおこない、校訂と改訂、創造的な補筆にはげんで各国語版を発表してきた——あるいは海賊版を発行してきた——先達たちの一般例にならって、いっさい署名は拒まない。その文脈で理解するかぎり、これはぼくの四冊めの著作である。

目次

聖遷暦《ヒジュラ》一二一三年、カイロ

i

アイユーブという若者を紹介したい。キリスト教の洗礼名でいえばヨブ、しかしこの若人《わこうど》――すでに成人と呼ぶべき年齢だが、見た目はほとんど十六、七の少年のまま――は篤信家の族長などではなくて奴隷である。とはいえ、みずからエジプト人の奴隷を有《も》てるほどの奴隷であった。

われわれが奴隷ということばに抱《いだ》いているイメージは、かの地では覆される。読者はこれを理解されたい。アラビア語でミスルとかマスルとか称されているエジプトは（正確にはカイロ方言でマスルと呼称される）奴隷たちが支配者として君臨していた時代を数世紀にわたって存在させている。これらの支配階級にある奴隷をマムルークといい、高度に訓練された軍人集団としてイスラームの歴史に登場した。そもそもは聖都の守備隊、教主《ハリーファ》の身辺警護として大量購入された白人奴隷たちで、ロシア南方のグルジアなり、アルメニアなりの、アラブ世界のさまざまな辺境を出生地とする。

だが、これはなんという奴隷だろうか！　なんと驚嘆すべき身分と制度か。彼らは教育を受ける。アラビア語を学びイスラーム法を学び、馬術と槍術《そうじゅつ》、弓術などの訓練を徹底してほどこされる。虐待されることはない。彼らは高価な財産であり、そのために相応の待遇《あつかい》を受ける。たとえキリスト教徒であっても、主人から棄教（とイスラームへの入信）を強いられることはない。信仰の自由は保障されていて、本人が望むのならば結婚することもいずれは可能。さらに将来的には、イスラーム法にもとづいて、奴隷の境遇《みのうえ》から解放されるばあいもありうる。そのさいには過去の教育をいかして、一流の騎士や学者に育ちもする。

エジプトでは六三〇年代後半からおよそ十年間（西暦での一二四〇年代にあたる）にわたりシリアまでをも統治した君主《スルターン》のサーリフが奴隷軍団を導入して、ナイルの川中島であるローダ島に兵営を置いて高度な教練をほどこし、ことあるごとに重くもちいた。ほぼ一千騎の精鋭部隊に編制されたマムルーク騎士たち――トルコ人を中心とする――は、ルイ九世の十字軍を撃破し、君主《スルターン》の死後にはその長子（トゥーランシャー、聖遷暦六四八年歿）の殺害によって実権を掌握し、さらにシリア領内に進軍してきたモンゴル軍をも撃破すると政権の簒奪《さんだつ》者として表舞台に飛びだした。マムルークによる独立王朝の出現である。

ここでもまた、われわれの王朝のイメージは覆される。この王朝には世襲制はない。ひとりの君主《スルターン》が退位すれば、つぎの君主《スルターン》として吹挙されるのは前王が召しかかえていた奴隷のだれかである。子息のあいだから選ばれることはない。

しかし――王位の継承される血統《ちすじ》というものを否定し――つねに外部の血を導入してきたこの制度が、マムルークの王朝につきぬ活力をあたえてきた。

二百六十年あまりが経ち、オスマン帝国にやぶれて王朝が瓦解《がかい》したのちも、マムルークは依然エジプトの特権階級でありつづけた。オスマン帝国が派遣する総督《パシャ》は正規軍を統制せず、けっきょくは軍事力をその意のままとする知事《ベイ》たちが実質的な支配者となった。そして――これらのベイたちはマムルークの首長《アミール》で、その戦力もマムルークの騎馬部隊にほかならなかった。

そのころ、二十三人のベイがいた。だれもが子飼いのマムルークを養成して、おのれの権力を盤石の固きにおこうと日々心を砕いていた。購入した奴隷にとって、主人はさながら養父。その養育には(徹底したエリート教育ゆえに)多額の費用がかかる。こうまでして育てあげられる奴隷たちは、まさに実子のように主人の側からも可愛がられた。優秀であればあるほど、むろん、その執心ぶりはつのる。マムルークには同性愛的な嗜好《しこう》があったともいい、両者の紐帯《ちゅうたい》にはあるいはこれも作用した。

主人に事《つか》える奴隷はときに主人の家系を名告《なの》る。富裕にして有力なベイは、奴隷商人との取り引きのさいには基準をなみはずれて高いものとし、もっとも資質ある少年を購入した。すでに眉目《びもく》秀麗にして屈強で、頭脳明晰《めいせき》な男児にかぎる。こうした男児の教育に金子《きんす》をそそいで、まれにはずれもあるにはあったが、忠誠心あふれる秀才の側近、万能の執事をこしらえた。

二十三人のベイの一員《ひとり》の万能の執事の筆頭がアイユーブだった。

この若者はコーカサス地方のチェルケス人の貧農から買いあげられたとして、齢《よわい》十一のときにイスマーイール・アリーの面前につれてこられた。イスマーイールはカイロの城壁の外側、イズベキーヤ貯水池の東岸に豪奢《ごうしゃ》きわまりない私邸をかまえるベイである。極上の品物としてアイユーブを披露する奴隷商人の口上は、一つとして偽りなきものとイスマーイール・ベイには思われた。その場で購入の手続きがなされ、奴隷商人にも、またアイユーブ本人にも高価な——宝玉類や珍奇な織物に衣裳といった——賚賜《たまもの》がふるまわれた。学校《タバカ》で教育を受けると、アイユーブはたちまち頭角をあらわした。まさに英才であった。武術の訓練はつねに一、二を争う成績で了《お》え、学問においては二年で高等課程にすすんだ。まるで即戦力、と感嘆され、教育の費用も安あがりとさらにイスマーイール・ベイに尊《たっと》ばれ、ことのほか可愛がられた。十四歳になった時点で従者として邸宅に控える存在となり、これより八年間で高位の地位にのぼりつづける。

護衛としても一級であった。

さて、読者はアイユーブとはいかなる人物であったか？　と問われるにちがいない。すなわち、主人公らしきこの若者の、性向、人品を知りたがるにちがいない。しかし、これについてはまだ述べる段階にはない。アイユーブの性格の描出にはひじょうな困難がともない、それには確乎《かっこ》たる理由があるのだが、いまだ語る場面ではない。よって、この若者、アイユーブの性情とか気性とはいかなるものか、なにを考えていたか――なにを考えているか――は、どのように行動するかを描写することで代替したい。

読者は善《よ》しとされたい。あるいは人間《ひと》には普遍的に「人間性」というものがあって、それを描写する……描写できると思って試みるのは、ただの錯誤《あやまり》であるかもしれないのだ。

一二一三年一月《ムハッラム》（西暦の一七九八年六月から七月）、イスラームの平安のうちに新年を祝っていたエジプトの首府カイロに、悪しき予感のような報知《しらせ》がもたらされる。目下は確然としたかたちをとってはいない。地中海沿岸のアレクサンドリアから情報がもたらされるには、この聖一月の十日（六月二十四日）をまたなければならない。だが、ある種のうわさは歴史的な時間にさきだって存在する。御用商人の口から、収税吏の口から漏れでたなどと附言されて、すでに無意識に滲透《しんとう》している。市場《スーク》では香料商人たち、銀器商人たち、絨毯《じゅうたん》商人たち、その他の商人たちが囁《ささや》きかわしている。寺院《モスク》では金曜日でもないのに日々の礼拝につどい来たった貧民たちが、信徒どうしの交流のなかで予感の手わたしをはじめている。街なかの菓子売りが、代書屋が、床屋が発信もととなる。目にも見えず鼻にも嗅《か》げない毒気《どっき》のように、それらは弘《ひろ》まる。二十五万の人口をかかえた東方随一の都城カイロの、隅ずみから毒気はたち昇る。

異教徒のわるい、わるい夢は聞いたか？

わしの胸さわぎに同感するって？

いやな予兆《しるし》ばかりがあらわれて――

夢だね。たしかに。

わしも見たよ。

霊智《マーリファ》と真理《ハキーカ》の高みにある聖者がひどい霊夢を目撃したそうだ。

あのスーフィー？

胸さわぎ、第六感、何度も顕《た》ちあらわれたと流布される凶兆……囁かれるのはそういうことだ。だれかが「十字軍」といい、だれかが「フランク族（ヨーロッパ人のこと）」とつぶやいたともつたえられるが、真偽はさだかではない。現在《いま》となっては。ともあれ、記憶が歴史（と歴史に属する過去）を創造するのならば、それもじゅうぶんに事実としてありうる。

この聖一月の一番めの旬間に、市井のあちこちで貧富貴賤《きせん》を問わぬ人びとが、かたちのない悪しき予感、うわさ、なにやら真実めいた流言に総毛だたせている。

そこに未来の記憶を感じとって。

事実はこうであった。異教徒はたしかにエジプトに対してなにごとかを為《な》そうとしていた。ヨーロッパから船団が迫ろうとしていた。すでに地中海をアレクサンドリアを指して航行ちゅうであった。しかし十字軍ではなかった。彼らに大義名分はなかった。カトリック的な教条とは無縁の、たんなる欲に駆られた侵掠《しんりゃく》軍であり、みずからをアレクサンダー大王になぞらえる青年将校に率いられていた。それは連戦連勝の将軍《パシャ》であって、いまやイタリアを征討して革命後の共和国民から圧倒的な支持を得ていた。

コルシカ島出身のフランス人、名をナポレオン・ボナパルトという。


精確な情報をつかんでいる者はいた。エジプトの内閣には、すでにマルタ島がフランス軍に占領されたとの報はつたわっている。しかし、だれかが焦っていたわけではない。すくなくとも表だっては。


さらに二十三人のベイについて詳述する。

エジプトは当時、オスマン帝国の属州にすぎず、地中海史にはほとんど地位らしい地位を占めていない。わずかに経済的繁栄でその重要度を保っていたが、それも往時の——独立王朝時代の——威光をすり減らすようにして破綻《はたん》にむかっている。すでに解説したように、オスマン帝国の任命する総督《パシャ》は有名無実であり、世俗権力はマムルーク階級（奴隷出身者とその奴隷）が握っている。エジプトはじっさいにはオスマン帝国から切り離されている。傀儡《かいらい》の総督《パシャ》（当時のパシャはアブー・バクル）を戴《いただ》いているのは、少数独裁の二十三人、政治的というよりも軍事的な指導者のベイたちだった。

彼らはだれひとりとしてエジプト人ではない。

異邦より来たった暴虐な圧政者にして、民衆の搾取者であり、自他ともにそれを認めている。

この物語の中心人物であるアイユーブの直属の主人、イスマーイール・ベイは、マムルークの名だたる首長《アミール》のなかでも指折りの実力者として、二十三人よりなるエジプトの内閣にその座を占めている。とはいえ、たがいに覇を競いあうベイたちのあいだにあっては正直、三番手か四番手といったところ。首位をめざしてはいたがおよばない。

内閣のなかで実権を握って後世の史書に名をのこしたのは、ムラード・ベイとイブラーヒーム・ベイ。気の早い読者のために附言すれば、フランス軍といわゆる「ピラミッド会戦」をおこなうのは前者である。この二人は表むきは手をむすんでいたが、なにしろ政治力を結集するための方策であって、いっかな協調などしていない。ようするに両者の関係は不信にいろどられ、隙あらばつけいろう、つけこもう、相手の足もとを見て、また逆手をとろうと虎視眈々《こしたんたん》としていた。

これについていえば、なにもムラード・ベイとイブラーヒーム・ベイのあいだだけのことでは全然ない。二十三人のベイたちの勢力図は、いつ何時《なんどき》でも塗り替えられる可能性を孕《はら》んで、陰謀劇は日常茶飯事だった。策略があり、ときに流血があり、武力はなによりものをいった。あるいは手持ちの財産《しんだい》があやうい均衡を生みだした。賄賂《わいろ》が往き来し、内通者はこの世の春を見た。発覚すれば地獄を見た。主人にせよ――そして臣下の側にせよ――変節があった。破約があった。寝返りをうつのはマムルークの習性でもあった。

エジプトの内閣の実状とはかようなものである。傀儡の総督《パシャ》、異邦人のベイたち、ひとりとして為政者の役割など果たさない。いっぽうに徹底して鍛えぬかれた一万騎超の騎馬部隊がいて、いっぽうに搾取されつづけながらもしたたかに生きのびる民衆がいた。

このエジプトの中世を終焉《おわ》らせようとする者たちが来る。海のかなたから。近代兵器で武装して。

正規の知事《ベイ》としての利権に拠《よ》って経済的基盤を築いたうえに、エジプトの立地条件をいかして多額の関税収入（紅海貿易、地中海貿易、さらに砂漠の隊商から）で私腹を肥やす彼らは、すさまじい財力を騎兵力に、みずからの権勢の誇示についやした。

だが、その配下の部隊は、いってみれば機能よりも美的に、倫理的に秀逸であることを志向した。倫理的、というのは中世的騎士道にもとづいているということである。マムルーク騎兵たちは捕虜になるのを最大の恥辱とし、闘いにおいては生か、死か、あるいは逃走かしか選ばない。じっさい、これらのマムルーク騎兵たちは、個人の力量においてはヨーロッパの騎兵などよせつけない。戦闘力といい、獰猛《どうもう》果敢な精神といい、騎士道に照らせば最強の軍隊であって、西洋の追随を許さない。さらに、この倫理的美を示威《じい》するように、彼らはあまりにも美しいアラビア馬、あまりにも美しい戦さ装束《いく》の数々、金銀や宝石を嵌《は》めこんだ武具《ぶぐ》、サーベルに槍《やり》に矛にイギリス製のカービン銃、三日月刀、一箙《えびら》の矢、三挺《ちょう》の拳銃《けんじゅう》で武装していた。中世的騎士道の観点から見て、これぞ天下無比の軍隊であって、だれも匹敵《かな》うはずはなかった。ましてヨーロッパ人は——ルイ九世に率いられてエジプト領内に進攻したフランク族は——十字軍時代に難なくイスラーム側に撃破されている。それもエジプトにおけるマムルーク階級の始祖たちによって。じつに五百数十年もむかしの戦捷《せんしょう》にすぎなかったが、この史実は誇りとともに記憶されていた。フランク族は弱腰であり、なんら力量はない。みすぼらしいだけの輩《やから》だと。

西洋の基準において「騎士道」は時代遅れであることを、想像だにしないでいた。近代戦のなんたるかなどわかるはずもなかった。

このようにして、ベイたちはおのれの財力をなによりも第一に麾下《きか》部隊を飾りたてるのにもちいた。ここで発揮されるのは美意識である。マムルークたちの美に対する見識はあらゆる側面で発現されて作用する。その洗煉《せんれん》をしもじもの者たちに見せつける。騎士としての（強者であることを示す）外観《いでたち》にのみならず、たっぷりとそそがれる。過去に例をとれば、マムルーク王朝が全盛であった時代、市壁に囲まれたカイロの都大路（業種別の市場がひしめいていた）の中心部バイナル・カスラインは君主《スルターン》によって無数の宗教施設、学術施設が建立される場となっていたが、それらの寺院《モスク》、学院《マドラサ》はどれをとっても（いまだに）諸階級の市民にイスラーム美術の粋を感じさせている。高位のマムルークはもっぱら自身の墓所に、イスラーム文化の葬祭建築の精華を導き入れようと資産を投じるのが一種の慣例《ならわし》だった。

エジプト史に登場して以来、マムルーク階級は美に耽溺《たんでき》していた。あるいは見栄もあっただろうが、ベイたちが競いあう権勢の誇示の第二の段階は、あらかた前述した原理に遵《したが》って展開する。すさまじい財力をいかに消費《つか》うか？　エジプト各地から搾りとった巨富を、なにに投入するか？　研ぎすまされたマムルーク流の審美眼はさながら射られた火箭《ひや》のように騎士道と芸術の王道にむけられている。領内随一の、さらに第二等、第三等、第四等のエジプトの富者たちは、ほとんど戯画化されたような美的浪費をおこなう。ある意味では頽廃《たいはい》的であり、しかしたしかに美しかった。

イスマーイール・ベイのばあい、芸術にむけられる鑑識眼は建築や貴石の蒐集《しゅうしゅう》、その他の一般的な対象物から岐《わか》れてひろがり、書物に対しても発揮された。

カイロには寺院《モスク》に附属した図書館が数多い。とはいえ、残念ながら管理はゆきとどかず、蔵書は年々消失をつづけている。書店はカイロ市内に数軒しかない。印刷本はいまだイスラーム社会に普及していないことを想起してもらいたい。すべてが手稿、手写本であり、これゆえ書物はおおかたが稀書《きしょ》だった。寺院《モスク》に収蔵された図書類が知識の象徴なら、個人の所有するそれは富の象徴にほかならない。金満家いがいに書物をもつことなど叶《かな》わず、なかでも豪華さをきわめる装飾写本の数々はほぼ排他的に彼らが確保した。

図書室をもつ豪商たちも見うけられた。写本の蔵書数を誇るために、豪商たちは邸《やしき》に図書室をしつらえる。一つの伝統ともいえた。さて、カイロ最大の図書室を有しているのはだれか？　これがイスマーイール・ベイであった。

おびただしい貴重な典籍をイスマーイール・ベイはかかえた。それらはなみの装飾写本ではない。極彩色あり、象牙《ぞうげ》細工あり、あるものには扉に翠緑玉《エメラルド》と風信子石《ヒヤシンス》と真珠が嵌めこまれて、一瞥《いちべつ》、息を呑《の》むほどに存在感にあふれる。その内側はといえば、端正なナスヒー体のアラビア文字で筆写された文章《もの》あり、その他の書体ありと、まさにイスラームのカリグラフィー（コーラン筆写によって発達した書道芸術を指す）のきわみであった。カリグラフィーの美しさは、一目《いちもく》、堪能にあたいした。

私蔵する書物をイスマーイール・ベイはもち腐れにすることはない。的確な鑑賞眼が働いたからこそ（いかに高額であろうとも）払うべきだけの金貨銀貨を支払って蒐集した稀書類であり、愛蔵はしても死蔵させるはずなどない。邸宅内に有した図書室に、イスマーイール・ベイは司書と呼ぶべきか、管理人と呼ぶべきか、専門の奴隷を七名配した。これが蔵書の保管もままならずにいる寺院《モスク》の附属図書館をおおいにひき離している美点である。書棚に陳列され、または函《はこ》や櫃《ひつ》に収納されている書物はのこらず、虫喰い等の傷みと腐蝕《ふしょく》を防いで万全に保存された。イスラームの図書類は冊子体には綴《と》じられず、専用の書物挟《ばさ》みに二葉、五葉とまとめて容《い》れられていることが多かったが、こうした類《たぐ》いの管理にも手落ちはなかった。あらまし完璧《かんぺき》な保存の態勢が、絢爛《けんらん》たる装飾写本の美を維持し、比《たぐ》いまれな富裕さの――むろんイスマーイール・ベイの権勢を表わすそれの――象徴と化していた。

内容よりも美術的な価値と得がたさに重きをおいて図書蒐集がなされたのは事実だが、ではイスマーイール・ベイがいっさい内容にこだわらなかったのかといえば、全然そうではない。じつに読書家であった。蔵書には詩歌集があり、種々の物語書《ものがたりぶみ》があり、そうしたものにもっぱら好んで親しんだ。これらの趣味を本人は高尚な種類に属するとみなしていたが、諒解《りょうかい》しやすい理由《わけ》によってこの個人的な見識は固められていた。現在、イスマーイール・ベイが二十三人の内閣のなかで三番手、四番手の地位にあまんじているのはムラード・ベイとイブラーヒーム・ベイの提携があるためだが（そして両者がエジプト内閣での首位にあるためだが）、なかでも武力に秀でる肥満体の大人《アミール》ムラード・ベイが、読み書きのできない無知、文盲であったのだ。

いかに内閣の実権を握ったと気焔《きえん》をあげていようとも、とイスマーイール・ベイは自身にいいきかせるのがしばしばだった、あのように智慧《ちえ》のない野郎《きゃっ》め、いずれはおれの知性に畏《おそ》れいるにちがいない。なにしろ野郎め、聖なるアラビア文字も読めぬのだから。

この優越感、この昂《たか》ぶりが、イスマーイール・ベイを書物に耽溺させる。

フランク族の脅威に対する見解でも、イスマーイール・ベイは他の二十二人とは異なるものをもっていた。表だっては同調し、よし異教徒どもが攻め来たったならば容易に蹴散《けち》らしてくれようぞと鷹揚《おうよう》に構えていたが、マムルーク騎馬部隊の能力について最大の疑念を懐《いだ》いていたのがイスマーイール・ベイにほかならなかった。

いかなる人物がイスマーイール・ベイの眼《まなこ》をひらかせていたのか。

直接には在カイロのフランス領事（おそらくはシャルル・マガロン）であり、間接には自身の側近ちゅうの側近として寵愛《ちょうあい》する万能の執事、若き奴隷《マムルーク》のアイユーブであった。すなわち、アイユーブの手引きによってフランス領事はイスマーイール・ベイとの密会を果たした。これは一二一三年の一月《ムハツラム》から半年以上さかのぼる。どのような会見がなされたのかは想像を逞《たくま》しゅうするしかないが、いずれにしてもイスマーイール・ベイはこの時点で近代的軍隊というものの漠とした像を知った。歩兵戦術ということばを知り、砲兵隊ということばを知った。実体はいっさい知らないが、これが騎士道の延長線上に存在する類いではないとは正確に理解した。不安の種が蒔《ま》かれた。正体不明のものは憂《うれ》わしい。おのれの尺度でじっさいの威力を推し量れないものは気がかりである。じつは、イスマーイール・ベイの内部《なか》にこの時点で播種《はしゅ》されたのは恐怖、あるいは恐怖に似ついた感情だった。しかし、しばらくは顕在化しない。

二度、三度と側近アイユーブの手引きによる会見はもたれた。

謀略と謀略の交錯でもあった。一部の史料記述から判断すれば、ナポレオン・ボナパルトは東方侵攻をそのフランスからの艦隊出港にさきだつこと一年半ほどまえから検討していたらしい。フランスの総裁政府《ディレクトワール》がエジプト遠征計画に着手するのは艦隊派遣の二ヵ月弱まえにすぎないが、ボナパルトは異なる。綿密に計画を練っている。すでに陥落したマルタ島に一年以上もまえから間諜《かんちょう》を送りこんで騎士団（かつて十字軍の中核となったマルタ島の宗教騎士団）を内部崩潰《ほうかい》に導いていたように――これはボナパルトのイタリア滞在時に実行にうつされた――エジプトにも同様の密偵は遣わされていた。オスマン帝国の君主《スルターン》の領土を広汎《こうはん》に情報蒐集してまわるフランス人旅行者たちがまず存在し、つたえられた地誌、政治状況、民衆の風俗等の詳細に拠って、密偵たちは動きだした。同時に在カイロのフランス領事も。

とはいえ、フランス領事とて、将軍ボナパルトの脳裡《のうり》になにが構想としてあったかは知る由もない。なんといっても総裁政府《ディレクトワール》の正式な訓令はエジプト遠征のじつに前月までないのだ。ただマムルークのベイたちの内側《ふところ》に入るよう依頼されていたにすぎない。ボナパルトの東方侵攻の構想はあまりにも突飛であり、夢のような冒険的計画すぎ、フランス領事に思いつくはずもない。そもそもエジプト遠征にはなんら根拠がない。なぜ、フランスの革命軍がコンスタンチノープルの君主《スルターン》の領地を征服しなければならないのか？　それは革命の大義とどう係わるのか？　むろん、係わりなどしない。見いだせる理由などあるはずもない。これは掠奪《りゃくだつ》戦争の発想にほかならない。

東方に、おのれの一大帝国を樹立したいと妄想する二十八歳の常勝将軍ボナパルトの。

壮大な夢。

しかし莫迦《ばか》げた夢。

その夢が歴史をひずませる。

背景はこうであった。ボナパルトによってエジプトに派遣された密偵たちは、伏在して、暗躍する。先達たちとおなじ風体の旅行者に扮《ふん》する者あり、商売人に化ける者あり。たちまわって、アイユーブに直隠《ひたかく》しに隠していたはずの正体を嗅《か》ぎつけられた密偵のばあいは、以下である。この密偵は貿易商のふりをして、じっさいに紅海方面から来た隊商と交渉までしていた。そして、できればエジプト内閣の有力な何某《なにがし》かとの渉《わた》りをつけたがった。商売上の利権のためと装っていた。カイロの政治的領域を――お題目をふりかざして――もっぱら奔走し、結果、イスマーイール・ベイの邸宅に出入りする商人たち、その品物と顔ぶれをとり捌《さば》いているアイユーブに面接が叶《かな》った。

すでに初対面の冒頭《あたま》の数分で、アイユーブの眼力はなにごとかを見透かした。間者としての務めが、この密偵の背骨や袖口《そでぐち》から臭気としてたち昇っているのを嗅ぎあてたのである。それは恐ろしい視線《まなざし》であった。年若さと洞察力の懸隔が、密偵を無自覚に顫《ふる》えあがらせた。

「間諜ならば間諜らしく」とアイユーブはいったという。「ほんとうの商売の話をしないか」

これを機に、両者、両陣営は接触する。

ようするに、密偵に懲罰はあたえられず、かわりに目的を遂行するための好機があたえられた。アイユーブがずぬけた直観でただちに計算を弾《はじ》きだしたのだが、フランク族の間者派遣という謎めいた動きは、その実態をだれよりもさきがけて把《つか》みとれば、かならずやイスマーイール・ベイを事情通として（二十三人からなるエジプト内閣のなかで）優位に立たせる。戦乱のような事態《もの》がちかづいたとしても、状況をもっとも的確に見わたせる無二無三の人物として、指導的立場に就かせるにちがいない。

これこそがアイユーブが即座に弾きだし、主人のイスマーイール・ベイに耳うちした計算であった。

いっぽうは暗躍するフランス系の一派をまるめこんで情報を獲《え》ようと策動したし、他方は――ボナパルトの私的な思惑、野望が派遣した間諜らの勢力は――接触がそのまま目的だった。ここで、それぞれの代表者、首脳どうしの密会は企図される。在カイロのフランス系の密偵らにとって、いちばんの公的権力者は総裁政府《ディレクトワール》が任命した領事だった。

だが、目論まれた会見は、なんと奇妙なしろものだったことか！　なにしろ焦眉《しょうび》の大目的というものがフランス側にはない。ボナパルトの夢想のいかなるものかを彼の密偵らは知らされていない。しかも、イスマーイール・ベイの側は知らされていない夢想の内容《なかみ》を探ろうとしている。いかにも奇天烈《きてれつ》な肚《はら》の探りあいがなされたであろうことは、まず、まちがいない。

史実はあるが、記憶はない。史家たちの記録はあっても、当事者たちの回想録はない。

さきに（この第一回めの会見について）想像を逞しゅうするしかないと書いたのは、この詳細の不明さに因《よ》る。双方の反応は再現しづらい。イスマーイール・ベイはいろいろとたずねたし、フランス領事はいろいろと答えた。なにを秘すべきか知らぬために、現在、革命によって共和制となった母国が全ヨーロッパを敵にまわしていること、にもかかわらず、破竹の勢いで快進撃をくり広げていることも領事は語った。だからこそわれわれと手をむすぼうという文脈のなかでであったが、軍隊の近代的装備と戦術についてもイスマーイール・ベイに概説したのである。

両者は、両陣営を代表する首脳は友人どうしとなっただろうか？　いやいや、全然そうではない。なんといっても処世術がちがいすぎる。そもそも往時のヨーロッパ人は一般的にいってエジプト暮らしの東洋人《オリエンタル》を怠惰で頽廃《たいはい》的な人種と見ていたし、いっぽうの東洋人は――つまりエジプト人、それから異邦出身のマムルークたちだが――エジプトに滞在するヨーロッパ人をひとしなみに卑劣で癇癪《かんしゃく》もちの輩《やから》と見ていた。たがいに異教徒であることは交流と款待《かんたい》のいっさいを欺瞞《ぎまん》に変えた。

つまるところ、文化のちがいはぜったいであって、東西は融合しない。

彼らは永久に相容れない。

この会見を描写するのは無駄なこと。

心裡《しんり》面については以上である。もっと現実的な収穫については、両陣営ともに満足に達するだけのものはあった。イスマーイール・ベイが惹《ひ》かれたのは、むろんフランスの軍事力であった。ボナパルトの間諜側はエジプト内閣の一員にひそかな手蔓《てづる》をつけられた。結果はだしたわけだ。しかも、イスマーイール・ベイは、第二回、第三回の会見の場ももうけた。信を置いた側近、アイユーブの助言を聞き容《い》れて、アイユーブの企画するままに奇妙な仏埃《ふつあい》の宴会はつづけられたのである。

聖一月の十日にあらゆる平衡がやぶられる。港市アレクサンドリアからの報《し》らせは続々とカイロにもたらされる。エジプトの首府に住まう政治的かつ軍事的な実力者たちに——また宗教的な指導者のもとにも——第一の凶報はもたらされる。

飛報はさかのぼること二日の出来事を告げていた。すなわち、この聖なる一月《ムハツラム》の八日、金曜日に、イギリス艦船がまず十隻、つづいて十五隻がアレクサンドリア沖にあらわれ、住人たちが固唾《かたず》を呑《の》んで見守るなかで市長ムハンマド・クライム（より正確な発音はクライイム）とイギリス艦隊の使者との話しあいがもたれていた。彼らがいうには、宿敵フランスの軍隊が大船団を組んで地中海を進航ちゅうである、しかし、目的地は不明である、よってわれわれはこのアレクサンドリア沖あいでフランス艦隊の動向を見張り、もしも連中がエジプト港湾の諸市に出現しようものならば追い払ってくれよう、との次第《よし》。イギリス軍の使者たちはこう説いて、飲料水と食糧の提供をアレクサンドリア市長のムハンマド・クライムに求めた。けれども、フランスによるエジプト遠征計画などムハンマド・クライムには寝耳に水であり、むしろイギリス側の主張《いいぶん》が怪しい。罠《わな》ではないのか？　かように直感して、ムハンマド・クライムは上陸した使者たちを追い返し、イギリス艦隊にたち去るように指図した——

カイロの実力者たち、指導者たちにとどけられた報らせとはこのような内容《もの》だったが、以上の顚末《てんまつ》は族長《シャイフ》や導師《イマーム》の一階級のみならず、アレクサンドリアからの急使たち、早飛脚たちの手（と口）を経て、ただちにカイロの全市民の耳にも弘まった。

聖遷暦《ヒジュラ》一二一三年の一月十日、ここに、悪夢のように集団の無意識に滲透《しんとう》していた予兆がついに悪しき成就をとげる。

カイロの偽りの平穏はやぶられる。

見え透いた平穏が消え、化かしあいのような平衡が消える。

急報とその続報は市内を混乱におとしいれつづけたが——流言蜚語《りゅうげんひご》もすさまじい——これとは対照的にあらゆる事態を静観し、鷹揚視《おうようし》していたのがマムルーク階級のベイたちだった。

イギリスの艦隊の来航？　フランスの艦隊の脅威？　それがなにごとだというのだ。われわれには最強の騎馬部隊がある。われわれの馬蹄《ばてい》が全フランク族を踏みつぶそうぞ！

ある者は豪語し、ある者は嗤《わら》い、広言した。しかも自信はほんものだった。たっぷりと満身に充溢《じゅういつ》するまでに自負し、毫《ごう》も懼《おそ》れなどしない。

読者は憶えておいでのことだと思うが、すでに筆者はいかなる経緯でマムルークたちの騎兵力の過信が生まれたかは陳《の》べた。あのような観点においてはヨーロッパ勢の軍事力をあなどるのも当然、ために憂慮がないのもいたしかたないとさえいえるが、二十三人のベイたちのうち、ただひとりの男は大勢《たいせい》とは異なる反応をしたのである。

イスマーイール・ベイはあわてていた。

第一報がカイロに到着して以来、才に秀でた側近のアイユーブは二六時ちゅうあちらこちらに手をつくして情報蒐集《しゅうしゅう》している。アレクサンドリアからの報をもっとも疾《はや》く、詳細に主人にとどくよう手配している。導師《イマーム》たちの邸《やしき》の使用人のだれかれに金子《きんす》を握らせていたし、じつをいえば有力なベイたちの配下にはすでに以前から密通者も潜入させていた。たとえば、イブラーヒーム・ベイの護衛として特別に傭《やと》われているギリシア人やモロッコ人の用心棒たちが、そうである。こうしてアイユーブはこしらえた情報の蒐集網から、最新にしてあまたの報らせを掬《すく》いあげていた。

情報は精確であり、イスマーイール・ベイを焦躁《しょうそう》にいざなった。矢も楯《たて》もたまらず、不安が鎌首をもたげた。アイユーブに例のフランク族の間諜《かんちょう》、貿易商に扮してカイロに暗躍していたフランス人を喚《よ》びよせるよう命じたが、時すでに遅し、まるっきり痕跡《こんせき》をのこさだ。フランス領事とも連絡はつかない。もはや臍《ほぞ》を噬《か》むしかない。そのための内情の探りだったとは。エジプトに攻めいることを計していたとは。よもや、よもや、わずかなりとも肚裡《とり》を見せないでずに逐電していた。しであったとは。わずかなりとも肚裡を見せないで——

思いもよらぬ！

アレクサンドリア市長には寝耳に水でも、イスマーイール・ベイには確証のある出来事。フランス艦隊はあきらかにエジプトを指して発ったのだと確信できたし、かならずや港湾の諸市のいずれか（あるいは複数の都市）に上陸するはずだった。なんという莫迦《ばか》げた夢を見、それを実行にうつした者どもよ。しかし、しかし、策略の勝利者はフランク族か。なんのために会見を重ねたのか、おれは。野郎《きゃっ》らの狙いも見透かせぬとは。

むろん、異教徒どもの夢があまりにも莫迦げた軍略《もの》でありすぎたのだ。

そう納得はできたが、自分を慰める余裕はない。莫迦げた？　実現不可能という意味か？　これが愚計にすぎないと？　イスマーイール・ベイは疑心暗鬼にならざるをえない。はたしてそうだろうか、と。自問し自答せざるをえない。イスマーイール・ベイは他の二十二名とは異なり、漠然と近代的軍隊のなんたるかを把《つか》んでいたのである。ヨーロッパ文明に開眼した武将、ただひとりの軍事的な指導者として、驕慢《きょうまん》からもっとも遠い場所にいてマムルークの精鋭部隊の威力をうたがい、一万騎超の兵力をうたがい、むしろ煩悶《はんもん》の境地におちいっていた。

ようするに、不安だった。

胃を痛めるほどに不安だったのだ。そうして。

ついに不安の種は芽生え、恐怖は顕在化する。

イスマーイール・ベイの内面《なか》で。


世の大勢はイスマーイール・ベイとはすれちがって動いている。さらに報知《しらせ》はつづいたが、これは第一の凶報から数えて三日後に、イギリス艦隊がアレクサンドリア沖あいから去ったという内容だった。ぜんたいを見わたさない者たちには朗報だった。異教徒の軍勢はいまやアレクサンドリアを離れた、これで――アッラーの御心《みこころ》の顕現はあまりにも速かったが――われらがエジプトを見舞う災厄は終熄《しゅうそく》したのだ（ただしイスラーム世界でいうクドラット（＝神意、摂理）は信徒に有利な展開のみを指すのではない。みずからの運命の浮沈のいっさいを神に委ねるという価値観であって、原文はこの用語をやや誤解しているように思われる）。愚かなことに、昏迷《こんめい》に陥《お》ちているカイロにおいては過半数の市民が、このように解釈してしまっていた。そのように解釈したい、という希望の力が働いていたのはいうまでもない。

いずれにしても市内は安心する。

一時的にだが。しかもきわめて、きわめて短時日の。

聖一月十五日、金曜日のことであった。いつものように三百はあろうかというカイロじゅうの寺院《モスク》に、敬虔《けいけん》なムスリム（イスラーム教徒）たちがつどい来て、礼拝が執りおこなわれる。

いや、いつも以上の繁華《にぎやか》さだった。祈禱《きとう》は平安を請《しよう》じいれる。あるいはアッラーにその神意の達成を（なし遂げられたものと思って）感謝する人間あり。さらに人びとはわざわざ行列を組んで礼拝にのりこんできた貴人《あてびと》の姿を見て、より平安を乞《こ》い願い、または祝福するのだった。

すなわち、イスマーイール・ベイは来た。

じつに百一名の奴隷従者をみずからの行列と露払いにして――うち一名がアイユーブだった――イスマーイール・ベイは金曜日の礼拝におもむいた。正午《ズフル》の礼拝を呼びかける告時係《ムアッジン》の声がカイロ全市の空気をアァアアア、ルゥゥルルルと震わせるや、街道をぬけてアズハルの大寺院にむかった。一般の会衆に混《ま》じって導師《イマーム》の説教を聴き、熱心に祈禱をあげた。帰路には寺院の出口にて、またズワイラ門までのびる沿道にて、多額の喜捨を貧者たちにほどこした。

瑞兆《ずいちょう》のような貴人のふるまいだった。

あたかもムスリムの鑑《かがみ》。

邸宅にもどったイスマーイール・ベイは、午睡ののちにアイユーブを喚《よ》んだ。むろん、最大の信頼を寄せる側近は隣室に控えていた。数分とまたせずに参じた。

陽射しはさえぎられ、室内は夜のようであった。だからこそ、その一室は涼しい。ランプがともされている。暖色系の灯《あか》りがひろがっている。銀製の香炉《ミブハラー》のなかで、伽羅《きやら》が炷《た》かれ、濃い馨《かお》りが室内にたちこめる。

敷きつめられた豪奢《ごうしゃ》な絨毯《じゅうたん》におかれた、さらに豪奢な長椅子《ディワーン》にゆったりと横になるようにして、イスマーイール・ベイは寝起きの一服をあじわっているさなかであった。一メートル半はある長い煙管《パイプ》は、金糸に貴金属がちりばめられて装飾され、そこにはシリアのアル・ラディキーエー産の最上等の煙草がつめられていた。ほとんど懶惰《らんだ》に見えるほどゆったりと、ゆっくりと、イスマーイール・ベイは身を横たえて煙を喫《す》っている。

参上したアイユーブは主人の袖《そで》に口づけする。

「フランスは来るぞ」とイスマーイール・ベイはいう。

軍人の長《おさ》でもあるベイのことばは、蓄えられた大量の——もじゃもじゃの——口髭《くちひげ》と顎《あご》鬚《ひげ》のなかからでた。まさに大人《アミール》然とした外見のマムルークの長だった。肥ってはいないが、痩《や》せてもいない。からだには金持ちの体臭が沁《し》みついている。歳は四十代なかば、羸《か》ちえた権力はじっさいの体重を水増しし、長椅子《ディワーン》に何キロぶんも余分に沈みこませている。

珈琲《カフワ》の膳《ぜん》をもった黒人奴隷が入室し、雪花《せっか》石膏《せっこう》のカップに竜涎香《りゅうぜんこう》のにおいをつけた最初の一杯をそそいで、下がった。

「わかっております」とアイユーブは対《こた》えた。

アイユーブ……アイユーブの外観《そとみ》は主人のむしろ対極にある。権力の臭気というものがこの若者からは感じられない。鬚髭《ひげ》は生えていたがきわめて薄い。それが幼い外貌《がいぼう》を擬装する。見ようによっては可憐《かれん》な小姓かなにかにも見えるほど。あきらかに美青年、というか、一見して美少年である。しかし、雰囲気に幼さはない。この若者に接すれば、年齢を感じとるのは不可能になる。高い戦闘能力は（イスマーイール・ベイに事《つか》える護衛のなかで、格闘技《かくとうぎ》の力量では王者格といえた）ヒリヒリとした霊気として嗅《か》ぎとれる人間もいるだろう。おなじように一級の戦闘員であれば。しかし、それとてもアイユーブという人物を——その年輪を、その身に重ねられた歳月を——把握する役にはたたない。げに奇怪な……奇態な人物であった。

いまはこのように読者に告げておこう。

見た目において好対照をなしている主人と従者は、室内に二人いて、たがいの問いかけと応答のこだまを聴いているように沈黙した。

長椅子《ディワーン》からわずかに身じろぎもしないで、腕だけを動かして珈琲《カフワ》を飲み干したイスマーイール・ベイは、さらに静寂《しじま》を深めるように「禱《いの》れば胃の痛みもやわらぐものだな」と囁《ささや》いた。

「礼拝に勝るものはないでしょう」

二杯めの珈琲《カフワ》をポットから干されたカップに注《つ》ぎながら、アイユーブが応じた。

「なおかつ、旧市街のアル・アズハルに足を運ぶのにも意味があります」とアイユーブはつづけた。「威風堂々とカイロのカサバを行進すれば、いったい何者《だれ》が、われわれがフランク族の脅威を確信しているなどと思いやるでしょう?」

「なにやつも夢想だにしておらんから」とイスマーイール・ベイはいう。アイユーブから珈琲《カフワ》のカップを受けとった。「このままでは勝ち目はないわ」

自虐的なせりふだが、本心からの危懼《きく》は多分に吐露されていた。

「しかし、われわれは状況を精確に把握しているのです」とアイユーブは冷静に応じた。

「われわれだけが」

美しい容貌《ようぼう》をした若き側近は眉《まゆ》ひとつ動かさない。

「おまえのおかげでな」とイスマーイール・ベイ。

「つまり大局を瞰《み》て動けるのは、われわれだけであって、たちまわれるのもわれわれ以外にありません」

「そうありたいものだが……」

「これはまたとない機会では?」

「いまだ先手はうっていないぞ」

「そのようなことはありません」

「ない?」イスマーイール・ベイは珈琲《カフワ》を嘗《な》めるように飲んだ。その澱《よど》んだような眸《め》――思考はゆうらゆうら、ゆうるゆうると伽羅の香煙のようにたち昇りながら回転する。

権力のにおいが焦げはじめている。

「礼拝の意義は」とアイユーブに訊《き》いた。「つまり、なんだ?」

「まずは禱り《ラクア》です」

「ああ、胃薬のようなな」

「これはこれで効いたでしょう」

「ハシーシュ(大麻類の総称)なみだわ」

「ついで」

「そうだ。第二の意義は、なんだ」と急《せ》かした。

「敬虔さを見せつければ、エジプトの内外ともに、つまり内側の敵と外側の敵の両方にということですが、あなた様が事態の収拾を信じきっていると思いこませることができるでしょう。下じもの民に対してそうであったのとおなじように。これはすでに陳《の》べたことでもありますが。閣下」とアイユーブは主人たるイスマーイール・ベイに呼びかけた。

「しかしそれが重要なのだな」

「いかにも」

「逆にだ」とイスマーイール・ベイはいった。「おれが弱気になっていると勘繰る奴儕《やつばら》もいるだろう」

「だから禱ったと?」

「それが事実だからな」

ふたたび声に自嘲《じちょう》の響き。

「術計《はかりごと》というものは」とアイユーブは静かにいった。「相手がその裏を嗅ぎあてたと信じる次元に、さらに陥穽《わな》をしかけてこそ役だつのではありませんか？」

「……ちりばめられた真実がまた好都合だと？」

「さすがは閣下」とアイユーブ。

「真実こそが最上の擬装か」

「そのとおりでございます」

「いわんとしていることはわかるわ。おれにも相応の智慧《ちえ》はあるからな。それが傲《おご》り高ぶっているアミールども（二十二人のベイのこと）とその手の者とのちがいだわ。あの阿房《あほう》ども。しかし」とイスマーイール・ベイはことばを切った。「そのさきがわからん。おれには先手をうった憶えはない。うまうまとフランス人の計略にはめられただけだ」

「わたしが」

「おまえが？」

「はばかりながら、手をうたせていただきました」

鄭重《ていちょう》にことばを継いだ。

時刻は夕暮れだった。そして会話がすすむにつれて残照が全市を覆う刻限《ころ》となり、翌日になった（伝統的・歴史的なイスラーム社会では日没から一日がはじまる。この時点で一月十六日の土曜日が明けたことになる）。夜のようだった室内は、じっさいに夜になった。色彩が限定される。ランプの灯《あか》りだけがいまや主人と腹心を照らすものとしてあった。

　アイユーブのことばは説得力を増した。

　重い……重い質量を具《そな》えて。

　二人のいる空間をゆがませる。

「わたしは想うのですが」とアイユーブは囁いた。「フランク族に武力で抗しても、これは無駄かも知れませぬ。すでに閣下もお気づきのように、マムルークは無力かも知れませぬ。エジプトの騎馬部隊は。ならばべつの手段に訴えるしかないでしょう――」

「どのような手段《てだて》だ？」

「古典的な方法です。きわめて古典的な方法です。連中には贈りものをして、フランク族の元来の土地に帰ってもらうのです」

「撤兵させる贈りものなど」やや戸惑いながら、しかし武力では対しないというアイユーブの言に納得して、イスマーイール・ベイは訊いた。「その代償はどれほどの金高《かねだか》となる？　フランス人を満足させるのに、いかほどの金銀財宝が要ると想うのだ？」

「金銀財宝でも、美女つきの宮殿でも、あるいは頒《わ》けあたえる土地でもありません」

「ほほう」戸惑いを深めながら、さらにイスマーイール・ベイはひきこまれる。

「しかし美しい献上品です」

「美しいのか」

「いかにも極美です。そしてフランク族の軍勢にとっての破滅の原因となります」

「それはいったいなんだ？」

「それは書物でございます」

「かつてこのカイロの都には、ファーティマ朝の教主《ハリーファ》であり、強権をもって知られたアル・ハーキムがおりました。名君アジーズのひとり息子としてわずか十一歳で権力を握り、三十六歳で忽然《こつぜん》とこの地上から消えてしまった人物です。ハーキムは異教徒を徹底的に迫害し、コプト人のキリスト教会を破壊してエルサレムをも荒らし、ユダヤ人は残虐なまでに差別しました。差別は人間のみならず動植物にまでおよび、理由もないのにカイロじゅうの猫を殺し、エジプトじゅうの犬を戮《ころ》すように命じ、鰭《ひれ》と鱗《うろこ》のない魚の売買と捕獲を禁止しました。モロヘイヤを食べてはならないと触れをだして、ガルギール（胡麻の香りのするハーブ野菜。アラビア語の正式な発音はジルジールで、ロケット・サラダ、別名ルッコラとも）を食べることも正式に禁じました。これらはご存じのように、エジプトの一般庶民《しもじものたみ》の好物で、食卓には欠かせないものです。さらにチェスと音楽と舞踊、ナイルでの舟遊びを禁止して、女性が風呂《ふろ》に入ることを禁止しました。ほとんど不条理にものごとを禁制として、旧来の娯楽をあらかた罷《まか》りならぬと命じてしまうかのような勢いでした。

苦しめられたのはカイロの下層の民や異教徒たちだけではありません。差別、それに迫害は教主《ハリーファ》そのひとの側近にまで到っておりました。容赦などございません。役人であろうと、さらに長年仕えた忠臣であろうと、教主《ハリーファ》のハーキムが気に入らぬと見れば、腕を斬られるなり舌をぬかれるなり、生命《いのち》をぬかれるなりします。これが悪名高きアル・ハーキムであって、ほとんど乱心していたといって可《よ》いでしょう。嗜虐《しぎゃく》、嗜血《しけつ》、冷酷にして無残、こうして肉親ですら恐れさせた怪人物は、三十六歳のある夜、前ぶれもなしに消息を絶って蒸発し、二度とカイロにもどることはありませんでした。

容易に推理できましょうが、これは何者かがハーキムを追い落とそうとして手がけた密計《たばかり》の結果です。政治的な陰謀は、五世紀まえの史家イブン・ハッリカーンが記録するところに拠《よ》れば、ハーキムの血をわけた妹君、すなわち当時の王女殿下《シットル・ムルク》によってなされたらしいとのこと。問題はその方法です。暗殺劇の企てはたやすいが、油断《すき》を見いだして実行にうつすのは易々たるものではない。確実に達成できなければ、ハーキムによる意趣返しは必至。想像もつかないほどの血の報いをうけるに決まっています。

ならば、どうすればハーキムの気の弛《ゆる》み――乗ずべき好機――を狙い、手にすることができるのか。

さて、さらにハーキムに焦点をあてますと、これはたんなる嗜虐主義者とはいえぬ一面をもっておりました。カイロを芸術と学問の都にしたいとの野望をもち、イスラーム世界にその名も高き天文学者や数学者たちを多数招《よ》びあつめ、彼らを厚遇しました。『智慧の学舎《ダール・アル・ヒクマ》』と呼ばれる学術施設を築いて、シーア派の教義を弘めると同時にその他さまざまな学問をも人びとに奨励し、事実上、この学《まな》び舎《や》は万人に門戸を開放していました。このように学芸の保護者だったハーキムは、自身もまた学問に惹《ひ》かれ（当時のイスラーム科学は世界の最尖端にあった）、繙読《はんどく》の習慣に親しんでおりました。いな、読書のおおいなる愛好家であったのです。

ハーキムの敵対者の一派は——といってもハーキムの治世にあったのは概して潜在的な敵対者ばかりでしたが——愛書家としての教主《ハリーファ》に目をつけました。ファーティマ朝の図書館は、博物館、公文書館、演習室なども具えた巨大なもので、蔵書はじつに百十万冊を超えておりました。なみの規模ではありません。アッバース朝の有名なバグダッド図書館でも、もはや足もとにおよばない蔵書数です。そしてハーキムの政敵、王女殿下《シットル・ムルク》にひきいられた謀叛人《むほんにん》たちは、このファーティマ朝の図書館の百十万冊超のなかから、一冊の書物を選びだしたのです。

ひとことで説けば、これは稀《き》代《たい》の物語集でした。

古今東西における、もっとも稀代の。またとない玄妙驚異の内容《なかみ》を具えた一冊であったのです。

図書館には装飾された写本として納められていましたが、アラビア語という観点からすれば、これこそは唯一の一冊、いうまでもない原本です。学者によっては、もともとはラテン語であったとか、ギリシア語だとか、あるいはアラム語だとか唱える者もおりますが、いずれの説も隠秘の学問の範疇《はんちゅう》に属し、おおやけには議論されておりません。わたし自身はと申せば、むしろ写本であるとの分類が欺瞞《ぎまん》であり、もともとアラビア語で地上に舞いおりた一冊とみなすのが妥当にして学問的正統であろうと考えております。分類はおおかたの目を晦《くら》ませるためのものだったのでしょう。

さながら魔術的な媒体の書物でした。

美しさに磨きをかけられ、この書物は謀叛を企てる一派よりハーキムに献呈されました。いかなる前口上がつけ加えられて贈られたかは、容易に想像されます。いずれにしても、歴史的に価値を高められて愛書家であるハーキムに献じられたのでしょう。そして事実、唯一無二の価値はほんものであったのです。ハーキムはその夜に紐解《ひもと》き、読みだし、これ以降一日も倦《う》まずに読みつづけました。寸暇を惜しんで、政務も抛《ほう》りだし。その内容に魅入られて余所目《よそめ》にはほとんど茫然《ぼうぜん》自失の態《てい》となって、書物の世界に没入してしまったのです。

いわばハーキムはその書物と『特別な関係』におちいってしまったのでした。

目が文字を追い、目が文字を追い、目が文字を追いつづけ。ただ一冊の書物を手にしたハーキムは、いまや精神《こころ》を閉ざしてしまい、謀叛を目論む王女殿下《シットル・ムルク》一派の動きなど察しようもありません。あるいは察したとしても、そのような些事《さじ》にはかまわず、書物のページを繰りつづけたでしょう。

教主《ハリーファ》のハーキムの蒸発は――後代、世間でいうところの神秘的な消失ですが――書物が献じられてから三日めの出来事でした。四一一年の十月二十二日（西暦一〇二一年二月十三日の夜）、と史書には記録されています。この晩、二名の従者を連れてグユーシー山（現在のムカッタム丘陵）にむかう驢馬《ろば》に乗ったハーキムの姿が目撃されていますが、その鞍橋《くら》のうえでもやはり、教主《ハリーファ》は書物を離さず、紙葉に視線《め》を落としていたとのこと。いつしか護衛であったはずの従者たちは、距離をあけて消え去り、驢馬は居住者のいない東方の砂漠を指して漸《すす》み、そして――これがハーキムの目撃された最後でした。ハーキムは滅《き》えたのです。

のこされたのは伝説のみ。

しかし、事実はなにものかに弑《しい》された、ひと知れず亡き者にされたというものでした。ただ独りとなって、無人の砂漠をゆき、暗殺者たちに囲まれても書物のページから目をあげもせず、息の根をとめられ……。

謀殺はみごとになし遂げられ、ついで重要なことですが、ハーキムに献上された例の書物はその正当な所有者の屍体《したい》といっしょに回収されました。

回収です。あらたに政治の実権を握った者たちの手に。

謀叛の達成者らの勢力の懐中《もと》に、書物は回収されて、封印されました。

以来、この書物はカイロとエジプトの実権者のあいだでひそかに存在を口づたえにあかされ、知らされながら保管され、王朝の交代があっても同様でした。わずか一冊の書物がもたらした破滅を目《ま》のあたりにして、だれもがふれることを恐れ、それがおのれを失脚させる原因《もと》となることを懼《おそ》れたのです。一時は閲覧不可の貴重書として目録にも記されずに図書館の深奥に蔵されていたらしいのですが、サラディンの時代以降は城塞《シタデル》の一室にうつされて、密室となったそこで厳重に管理されました。

とはいえ、だれもこの一冊を利用しなかったわけではありません。二百年後、タタール（モンゴル帝国）がはるか幽斎《ゆうえい》の高原よりわれらがイスラーム圏に攻め来たり、ついにはバグダッドを占拠してアッバース朝を亡ぼすと、カイロにもまさに危急存亡の秋《とき》がおとずれました。シリアのアレッポが陥《お》ちて続けざまにダマスカスまで陥落したのち、タタールの汗《カン》は使者をカイロにさしむけました。降伏か死か。すなわち死を招かざるをえない無駄な抗戦か。しかし、当時のカイロの実権者たちがつどった極秘の最高会議は、躊躇《ちゅうちょ》なく抗戦を決定しました。

使者の首は刎《は》ねられます。

秘計があったのです。それは進行していたのです。むろん、すでにマムルーク朝となっていた時代ですから、武力においての自負もありました。しかし、カイロ側の首脳たちがわずかな動揺も見せなかったのは、あの一冊の存在があってこそ。あの一冊の書物は、城塞《シタデル》の奥まった密室より搬《はこ》びだされ、あらたな生命を吹きこまれようとしていました。それはアレッポ陥落の時点ではじまっていたのですが、書物はアラビア語からべつの言語《ことば》に、タタールの総大将が日ごろ話している母語《ことば》に翻訳されつつあったのです。

その訳出の作業がすすめられていたのでした。

タタールの汗《カン》にあたえれば、かならずや相手はうつつをぬかすと、カイロの首脳たちは確信しておりました。じっさい、献上の計画が果たされれば、そうなったにちがいありません。タタール側によるエジプト攻略に猶予をもたせ、敵がたの軍内に暫時そうとうな混乱をもたらすような。タタール傘下におかれた小国の大臣《ワジール》にこれを献上させるための筋書きもしっかり書かれていたのです。

ですが、書物の威力をその立案者たちは少々あなどっておりました。

やはりふれてはならない一冊でした。これを翻訳し、これを書き写していたタタール学者と写字生の二人が、まず稀代の内容《なかみ》に魅惑されたのです。タタールの汗《カン》のもとにとどけられる以前《まえ》に、彼らがとり憑《つ》かれてしまい、その書物と『特別な関係』になってしまったのでした。作業は徹底した秘密主義で、かつ厳しい監視の目のもとにおこなわれていたにもかかわらず、二人は消えました」

いた。

「消えたとな？」

イスマーイール・ベイはしばしアイユーブの語りに圧倒されながら、はじめて口をひらいた。

「タタール学者と写字生とがか？」

「書物もです」とアイユーブは対《こた》えた。「二人はこれを手放さず、失踪《しっそう》したのでございます」

「失踪……」と蠱惑《こわく》されたかのような余韻のなかで、イスマーイール・ベイは反復した。

「同時に、一部分がしあがっていた翻訳の手稿も。作業は厳戒体制を布《し》いた邸《やしき》の内部《なか》でおし進められていたのですが、すべて無益であったわけです。秘術はなされず、というよりも秘術はこの二名になされてしまいました。さいわい、部将バイバルスの登場でタタール軍はガリラヤ湖の南、アイン・ジャールートで撃破されました。バイバルスはそれまでの君主《スルターン》を帰路のその途上で暗殺し、カイロにただひとりの勝利者として帰還し、君主《スルターン》の位に即《つ》きます。この簒奪《さんだつ》の一幕はあまりにも劇的で、あざやかで、過去の政権とは断絶しており、そのために実行にうつされなかった書物をめぐる秘計は——その中絶の経緯のいかなる事情《もの》かもふくめて——奏上されず、秘計の存在、というか実在そのものがバイバルスの新政権からは黙殺されます。忘れ去られ、それよりも書物の存在そのものが何人《なんぴと》も憶えていない窮極の秘事と化すのです」

そこでアイユーブはことばを切った。

「だが、わからんな」とイスマーイール・ベイは問うた。「その書物……」

そこまでいいかけて、眉《まゆ》をしかめる。

「その書物には名前はないのか?」とアイユーブにたずねる。

「正式な題号は、残念ながら」とアイユーブ。「その書名が記載された公文書、あるいは史書や年代記はございません。これは公式の歴史ではありませぬので。しかし非公式《うらがわ》の歴史においては、これは一部の年代記編者らの一門や賢者たちの師資相承《ししそうしょう》、組合に属さぬ物語り師たちの口伝などによって、ふさわしい名をあたえられております。すなわち『災厄《わざわい》の書』です」

「『災厄《わざわい》の書』――」

「そのように呼びならわされております」

「よし。では、その『災厄《わざわい》の書』だ、なぜ翻訳にたずさわる二名を失踪させる?」

「わたしが惟《おも》うに」とアイユーブは速やかに応答する。「読み進むことこそが最重要となってしまい、その内容《なかみ》の翻訳がむしろ、時間の無駄となっていたことが第一。そのためには作業の最前線から離脱するしかなかったのでしょう。もちろん『災厄《わざわい》の書』の原本を奪って。さらにわたしは惟うのですが、この書《ふみ》は翻訳版の制作をきらったのではないでしょうか。すなわち、筆写されることを厭《いと》い、一冊であろうとしつづけたのでは。これがわたしの考える解答の第二です」

イスマーイール・ベイは喉《のど》の奥でさながら困惑した犬のようにグゥとうなった。「一冊でありつづけようとする書か」

「さようで」とアイユーブは応じた。

両者は視線を錯《ま》じらせて対話する。

「閣下ならば容易に理解されることと想いますが、いい換えるならば、稀書《きしょ》としてありつづけようとする書物の意思です」

「意思か」

「美しい書物だけが具《そな》える意思です」

「美か」

「さようで」

美に対する執著《しゅうじゃく》と矜持《きょうじ》が——絢爛《けんらん》豪華な稀覯書《きこうしょ》に珍奇な物語書《ものがたりぶみ》をその鑑識眼を活かして蒐集《しゅうしゅう》しつづけてきたという念《おも》いが——たしかにイスマーイール・ベイに理解させる。納得させる。その歴史の真実を諒解《りょうかい》させる。

ふいにイスマーイール・ベイはなにごとかを悟った表情となり、「まて、まて、まて」とアイユーブにいった。

「おまえは美しい献上品をフランス人に捧《ささ》げるといったな？　しかもそれは書物であると

いったな？　まさか――」

「フランク族の総大将は」とアイユーブは囁《ささや》くように応じた。「きわめて知性に秀でた人物《おとこ》であり、学識あふれ、書物もたいそう愛好しているとか（事実、ナポレオン・ボナパルトはフランス学士院の会員で、その登場は当時の知識人らに歓迎された）。贈りものは価値の理解できる相手に対してでなければ意味をなしません。なんら功を奏しません。しかし、この人物《おとこ》ならば――」とさらに声を低めた。「――心配は要らぬのです」

「まず訊《き》こう。おまえは『災厄《わざわい》の書』の所在を知っているのか？」

「存じております」

　イスマーイール・ベイは喉の奥でムゥゥとうめいた。

「正確にはようやっとつきとめました。この非公式《うらがわ》の歴史を知る者たちのあいだを泳いで、いくつかの秘儀に参入し、時にはわたしが傭《やと》った手駒を忍びこませました。君主《スルターン》バイバルスの御代以来、窮極の秘事となっている書物の存在を知り、それを『災厄《わざわい》の書』と名づけ伝《つた》承えてきた人間たちのあいだを泳いで――タタール学者と写字生の行方とともに不明となり、正史の類《たぐ》いより忘却されてしまった書物をけっして忘却することのなかった人間たちのあいだを泳いで――もっとも真実にちかい説を追い、わたしは『災厄《わざわい》の書』の所在を索《さぐ》りました。ある者には口を割らせ、ある者には暗示の術をほどこし、瞑想《めいそう》の修行をしている聖者たちや占星術の大家の援《たす》けも借りて、夢占い師、ある神聖な教団《タリーカ》、その他の神秘に通じた数多い人物の手と口を経て、わたしは無数の情報源からついに『災厄《わざわい》の書』の所在をつきとめました。その詳細は……いまは、まだ。お話し申しあげられません」

アイユーブは短い沈黙を挿《はさ》む。

「それを知ることは閣下を危険に捲《ま》きこむこと」と囁いた。「ですから現在《いま》はまだ。けれども事が成功したならば――なし遂げられたなら――いかなる細部であろうと存分に。のこらず、あまさず申しあげる次第です。そして成功しなければ――」

「しなければ？」とイスマーイール・ベイ。

「わたしひとりが詛《のろ》いを浴びればすむでしょう」

ムゥウゥウ、というめき。

「わたしがこの術計《はかりごと》をあなた様にすら内密にしてきたのは、ただひとつ、自身ですら『災厄《わざわい》の書』を探りあてられるか確信がもてなかったからです。ですが、いまやそれはわが手《た》もとにあります。閣下におかれましては、なにしろ期待なすってけっこうです。これはわれらが希望《のぞみ》、騎兵力をもってフランク族に対抗しようとする他のベイたちが滅んだのち、われわれこそがこのカイロの救世主として、閣下こそがこのエジプトの真の支配者として、かならずや民衆《ひとびと》からあがめ敬《いやま》われることでしょう。これは夢想ではございませぬ。すでに手配は万全。フランス語版の制作も、それをフランク族の将軍《パシャ》に送りとどけるための手筈《てはず》も、ぬかりなく準備いたしております。わたしは密使を――」

「フランス語版？」

イスマーイール・ベイはさえぎって復誦《ふくしょう》した。

「それは『災厄《わざわい》の書』の翻訳か？」

「ご明察のとおり」

「どうやって？　それは不可能なのではなかったか？　おまえはそのようにおれに説いたのでは？」

「それこそが、ある洞察により」アイユーブはほとんど微笑しているかのようだった。主人に対して語りだして以来、アイユーブの顔にはじめて浮かんだ表情《いろ》らしき表情《いろ》だった。

「いかなる洞察だ？」

「わたしは一冊として存在する『災厄《わざわい》の書』を剖《さ》きます」とアイユーブはいった。「なぜならば『特別な関係』におちいらぬために。中央から剖き、さらに刃物にて七部に、十部に、二十部に分け、割《さ》き離し、『災厄《わざわい》の書』におさめられた物語のながれを断って、ばらばらに順番を変えるのです。つながりを断って——一冊の書物の内容《なかみ》を一時的に理解不能と化してから、これを一部ずつ翻訳し、そして最後に順番どおりにまとめる。異教徒の言語《ことば》への翻訳を、わたしはこのように為そうと思います。いかがでしょうか。わたしはこの翻訳にたちあいます。フランク族の何カ国語にも堪能な学者たちのなかから、なかでもフランス語においてずぬけた学者を選抜し、用意は万端整いました。たいせつなのは一部ずつ翻訳するということです。そして原本の一部ずつを……アラビア語のそれを、フランス語の版が誕生しだい、破棄するということです。書物はその美を一冊だけで保たなければならないのなら、この地上には、つねに一冊だけを存《あ》らしめましょう。産み落とすフランス語版は、これを極美に装飾しましょう。できあがる一部ずつ、つねに豪勢に製本し、比《たぐ》いようのない華麗さ、絢爛さを添えましょう。そして最後に一冊にもどすのです。書物はわたしのこの行為《おこない》を拒まぬでしょう。ここに真実の愛があるのを理解し、美は愛を拒まぬでしょう。わたしは『災厄《わざわい》の書』の意思を尊重して、稀書を唯一の稀書としてとりあつかうのですから。今晩より翻訳の作業をはじめて、時間はぎりぎりまで要します。おそらくはフランク族は上陸し、陸路、あるいはナイル河を遡航《そこう》してわれらが首都に迫りはじめますが、なに、ぎりぎりまで惹《ひ》きつけましょう。効果はそのような時機《とき》にこそより強力に発揮されるものです。これは罠《わな》です。エジプトの内外の敵を相手どった、もっとも油断を衝《つ》いて大仕掛けな。そしてこの術策《わな》にわたしは命を賭《か》けています。ことばどおり、『災厄《わざわい》の書』と正面から対することで。わたしはかならずや翻訳をなし遂げます。美しい一冊が、時、至れば敵将軍に献上され、これはだれの目にもとまらぬ刺客、不可視の暗殺者となって、カイロに攻めいろうとする異教徒の愚者どもを滅ぼすでしょう」

炳《あき》らかにほほえんでアイユーブはいい添えた。

「軍勢を破滅させるのです」

ii

史料に拠《よ》れば、ナポレオン・ボナパルトは遠征航海にでたフランス艦隊の内部《なか》に移動図書館を設け、二万五千三百二十九冊をつみこんだという（おそらくこの数字は正確である）。地中海を大量の書物は動いた。アレクサンドリアを指していて、しかも三日ほどで到着する近距離にあった。

順風ならば。

いまは星まわりがボナパルトに味方している。フランス艦隊はフリゲートであろうと戦列艦であろうと一隻のこらず帆を膨らませて快走し、ボナパルトは船酔いもせずに「有益」とみなした文献を読みふけっている。その耳には楽隊が甲板《デッキ》で演奏するラ・マルセイエーズが響いている。

書物はエジプトをめざしている。そしてボナパルトの手にとられる。積載された厖大《ぼうだい》な冊数のなかから、一部分が。ボナパルトは、あるときはウェルギリウスの詩篇と呼応し、ホメロスの『オデュッセイア』のことばに反応し、あるときはプルタルコスの『英雄伝』に魅入られたかのように目を落とす。このように一部分の書物と関係《つながり》をむすび、名著とされるそれらの内容からなにごとかを学ぼうとしている。

ラ・マルセイエーズが響いている。

アレクサンドリア港から北西に帆走して三日ばかりの海上で。

ナイル河の巨大なデルタ地帯にこの港湾はある。肥沃《ひよく》で、かつては地中海世界随一の（同時に中東世界随一の）穀倉地帯でもあった。アレクサンドリアはいまは寂《さ》びれた街となり果てているが、その由来は都市名どおりにアレクサンダー大王の治世にあり（以下の出来事は西暦紀元前三三一年に起きたと記録される）、アレクサンダー大王の夢のなかにホメロスが顕われて予言を告げたことから都市創設がはじまったという。爾来《じらい》、古代世界の中心地として——まさに国際的な都市として——栄えた。むろん、あえて解説するまでもないが、この地には古代最大の図書館があった。

いまはない。

プトレマイオス朝の首都であるアレクサンドリアから、アラブ化以降の、ファーティマ朝が興したエジプトの新首都カイロには、ただナイル河を南に遡上《そじょう》すればよい。地中海に面したデルタ地帯の北端から、南へ、わずかに南南東へ。河を上りつづければ左手の岸に、そら、あらわれる。権力の所在地が——民衆の密集地が——旅行者たちを眩惑《げんわく》し、あるいは嫌悪させる——あるいは惑溺《わくでき》させる——イスラーム文化の爛熟《らんじゅく》し果てた都市が。

ナイル河の反対側の岸からは、かろうじて三基のピラミッド群が遠望できたが、これらは土地の人間からは関心というものを払われていない。

あまりにも禍々《まがまが》しい遺物であり、異教の臭気《におい》がし、魔法の雰囲気がたちこめすぎているために。

よって、視線はやはりカイロの市内にむけられる。

聖遷暦《ヒジュラ》一月の十日めはアーシュラー（ノアが方舟を離れた聖日）と呼ばれる。このアーシュラーまでの十日間にはメイアー・ムバラカー（雑多な成分を混合した特別な香料）がこしらえられて、往来で売られる。邪眼（説明はむずかしいが、いわば「妬む目」のこと）の魔力を奪い去り、厄難を回避するために、この聖なる混合香が役だつとされている。今年はいつにもましてメイアー・ムバラカーは売れた。アーシュラーにいたる期間は終わったが、そのあいだ、人びとは予感めいたものに（そして最後の一日にはアレクサンドリアからの凶報に）衝《つ》き動かされたのだ。

しかし街にそそがれる桁《けた》ちがいの巨《おお》きな邪眼は？

その邪眼の効力を消すには、どうしたら？

どのような対抗の魔術《まじない》があるのか？

異邦人たちが、異教徒どもが、カイロの繁栄を妬《ねた》んでいる。

その視線もやはりカイロの市内にむけられている。

イギリスの艦隊がアレクサンドリアを去り、過半数の市民が胸をなで下ろしたのが一月十三日。それからまる三日がすぎようとしている。災禍は退けられたと、この過半数は盲信していた。しかし、視《み》よ、カイロの現状《ありのまま》を。アーシュラーにいたる期間の初期における不定形の恐怖から、イギリス艦隊の来航の報らせによって恐怖が現実として成就した瞬間、すなわち流言蜚語《りゅうげんひご》の混乱期、それから——現在の——不用意に安心しきった平穏の時期。恐怖には山があり、谷があったが（そして現時点では谷だが）こうした一連のながれは悪意を遮断するものではない。読者に隠しごとはできない。はっきり告げなければならない。

すでに殺人の季節がはじまっていた。

カイロでは中世が断末摩をあげていた、と。

アイユーブはひとりの供人《ともびと》もつけず、一頭の驢馬《ろば》もださず、それができるだけの筆頭執事の立場にありながら隊列を組まずに街なかを徒歩《かち》で移動していた。夜もすっかり深《ふ》けている。街路は閑散としている。現在《いま》、特別にそうなっているのではない。日ごろから夜間の人通りは絶える。街灯はない。

夜、カイロでは街区《ハーラ》の境界の門は鎖《とざ》されている。街区《ハーラ》は隔離されている。一歩すすむごとにアイユーブの鼻を撲《ぶ》つ空気は変わった。夜陰のなかで、空気の感触が変わった。重さと密度、舌を刺すあじわいが。異臭が混濁している。路地には野良猫の屍《し》骸《がい》がつきた例《ため》しがないし、エジプト暮らしの必需品として（あるいは副産物として）驢馬の糞《ふん》や駱駝《らくだ》の糞がちらばり、そうした基礎のうえに残飯とさまざまな香煙、薬草類、スパイス類のにおいがいり雑《ま》じる。民家をよぎるたび、ある調子《いろ》のにおいがたち昇り、それぞれの一廓《いっかく》ごと、ある調子《いろ》のにおいがたちこめる。闇がりに転《くる》めいている混淆《こんこう》した臭気……アイユーブはそのにおいで、街なかでの自身の位置を把握した。

他者《ひと》の手引きなど要らない。いま歩まれている界隈《かいわい》の地理は、アイユーブの嗅覚《はな》にあやまたず熟知されている。

アイユーブにちかづく影がある。

闇にまぎれて。ひとつ、ふたつ。背後から。

すでに殺人の季節がはじまっていた。市中では殺傷事件が頻発している。追いはぎと強《ごう》姦魔《かんま》があらわれている。悪意がそこここでかたちを獲《と》る……しかし事件は路地の迷宮に秘められて、迷い、おもて沙汰《ざた》にはならない。いずれ噴出するが——それも数日で——いまはまだ。

せいぜいが風説《うわさ》を生むだけ。

屈強な人影がふたつ、左右から、いまやアイユーブに迫っている。だが、アイユーブは気づいている。むろん気づいている。接近しつつあるのは兇賊《きょうぞく》、それも札つきの乱暴者《あらくれもの》で、しかも双方がともに腕利きの夜盗。かねてよりカイロの辻《つじ》つじを荒らしている輩《やから》だった。

すなわち職業的な犯罪者たち。

左側のひとりが、アイユーブに声をかけた。

「いまなら襲われないね。あんたは」と太い声で囁《ささや》いた。「おれの髭《ひげ》にかけて誓うよ」「あらかた偵《さぐ》ってみましたけどもね」と右側の夜盗がアイユーブに報告した。「どうやら今晩は殺人鬼はひそんでいませんや」

アイユーブはわずかに顎《あご》をたてにふって盗賊の二人組に応じる。

アイユーブの傭《やと》い人たちだった。この屈強な泥棒《ものとり》の顔役ふたりは。アイユーブに傭われて、深夜の街区《ハーラ》をただ独りすすむ若者の護衛に出現した。カイロ全市、その隅ずみ、編みあげられたアイユーブの情報蒐集《しゅうしゅう》網には職業的かつ組織的な犯罪者たちも係わっている。そうしてアイユーブの判断するところ、素人の犯罪者を牽制《けんせい》するには玄人《くろうと》の同業者を立てるのがよい。

さすがは切れ者の読みだった。カイロの路地の迷宮に出現《あら》われだした（と風説《うわさ》に暗示される）悪意の体現者は、どれも、おしなべて犯罪の初心者であって、その道の達人よりも性質《たち》がわるい。なにしろ連中は、いうところの「専門家」のようにあとさきを考えていない。生涯犯罪で喰《く》っていこうという智慧《ちえ》もなければ気概もない。ただ瞬時に暴発し、ために不慮の事態を惹《ひ》き起こす。

だから、アイユーブは対処した。

アイユーブは読んだ。きっちり、事前《さき》を見通した。このように予期する者に祝福あれ。いま、用件のある街区《ハーラ》の警衛に起用した組織的な盗賊たちの頭目株を左右に従えて、アイユーブは無言で歩をすすめる。

「あんたはつよいって聞いたが、それでもおれたちみたいな護衛が必要なのかい？」

沈黙《しじま》の数分を経て、左側の顔役がまた太い声で囁いた。

こんどは質問だった。

「格闘《かくとう》の腕まえなど」とアイユーブは無言でなどなかったかのように直接に応じた。「卑《ひ》怯者《きょうもの》の襲撃には無意味だ。背中に斬りつける輩にただちに斬り返す刀《ナイフ》はない。闇に射られた矢は視えぬ。つねに万全に。それがわたしの信条なのだ。つねに万全に。いいな、だれも尾《つ》けさせるな」

目的地。その家の扉には聖典の一節があざやかなカリグラフィーで描かれている。木製の扉のすぐ上部《うえ》に、格子になった高窓があり、そこから灯《あか》りが漏れている。家屋一階の土台となっている石壁が、赤と白に彩色されているのが漏れでる灯りによって看《み》てとれる。アイユーブは扉を叩《たた》いた。すると、高窓にゆれ動く影がある。人影。アイユーブを確認して、戸口の掛け金が裏側からはずされる。

扉をひらいて、アイユーブは家屋に入る。正面の石腰掛《マスタバー》には、いるはずの門番はいない。かわりに書家が腰かけている。アイユーブが雇傭《こよう》したカイロでも随一の能書家。かたわらに立つのはその書家のヌビア人の奴隷。

アイユーブと書家は平安《サラーム》のあいさつを交わす。

あいさつは省略されていて、短い。主題は最後の契約にある。守秘の契約といおうか、アイユーブは文書《ふみがき》をひろげて、そこに書家が右手の小指に塡《は》めていたハテイム（印形つきの指環。これにインクをつけて捺印する）を捺《お》す。

アイユーブはうなずいて、文書をふところに蔵《しま》う。アイユーブと書家、そして書家の奴隷は連れだって、戸口から家屋の空間の内側《なか》にむかう。アイユーブはここで護衛の盗賊たちは還《かえ》す。じっさいには家屋のある街区《ハーラ》の監視にもどす。そうしてアイユーブたちは石腰掛《マスタバー》からむかって右手に折れて、ふたたび通路を曲がって中庭《ホシュ》へ。そこには屋根はない。見えるのは倉庫、家畜小屋、それに葡萄《ぶどう》樹と桑とバナナ樹の植えこみ、やや塩分を含んだ地下水を汲《く》みあげる井戸。展《ひろ》がった空間から、さらにアイユーブたちは前方にすすむ。

まっすぐに、つきあたりの壁面の、扉に。

その扉はひらいている。灯りが漏れている。

地面に光線《ひかり》で指標を描いている。

大広間だった。足を踏みいれれば、アーチが訪問者たちを出迎える。大理石と陶磁のタイルを鋪《し》いた低い床を歩んで、さらに奥に。アーチがふたつ、アーチがみっつ。天井には小さな角灯《メムラク》がならんでいる。

奥の間にひとがいる。

最奥の客間に。

アイユーブたちをまっている。女。面紗《ブルコ》でおもてを隠して瞳《ひとみ》だけを見せている。その目もとはコフル墨でいろどられ、その美しい扁桃型《アーモンド》をきわだたせている。額（というか眉《まゆ》のあいだ）に文身《いれずみ》があるような気がするが、はっきりとは視認できない。なぜならば、膚の色が黒い。しかしヌビア人の漆黒の様相は呈せず、どちらかといえばアビシニア人の栗色にちかい。だが、わからない。ふしぎな白さもコフル墨との対比で浮きあがっていて、混血かもしれないと感じさせる。アラブ人種とその他の有色人種――ヌビア人、スーダン人、あるいはアビシニア人との。

わずかに顕《あら》わになっている瞳だけで、驚くほど高貴な雰囲気がある。

年齢は？　目もとだけでは判断できない。美貌《びぼう》は？　判断できる。しかし少女の美か、妙齢の若妻の美か。それは女に対峙《たいじ》するかのように奥の間にゆきついたアイユーブに似ている。不明の年齢とみごとな麗容が。

なにかが匹敵している。肩をならべる。

優雅さは女を二重のオーラをまとったかのように巨大に見せる。

「またせたのでなければよいが」とアイユーブは女にいう。

女は笑ったようにも想える。

面紗《ブルコ》のしたで。

「おまたせしたのはわたしだとも聞きましたが」

「たしかに」アイユーブは笑ったように想える。「あなたを見いだすには時間がかかった。あなたの所在をつきとめるには、じつに、じつに永い月日が」

「わたしは外界《おもて》にでることはありませんから」

「しかし名前だけは知られている。あなたは『夜《ライラ》』と呼ばれるし、ある者たちはむしろ『夜のズームルッド（エメラルドの意）』と呼ぶことを好む。わたしはなんと呼べばよいだろうか？」

「ズームルッドと」

「では、ズームルッドよ」とアイユーブは応じながら、その身ぶりで書家とそのヌビア人の奴隷に合図し、筆記道具と紙を準備させた。いつでも書きはじめられるように——。

「われわれには悠長に構えられるほどの時間《ゆとり》はない。あなたの所在を知りえたのはさいわいだった。正直、無理だとも思っていた。よもやコプトたちの経路《すじ》から、匿《かく》されていた情報を掘りあてられるとは。執念というのはたいせつなものだと、今回の一件でわたしは学んだよ。ズームルッドよ、非公式の歴史の側《うらがわ》にいるあなたよ、もっとも偉大なる物語り師よ」

「聴きたい者のまえには」とズームルッドはいった。「いずれにせよ、わたしは姿を見せるのです」

「あなたが？」

「物語が」

ズームルッドはその甘い蜜《みつ》の舌でいった。

「なるほど」とアイユーブは相手の返答を嚼《か》む。「さて、いうまでもないが、わたしが必要としているのは東西の権力者を滅ぼすような書物だし、たちまち読み手を擒《とりこ》にする物語だ。これがなにを指すかは、われわれのあいだでは語らずとも符牒《ふちょう》で理解される。いまや顔ぶれはそろった。あなたがいて、わたしがいて、学者でもあるカイロ屈指の能書家もいる。秘密の書物はいまや魔術の生を得るときだ。ズームルッドよ、夜に没《しず》んでいたあなたの名声を、いま、証《あか》したててもらおう」

アイユーブは書家をズームルッドのかたわらに、ほぼ正面にすわらせる。その譚《かた》りが発音のひとつもあやまたず聴きとれるように。口述筆記の準備が整えられる。

「ズームルッド……」とアイユーブは感に堪えないように漏らす。「……夜の種族よ、語り部よ」

「あなたもです」ズームルッドがいう。

「わたしも？」

「あなたも夜の人間です」

「そうなのか？」

アイユーブは純粋なまでに愉しげだった。

「さあ、はじめよう。もちろん『災厄《わざわい》の書』など存在しないし、歴史的にも存在したことはない。イスラームの正史にも外史にも。ただの仮構《つくりごと》だ。しかし、ひょっとすると、われわれは過去を書き換えることができるぞ。『災厄《わざわい》の書』――いまからその書を創《つく》るのだ」

第一部　0℃

歴史を食《は》むと、砂の味がします。時間《とき》のなかには砂がたっぷりとつまっているのです。わたしたちは折りにふれてそれをあじわい、教訓を得ることもあれば、逆に路頭に迷うこともあります。見るところ、知名な編年史家であろうと年代記作者であろうと、かならずや歴史の真理を把握できるとはかぎらず、これは個々人の資質に縁《よ》るとしか告げることはできないのです。

わたしたちは時間《とき》の砂にさらされ、その砂におのれの実相を験《ため》されることでしょう。

わたしがいまからお話しするこれは、おなじ語り部の職にある者たちのあいだでは『もっとも忌まわしい妖術師《ようじゅつし》アーダムと蛇のジンニーアの契約《ちぎり》の物語』と呼ばれております。ここには複数の挿話が織りこまれ、その一篇一篇は——いってみれば——主人公を異にする独立した物語であり、しかし譚《かた》りが進むにつれて巨《おお》きな物語に収斂《しゅうれん》します。ご註文《ちゅうもん》は稀《け》有《う》の「物語集」ということでしたから、もっともふさわしい雄篇《ゆうへん》ではないでしょうか。

この物語はまた、内側にとりこまれた挿話から『美しい二人の拾い子ファラーとサフィアーンの物語』としても知られ、むしろ一般の語り部のあいだではこの名称で呼ばれているようです。別名を『呪われたゾハル（土星のこと。ここでは都市名）の地下宝物殿』といい、時には『ゾハルの物語』とのみ略称されることも。しかし、語り部たちのあいだで伝承されてきたのはその題名のみで、挿話の一部が変容されてつたえられたという風聞《うわさ》をべつにすると、全容を知る者はありません。

この物語の記憶の運び手は、わずか少数の選ばれた語り部、聖なる血を秘めた夜の人間のみ。現在《いま》ではわたしが唯一の語り部となりました。

では、はじめましょう。ビスミッラー（アッラーの御名において）。

奔放な空想はご所望ですか？

この『もっとも忌まわしい妖術師アーダムと蛇のジンニーアの契約《ちぎり》の物語』あるいは『美しい二人の拾い子ファラーとサフィアーンの物語』は、いわば年代記です。それも砂《さ》塵《じん》にまみれた年代記です。幾多の世紀がそこにながれ、歴代の王がそのうえを通過しました。じっさいには、有名無名の王たちはそのかたわらを看過してすぎていったのですが。物語に孕《はら》まれた時間は無限であり、その起源《はじまり》はさらに数世紀、数千年はさかのぼります。ですが、わたしは古来のしきたりに則《のっと》り、一千年だけ時代を遡上《そじょう》して、妖術師アーダムについて譚りだしたいと思います。

これはほんとうに醜い男でございました。

まだ年若い、十七歳になったばかり。血筋はしかし高貴であって、ある王家の一族同胞《はらから》のなかでも一等称揚《たた》えられてしかるべきもの。具体的に申せば、アーダムは大王の息子、それも嫡出の児《こ》のひとりなのでした。

　この大王が絶対の主権者として君臨したのは、いまのアル・ヤマン（イエメン。アラビア半島の南部を指す）から紅海を隔てたアビシニアの高原地帯、北部一帯の地域にかけて打ち樹《た》てられた宏大《こうだい》無辺の王国でございます。もともとは（大王らの一族同胞《はらから》を輩出したのは）砂漠の部族で、アラブの一員であり、騎馬軍団としての勇猛さに拍車をかけて紅海を渡ったといいつたえられております。純血のアラビア種の軍馬をアビシニアの西に南にとすすめて戦火を燃やし、各地の夷狄《いてき》を平らげたのちは、商業国家として莫大《ばくだい》な富を蓄積しました。アフリカ内陸部から運ばれてくる象牙《ぞうげ》の集散地としての役割を獲《え》て、さらに紅海貿易も支配し、巨万の富を獲たのです。しかも現大王の御代《みよ》となるとはるかスーダン王の領土も併合し、まさに時《とき》世《よ》の最大の王国となりました。大国ちゅうの大国であり、威光の射す一帯に暮らす民草《たみくさ》のだれもが、この王国を「帝国」と呼びならわしました。

　しかし、領土の辺境にあって、この帝国に順《したが》わない唯一の例外がアーダムの時代に存在しました。

　それは小国家で、ひとつの商都からなる砂漠の邑《くに》です。その地理はといえば、上《かみ》エジプトの最南部がヌビア王の領地を経てあらゆる蛮境と接するところ、聖なるナイル河が二度、三度と彎曲《わんきょく》する砂漠地帯であって、じつに心地よい緑野《オアシス》を国土としておりました。一滴の降雨もない土地にまるで忽然《こつぜん》と出現したかのような緑野《オアシス》ですから、砂漠の交易の隊商がかならず立ち寄る都《まち》となり、商都としてひじょうな繁栄をみました。

この交易都市、名前は残念ながら記録されておりませんが、一千年後におなじ場所に再建された都がゾハルと呼ばれることから、ここでもゾハルと名づけて物語《おはなし》を進めます。

ゾハルには珍奇をきわめる紅玉《ルビー》、ダイヤモンド等の宝石類、犀《さい》の皮、豹《ひょう》の毛皮、さまざまな貴重な香木等が集められ、取り引きがおこなわれ、奴隷市場も立って繁盛し（中央アフリカで狩られる黒人奴隷の集散地だったことを意味する）、このようにして永年《ながねん》のあいだに貯えられた財貨すなわち国庫の潤いはそうとうなものでした。また、市内には貯水槽と灌漑《かんがい》水路網が設けられて、行《ゆ》きとどいた都造りがいっそう各国の隊商を惹《ひ》きつけていました。泉水の一部には薬効がある事実も知られていました。これは人間にも、駱駝《らくだ》や驢馬《ろば》の病にも効きます。そればかりではありません。ゾハルでは独自に軍隊を擁して、砂漠の隊商を（その交易路上に跳梁《ちょうりょう》する匪賊《ひぞく》、掠奪《りゃくだつ》者のベドウィンなどから）護衛する仕事も請け負っていたのです。

まさに栄えるべくして栄えた商都、それがゾハルでした。

さて、ゾハルが独自に擁していたのは軍隊だけではありません。イスラーム圏からはずれて地理的に孤立しつつ繁栄するゾハルは、自分たちだけの特別な神をもっていました。独自の神を崇《あが》めていたのです。

　さきほどわたしは上エジプトのさらに南の蛮境にゾハルは接して存《あ》ると申しましたが、この地はまた、ファラオ時代のエジプトの最後の名残りをとどめてもおりました。その緑野《オアシス》には多神教時代の遺蹟《いせき》があちらこちらに（崩れもせずに）のこり、都市の住人は神殿の廃墟《はいきょ》に住みついています。なんという恐ろしさでしょう！　ここはいまだ無道時代《ジャーヒリーヤ》のままなのです。右に偶像があり、左に偶像がある。まえに偶像があれば、ほら、うしろにも！

　かつてここでは邪神を崇め、動物の顔や半身をした神々を頌《たた》えていたのです。まことにファラオの時代とは忌まわしいものでございます。

　そして……そしてさらに恐ろしいのは、この邪神崇拝が預言者ムハンマドによって人類の蒙《もう》が啓《ひら》かれた時世以降であるにもかかわらず、命脈を絶たれずにおこなわれていた現実です。ゾハルの本来の住人（古来からこのオアシスに住みついていた土着の部族）のあいだで、邪神と偶像は脈々と奉じられていたのです——秘密主義で、少数の者たちにのみ教義と儀礼を受け継がれ。ですから、なにしろ異端宗教の実像は不明です。隊商をふくんだ外部の人間には、ゾハルの主神がなにかすらあかされておりませんでした。ファラオ時代の偶像はのこっていても、現在の邪宗の偶像はないのです。皆無なのです。交易都市としてにぎわい、そのために他に類を見ないほど開放的な性格をもったゾハルでありながら、都市住民の信仰内容——その実態——については基本的な知識ですら秘密とされていたのです。

アーダムの時代、帝国はむろんのこと、どうにかしてゾハルを陥落させようと手をつくしました。ここを墜《お》とせば広範囲の貿易支配が可能となり、いまは辺境の一小国のふところに納まっている桁《けた》はずれの財貨がみずからの側にもたらされるのは必至。「これを属州にするのだ」との大王の号令のもと、幾度も軍事遠征が試みられ、何千という軍馬が派遣されましたが、しかし日ごろから匪賊相手に戦っているゾハルの軍隊の実力でしょうか、あるいは一種の運命《めぐりあわせ》でしょうか、攻撃が功を奏することはありませんでした。ときに、砂あらしに阻まれ、ときに、巧妙な戦術に陥《お》ちました。

手痛い被害がつづいた数年後、いよいよアーダムの出番がやってきたのです。

ところで、アーダムは現大王の末子《ばっし》であり、そのやんごとない血統から王位有資格者にはちがいなかったのですが、継承順位はもっとも低い人物でした。なにしろ九番めの嫡出の児です。ところが、この十年間に六人の兄王子が宮廷で——あるいは戦場で——病に斃《たお》れ、不慮の事故に遭い——遠征さきで陣歿《じんぼつ》して——ついには王位継承の第三番めの候補となっておりました。世襲の王位にもっともちかい同腹《どうふく》の子息たち（いまや第一候補が三男の王子、そして第二番めが四男の王子です）は、領内の辺地の太守に任じられ、次期大王にふさわしい辣腕《らつわん》ぶりの統治と豪勇ぶりを披露していましたが、対するアーダムはといえば、幼少のころより武芸というものにまるで秀でず、騎馬軍団の将となる器ではありえず、しかも見た目の醜さもあって人望というものは皆無。大王そのひとは当然のこと、とりまきの大臣《ワジール》らの派閥のひとつからも目をかけられず、ひいきにされていない、もっとも期待をかけられていない王子なのでした。

状況はアーダムが第三番めの候補となり、王位継承の争闘《あらそい》の最前線に飛びだした時点《いま》でも変わりません。

しかし、アーダム自身には期するところがあったのでしょう、ゾハル攻略で帝国軍の失態がつづきますと、なんと大王にじかにゾハルを秘策をもって攻めたいと申しでたのです。

「父上、現世《うつしよ》の大君よ。偉大なる御方《おんかた》よ」とアーダムは大王の宮廷でその御前《ごぜん》の床に平伏し、奏上いたしました。

大王は答えました。

「倅《せがれ》よ、アーダムよ」

「いったいなにごとじゃ？　わざわざ出陣を願いでたと大臣《ワジール》はいうが、本気なのか？」

これに対し、アーダムはまず父王の長寿を神に祈り、それから「さようでございます」と返答したのです。

「主《にし》ゃはまだ若い。わずかに十七歳で、戦場での経験もない」にべもない口調で大王はわが末子に告げました。「帝国の精鋭軍を率いるには、どうにも不十分だと思うが、どうじゃ？」

「まこと、仰《おお》せのとおりでございます」

「ならば、わかっていて出陣をうんぬんするのか？」

「わたしめにはとても千人の騎馬部隊を統率する能力はありませぬゆえ（もちろん二千人の騎馬部隊、三千人の騎馬部隊もおなじことですが）、せいぜい把握できるだけの人数、すなわち一軍となる百名の兵馬をお借りできればと思っております」

「なんと、百名の手勢か」

「さようで」

「それでどうする？　数千の軍馬が討ち平らげられなかったゾハルを、主《にし》ゃがわずか百名で陥とすのか？」

大王の皮肉に耳を藉《か》さず、アーダムは御前の床にひれ伏したまま具申をつづけました。

「百人の騎馬軍団と一年をください。父上。わたしめはそれをもって、インシャラー（インシャー・アッラー、神の思し召しにかなうならばの意）、ゾハルを内側から崩潰《ほうかい》させて剿滅《そうめつ》いたします。ゾハルの莫大《ばくだい》な交易収入からなる財力、そして内陸の砂漠の交易路を占有している政治力、これらをかならずや、わが帝国の手中《たなうち》におさめてご覧にいれたいと、息子アーダムは心底から希《ねが》っているのでございます」

この懇願は大王の肝（肝臓はアラビアでは感情の発生源とみなされる）をすこしばかり動かしましたが、いっぽう、宮廷にひしめいた大臣《ワジール》たちはくすくすと嘲《わら》いをこらえるのに必死でした。なにしろアーダムとはどうしようもない愚鈍な王子、弓術に槍術《そうじゅつ》すらまともにこなせぬ弱腰で無能の王子、取り柄といえばささいな悪智慧《わるぢえ》ばかり。それに、ほら！　あの醜い容貌《ようぼう》といったら！　これはもう牝驢馬《めす》の仔《こ》も同然でした。猿の仔も、鬣狗《ハイエナ》の仔も同然でした。しかも醜怪さには醜怪さが重なるもので、頭髪はすさまじい剛毛となって異常に伸び、剃《そ》りあげるのが帝国の男子のたしなみであるのに後頭部にひと総《ふさ》ばかり、女性のように束ねられてのこっています。床屋のはさみでも断ち切れない剛毛なのです。まるっきり情けないほど奇ッ怪な異相で、この醜悪王子が「百名の手勢でゾハルを攻めとる」と宣言したのですから、嗤《わら》わないではおれません。

しかし、大王のてまえ、どうにか沈黙《しじま》を守っておりました。

熟考ののち、大王はつぎのようにアーダムに応じました。

「よかろう。いずれにしてもゾハルは攻めなおさねばならぬし、主《にし》やが試してみるがよい。たとえ失敗に終わろうと、しょせんは百名ばかりの軍馬。損害らしい損害でもない。百名なのだな？」

「百名でじゅうぶんでございます」

「それで、一年か？」

「一歳《ひととせ》のうちには結果をご覧にいれます」

「かりに主《にし》やが成果をもって帰還したならば」と大王はいいました。「わしがさずける褒賞は期待してよいぞ！」

このようにして十七歳のアーダムはゾハル遠征に出立《しゅったつ》いたしました。

帝国の主要部族はとうにイスラームに改宗しておりましたので、これは邪教徒の討伐行ともなり、まさに聖戦《ジハード》でございます。百頭の純アラビア種の軍馬が隊列を組んで、荷を運ぶための駱駝《らくだ》と奴隷をかたわらに従えながら、アビシニアの高原地帯から西北の砂漠を指して出陣したのでございます。

さて、わたしはすでにアーダムを「妖術師《ようじゅつし》」と形容いたしましたが（これは物語の題名のためでもありますが）、この時点ではまだ妖術のつかい手としての伎倆《ぎりょう》はわずかばかりの程度。そうした分野に深い体験をもち、あらゆる知識を究めて悪名《あくめい》を轟《とどろ》かせるのは後年のことです。とはいえ、十人なみの魔女のようには魔法の類《たぐ》いと占いごとを習いおぼえておりました。

というのも、アーダムはじっさいに魔女である老婆《おんな》に育てられたからです。その醜い貌《かお》から出生時より疎んじられていたアーダムは、兄王子たちのように愛情もそそがれず、また英才教育をほどこされもせず、身分いやしい乳母に預けられて後宮《ハリーム》の一室に抛《ほう》っておかれたのでした。そして、乳呑《ちの》み子のアーダムを養ったこの乳母こそが魔女の素顔をもっていたのです。七歳をすぎるまで、アーダムは魔法に通じた乳母の薫陶をうけながら後宮《ハリーム》の闇《くら》がりを這《は》っていたのでした。

アーダムという人物は、両親《ふたおや》の愛がなかったためでもありましょうが、じつは強靭《きょうじん》な精神力を秘めておりました。意志の力であらゆる苦痛を克服できるほどで、でなければ疎まれつつ生きのびるのに耐えられなかったのでしょう。いうまでもありませんが、妖術を修めるのに必要不可欠なのはこの意志の強靭さです。もっとも、これは帝王学の素養としても重要であり、大王をはじめとする廷臣のひとりとしてアーダムの精神力に気づかなかったのは、まるで帝国の不幸だったのですが。

もちろん、気づかないのは当然です。この宮廷にあって、だれもアーダムに注意を払っていなかったのですから。

アーダムが生まれてこのかた。

聖戦《ジハード》に発った百人の騎馬軍団とアーダム（それに従者の奴隷たち）は、馬をすすめてナイル河の支流にいたり、そこから砂漠に入りました。ゾハルに通じる隊商路に接近すると、アーダムは奴隷と駱駝を帰し、手勢のみで無人の砂漠のただなかに陣を構えました。ここより、アーダムは機動力をもって知られるゾハルの軍隊の実態を偵《さぐ》りはじめたのです。

アーダムの計画の核にあるのはこうでした。あらゆる交易の隊商を受け容《い》れる開放的な都《まち》のゾハルですが、年にいちど、そのゾハルが秘密主義にすっぽりとつつみこまれます。これは例の邪神崇拝とかかわる神聖月間なのです。時季はと申しますと、コプト暦でいうところの十二月（コプト暦はエジプトでつかわれている太陽暦。農作業のために太陰暦のイスラーム暦（＝聖遷暦）と併用されている。しかし、太陽暦といってもその基準は一般のキリスト紀元とは異なっており、ここでは三月か四月と表記されるべき。にもかかわらず、西欧の読者を意識してか、英訳版の原文では December と修正されている。このような修正は以下も同様）、つねに万人に開放的で寛容であった商都は、あらゆる異教徒を閉めだすのです。このばあいの「異教徒」とはむろんゾハルの邪宗いがいの信仰者を指します。ようするに、ゾハルの住人がもつ独自の神、彼らだけの邪神の実像と、その信仰の実態はこの期間にしかあかされないのです。

　交易都市だから入るのはたやすい、しかし都市生活の内側に入りこむのはかたい、それがゾハルなのです。門戸はひらかれているのに、すべてが秘匿されている。そして秘中の秘がコプト暦でいうところの十二月にある。アーダムはまず、この邪宗の信者となって、商都の精神世界の内奥をつかみとってやろうと目論んでいました。その証《あか》しとなるのが、ゾハルから見ての異教徒は入りこめない、神聖月間にこの商都に滞在することでした。それも正当な権利を獲《え》て。

　つぎに全異教徒が閉めだされるのは半年後です。

　ゾハル潜入のためにアーダムがもちいたのは、なんとも巧妙でなんとも奇抜な、アーダムいがいには実行不可能なのはまちがいない、異常な奇策でした。アーダムは無人の砂漠に（百人の手勢の拠点《あしば》とする）陣を構えるやいなや、十数回にわたって偵察隊を繰りだしました。これはゾハルの屈指の軍事力がどのように都《まち》の四囲に展《ひろ》がっているのか、砂漠地帯に展開しているのかを見きわめ、かつ、ゾハルを商売《あきない》のために訪れる隊商の出入りと、その交易のじっさいの状況《ありさま》をつきとめるのを目的として分遣されておりました。

そのように百名の手勢にアーダムは偵《さぐ》らせたのです。

敵情の偵察というのは機敏さを旨とするものですから、ゾハルの四方に送り遣わされる軍馬はなんとしても軽装となるように厳命されました。ですが、アーダムは偵察隊の任に就いていない手兵についても、おなじような極端な軽装を要求しました。具体的には、帝国の武人であることを示す色彩《いろ》あざやかな軍服、軍旗、ターバンに挿《さ》した鳥の羽に貴石に飾られた兜《かぶと》と胸当て、こうした軍装のほとんど一式を棄てさせ、さらに馬具ですら(面繋羈《おもがい》などの)装飾と馬甲《うまよろい》を抛棄《ほうき》させたのです。わずかに三日月刀《シミタール》と長槍《ながやり》、あるいは一箙《えびら》の矢だけを携帯させて、軍馬の操縦に必須《ひっす》の道具《もの》だけをのこさせました。

いよいよ目標を充たしうるだけの情報蒐集《しゅうしゅう》がすむと、アーダムは百名の一軍に出陣を命じました。

ですが、これはゾハルを守備する軍隊に対しての攻撃命令ではありません。

アーダムが総軍に命じたのは、交易路を往《ゆ》く隊商の襲撃でした。

自分が父王より借りうけて率いている百人の軽装備騎馬部隊に、アーダムは、商都ゾハルに通じている主要な交易路のひとつを荒らすように指令したのです。

絶えず形態《かたち》を変える砂丘にひそみ、また、涸川《ワーディ》の地形を利用したりなどして、定《き》められた交易路に網をはり、総大将のアーダムによって下知《げじ》された時刻に(早朝の礼拝がすんでから二時間ほどの涼しげな――すなわち隊商が往きかいやすい――時間帯でしたが)この街道を通りかかった駱駝の隊商に襲いかかりました。軽装の一軍はたちまち旅人たちを屠《ほふ》り、躍りかかって殺戮《さつりく》し、荷を満載にした駱駝を掠奪《りゃくだつ》しました。こうして戦利品に群がるや、だしぬけに狼藉《ろうぜき》をきりあげて殺戮の惨《むご》たらしい痕跡《こんせき》もそのままに現場から遁走《とんそう》いたしました。

さて、最初にこの惨事の痕跡《あと》を発見したのはと申しますと、これはほかならぬゾハルの軍隊でございます。なにしろ交易路の安全保障は、通商都市のゾハルにとっては最重要事、あまた訪れる商売人たちを警固しないでは小国ゾハルの信用も繁栄もありません。交易路の安全保障こそ、ぜったいのものなのです。ですから、すでに解説《おはなし》もいたしましたが、契約をかわした隊商に護衛として——金子《きんす》をうけとっての正規の仕事として——つき添うのはむろん、契約の有無それから規模の大小を問わないあらゆる隊商を保護するために、軍隊は常時、小部隊にわかれて砂漠の全域に展開していたのです。主要な交易路を中心として、個々の守備隊がそれぞれに定められた地域を日に何度も往復し、警戒していたのです。

こうした監視の見まわりのなかで、アーダムの手勢の一軍による隊商襲撃の痕跡《あと》は発見されたのでした。

奇蹟《きせき》的にも、襲われた隊商には生存者《いきのこり》がおります。その証言《ことば》から、事件はまぎれもない賊のしわざと目されました。それも見慣れたベドウィンの匪賊《ひぞく》とは異なる、多数の人馬を擁した大規模な盗賊団の所業だと判断されました。第一に、襲撃者のめあては隊商の積み荷の強奪にありましたし、軍装を棄て去ったアーダム指揮下の百名を、帝国の騎馬軍団と見る者はいなかったのです。この二つの理由によって、あやまった判断が下されたのでした。

もちろん、交易路の緊張は昂《たか》まりました。襲撃事件の発生した街道ではとりわけ警戒の態勢が強化されて、この地域を担当《うけもち》とする守備兵の数もいっきにふやされました。ですが、これこそがアーダムの狙いであったのです！

数日後にアーダムは二度めの猛襲を指揮しました。なんと、おなじ交易路です。百名の軽装騎馬部隊は、またもおなじ刻限の似たような規模の隊商に襲いかかり、三日月刀をふるい長槍を馬上から駆使すると、こんどは商人《あきんど》たちを皆殺しです！　そして貴重にして高価な隊商の積み荷の数々を強奪すると、のこった荷には火を放ちました！

一瞬《ひとまたたき》のあいだに燃えあがる荷物は白煙をたち昇らせました。これは烽火《のろし》のような火急の合図、救難の信号となりました。ただ真っ平らにひろがるゾハルの近辺の砂漠にあって、白煙はもくもくとたち昇り、匪賊はいずこぞと哨戒《しょうかい》にまわっている守備隊を喚《よ》び寄せる救難の信号となったのです。

けれども、アーダムの指令《さしず》をうけた百名の騎馬部隊は、この襲撃の現場に止《とど》まりつづけました。

ただちにゾハルの守備隊が駆けつけました！　駱駝を奔《はし》らせるゾハルの武人たちは、こいでたちれはすさまじい勇猛な装い。鞍頭《くらがしら》の高い特殊な鞍にまたがり、解放された足裏のぜんたいで駱駝《らくだ》の首を律動的に蹴《け》りつけて、たちまち駱駝の速度をあげさせます。騎馬の群盗が横行跋扈《ばっこ》するなど許すまじと、すでに矢をつがえて、長槍も擲《な》げつけんばかり。しかも人員の補充された部隊は大集団です。しかし、アーダム配下の百名は背をむけず、これを正面から邀《むか》え撃ちました。

ほとんど百名の軍勢と百名の軍勢のぶつかりあいとなりました。いえ、ゾハル側はここを担当とする守備隊にとりわけ勇ましい精鋭を増兵したばかりでしたから、数の均衡は戦闘力《ちから》の均衡とはなりません。あきらかにアーダムの手勢、アーダムの側の百名の軍勢が不利であって、厳とした事実は序盤から、如実に戦争《あらそい》ぶりに反映しました。喊声《ときのこえ》と喚声《さけびごえ》の交錯ののち、敗走を余儀なくされたのはアーダムの軍勢です。生きのこった軍馬は五十。軍装を棄てた百人は守備に弱く（たとえば兜も胸当てもないものですから）、じつに半数もの兵力がうしなわれてしまったのです。とはいえ、ゾハル守備隊のほうの死者もそうとうなものとなりました。軽装なれども帝国の騎馬部隊はさすがは帝国の正規の軍団、剽悍《ひょうかん》で鳴らしているだけのことはある、獰猛《どうもう》にして果敢をきわめる激闘のさまでした。

では、この戦闘にあって、アーダムの活躍はいかなるものだったでしょうか？いかなるものでもありません。そもそも、アーダムは戦場にたって采配《さいはい》を揮《ふる》ってもいないのです。まるで戦闘には加わっておりませんでした。もっとも、武器のとりあつかいすら常人《ひと》なみにできないアーダムですから、参戦していても戦力に数えられることはなかったでしょうが。

それでは、アーダムはいずこに?

みずからの手勢がゾハルの守備隊との烈しい剣戟《けんげき》を演じていたあいだ、アーダムはこの戦場を離れて、数日まえより交易路のはるか後方にひき返しておりました。ナイル河の支流に生まれた港町、この交易路の入り口にあたり、さまざまな隊商がゾハルへの出発地点に利用している水ぎわの町にたどり着き、いくつもの旅籠《ハーン》をまわっておりました。なにやら探っていたのです。

アーダムはすでに旅支度をじゅうぶんに整えた、出発まぎわの隊商を探していたのです。みずからは各地を行脚《あんぎゃ》している旅の者を装って、ゾハルの市場をめざす貿易商たちに接触しました。隊商の道の起点となる港町ですから、目的は容易にかないます。何組もの隊商の内情を察《み》て、まさに現在《いま》発たんとしている一行に着目して、この隊商に加えてほしいと頼み入りました。ゾハルに参るつもりなのですが、砂漠を単身で旅するのはむりなのです、どうかあなたがたの庇護《ひご》のもとにおいてくださいまし。このように隊商を率いる族長に懇願いたしました。

それは荷は豊富ですが貧しい隊商でした。ありとあらゆる種類の珍品をたずさえて、これらの珍品を早々に金《かね》に換えたいと、砂漠の商都として名高いゾハルを指していたのです。では、族長の目にアーダムはどう映ったでしょう？　まず、他国者《よそ》という判断があり、ついで、なんと醜い男だという印象に衝《つ》かれました。若くしてこれほど醜怪な形相の少年もめずらしいほどです。体躯《からだつき》に異常はありませんが、しかしその貌《かお》といったら！　そして、その髪の毛！　ターバンのうしろからこぼれでる奇ッ怪な長髪、その剛毛のひと総《ふさ》といったら！　まるで女のように束ねています。けれども、こうした忌まわしい面貌《めんぼう》にもかかわらず、着ているものは上品です。一見、困窮しているような態《なり》ですが、それはたんに衣裳《きもの》に長旅の汚れがついているだけのこと。いちばん上等な外衣《ギッベー》に、その内側にはなんと！　金糸の縁飾りがある絹の中着《カミー》がうかがえます。隊商の族長は、この醜い若者はかなりの理《わ》由《け》ありにちがいないと看《み》てとりました。

「いったいあんたはどういう身分のひとなんだね？」

たずねると、アーダムはさめざめと涙をながしました。

しかし、なにかを答えるわけではありません。それだけはお聞きにならないでくださいまし、と涕涙《なみだ》ながらにいい、族長は、――ふむ、この若者はその醜さから棄てられたのだな、もとは高貴な家柄であったろうに、不憫《ふびん》なものだ――、と勝手に推測いたしました。たしかに醜男《しこお》ではありますが、物腰には気品があり、いとも慇懃《いんぎん》なことばつき。それに、庇護をもとめられたならば見知らぬ相手であっても受け容れるのが砂漠の高潔さです。ひとり旅は避けたいとの説明はもっともで、目的地もおなじゾハルとあっては、同行《どうぎょう》を拒む理由はありません。

それに(じつはこちらが決定的な影響を見せたのですが)アーダムは隊商に同行させてもらう代価として、身にまとっていた指環——これは銀製で透明な宝石が嵌《は》めこまれておりました——や金糸の縫いとりのある手巾《しゅきん》その他の、わずかながらにも高価な品《しな》じなを供したいと申しでたのでした。そのなかには真珠や黄金の飾りもふくまれています。貧窮している隊商でございましたから、こうした申し入れを断わるはずはまず、ありません。さらにアーダムは、身につけていた最上等の外衣《ギッベー》に絹布の中着《カミー》までも隊商の若者にさしだし、かわりにその若者から着古した襤褸《ぼろ》をもらいうけるほどの徹底ぶりでした。

こうして許可をあたえた族長にすらアーダムは素姓を疑われず、アーダムを一員に加えた隊商は、駱駝、驢馬《ろば》、騾馬《らば》、そして徒歩《かち》の人間が縦列を組むようにして列《つら》なり、港町から出発したのでした。

すでにアーダムの手勢百名によって二度の襲撃がおこなわれている交易路の入り口を、まさにゾハルにむかって。

では、そのアーダムの手勢百名は——いまでは五十名となってしまいましたが——いずこに?

敗走した彼らは?

これはなんと、一度めの隊商襲撃、二度めの隊商襲撃につづいて（そう、ゾハルの守備隊と死闘を演じたあの第二の隊商襲撃です）、おなじ交易路での第三の襲撃を試みようとしておりました。

そのための準備をすすめておりました。

標的はすでに定《き》まっており、それはこの隊商、ナイル河支流の水ぎわの町を出立した隊商、アーダムをその一員に迎え入れた隊商にほかなりませんでした。

なにしろ、ゾハル守備隊との烈しい乱戦の直後です。交易路の緊張はほとんど極限まで昂《たか》まっています。むろん、ゾハルの商都としての信頼、信用度に疵《きず》がつかないよう、守備隊の側は一般の旅商人《たびあきんど》たちに事件をおおやけにしておりませんので、交易の隊商そのものは日ごろと変わらず往きかっております。とはいえ、ゾハル守備隊はといえば、もはや哨《しょう》戒《かい》は非常事態の域に達したすさまじさ、先日の事件ですくなからぬ数の同志を殺されておりますから、横行する騎馬の匪賊《ひぞく》への瞋《いか》りをたぎらせて、その監視の目をらんらんと赫《かがや》かせております。いうまでもなく、この三度めの交易路の襲撃は、なまやさしいということばにはほど遠いもの。用心にも用心を重ねて抜け目ない策を練る必要があり、準備《てはず》から実行までをはなはだ慎重におこなわねばなりません。

さいわいしたのは——意外なことですが——騎馬部隊の人員の減り具合でした。アーダムの百人の手勢はいまでは半減、以前に比べて戦闘力ではまるで劣ってしまっていますが、しかし機動力では勝り、これまで以上の忍びやかな行動《うごき》が可能となっていたのです。アーダムを同行させた隊商の一行は、アーダムの配下である五十名の騎馬部隊に追跡され、さきまわりもされて、ひそやかに交易路のかたわらで（ここでは襲撃隊のほうが地の利を得ておりました）まち構えられたのです。

標的の隊商は日盛りの二時間ほどまえに騎馬部隊の「網」の場所にさしかかり、たちまち襲われてなぶり殺しにされました。豺《やまいぬ》の猛悪な無慈悲さで獲物となった隊商はしゃぶられ、しゃぶりつくされ、骨の髄まで吸いとられました。ふたたび皆殺しです。隊商に加わっていた人間は――成人の男はむろん、女《おんな》子どもまで――刺し殺され、斬り殺され、射《い》殺《ころ》されました。ひとりのこらず事切れました。

いえ、ただひとりをのぞいて――

アーダムは生きのこりました。もちろん手勢の騎士たちがアーダムに手をかけるはずはありません。アーダムは惨烈をきわめる虐殺の痕《あと》跡を見まわして、一つひとつ確認します。さきほどまで自分と連れだっていた一行、その一行がゾハルで金に換えるはずだった積み荷は無残に荒らされて、荷物を負わされていた駱駝、驢馬、騾馬は絶命してゴロゴロと砂地に横たわっています（畜類《けもの》までも皆殺しにしたのです！）。隊商に属していた人間は、そうした畜類《けもの》と食い荒らされた積み荷のあいだに、死屍《しし》累々《るいるい》として転がっています。

「これでよい」とアーダムはつぶやきました。砂地から腰をあげながら。「じつによい。第三の襲撃もまた完璧《かんぺき》だぞ」

それから騎乗の態勢のままで虐殺強奪の現場にちらばっている手勢たちを見まわし、こう語りかけました。「そのほうらは隠密《おんみつ》の鑑《かがみ》にして騎馬武者の鑑、その働きぶりは帝国随一だな」と褒めて煽《おだ》てあげたのです。「父王もさすがに比類のない精鋭の猛者《つわもの》どもを授けてくださった！」

なんとも直截《ちょくせつ》にもちあげられると、アーダムの下僕《しもべ》たちは無言のままの、臨戦の姿勢をとっている身でありながらも、――なにごとにつけ、お指図に従いまする――、との風情となりました。

アーダムは交易路のかなた、ゾハルの方角を見やります。すると、はや！　地平線には土煙が。それは駱駝《らくだ》の大集団がもうもうと捲《ま》きあげる土煙、ゾハルの守備隊がいまにも駆けつけんとしているにちがいありません。

「そら、そら！」とアーダムは手勢たちにいいました。「邪教徒どもが大挙しておしよせるぞ！　さあ、駛《はし》り去れ！　馬力のかぎりに逃げるのだ。時おり諾足《だくあし》にわざとして、速度をゆるめてゾハルの邪教徒にうしろ姿をちらつかせ、きっちり追跡させながらな。その後はあたえられた指示にしたがうがよい」

五十人の手勢は即座に駆けだしました。ゾハルとは反対方向にある地平にむかって、奇声をあげて疾駆します。もうもうたる砂ぼこりが舞いあがりました。走り去る騎馬軍団の背後にたち昇る砂塵《さじん》があり、走り来たる駱駝軍団の後方にたち昇る砂塵があり、そのはざまの（アーダムいがいは）無人となった交易路の惨劇の現場に、ふしぎな静寂がのこされます。

さて、アーダムはただちに果たすべき自分の役目に就きました。この第三の襲撃の惨状の場、自分の同行を許可したために――親切心と若干の金銭欲からアーダムを拾いあげ、おなじ旅の仲間として庇護《ひご》下においたために――鏖殺《おうさつ》された隊商の残骸《ざんがい》のただなかにあって、アーダムは頭部に巻きつけた汚れたターバンを解き（これは隊商の若者からもらいうけた襤褸《ぼろ》でした）、赤いタルブーシュ（ターバンの下にかぶっている布製の縁なし帽）だけとなり、例のゴワゴワとした長髪を束ねた後頭部のひと総《ふさ》にふれやすいようにし、この髪の束のなかを探りました。なんと、醜いだけの婦人のような纏《まと》め髪《がみ》のひと垂らしには、細身の短剣が忍ばせてありました。

アーダムはこの短剣をひきだすや、鞘《さや》をぱっと払い、たちまち、ぎらぎらと砂漠の陽光を反射しだした刃に接吻《せっぷん》します。

それから、アーダムはこの短剣を危なげな手つきで――両掌《りょうて》で――刃を内側にむけて握り――自分の胸もとにふるいました。

いったん刺すと、躊躇《ちゅうちょ》というものは消え失せ、だいたんに手際よい自傷《じしょう》がはじまります。

急所をはずしているとはいえ、アーダムはとても浅傷《あさで》とは呼べない創傷《もの》を、自身の肉体に刻んでゆきます。短剣をあやつる指さき、手さきは、なんという意志力でしょう！　武器としての短剣を握ったときの危なげな気配《ようす》はいまや影もかたちもありません。ためらいもあらばこそ、口からはうめき声ひとつ漏らさず、尋常ではない集中力で自虐をつづけるのです！　そこにあるのはなみはずれた目的意識と、異様なまでの忍耐力。いずれにしても、常人にはとうてい不可能な精神の業《わざ》でした。アラブ世界一の軍人であっても、はたしてアーダムのこれをまねできるかどうか。

血はあふれんばかりにながれだしました。

アーダムの胸もとから。

皮膚のしたから、薄い肉《しし》から、そして臓腑《はらわた》から。

ことを了《お》えるとアーダムは血塗られた刃を鞘にもどし、短剣を束ねた毛髪のあいだにもどしました。ひと総《ふさ》の垂れ髪のあいだに。それから、地面に倒れます。全滅した隊商の——第三の襲撃に見舞われた隊商の——荒らされた積み荷の残骸のなかに。倒れ伏します。うつむけになって、つぶやきました。

「これでよい」

と。また、

「じつによい」

とも。

失血は意識をうしなわせますが、その態《さま》が実に、匪賊に襲われて傷を負い、喪心した人間そのものでした。

まぶたを閉じたアーダムの失神する現場に、ゾハルの守備隊はほどなく着到《ちゃくとう》いたします。戦闘もこなせるように訓育された駱駝にまたがり、弓と長槍《ながやり》で武装した大部隊です。もはや怒髪《どはつ》天を衝《つ》くような形相で、この交易路上の惨状を目《ま》のあたりにすると、即、二手にわかれました。大人数をかかえた本隊の側が匪賊（つまりアーダムの手勢の騎馬軍団です）の追撃のためにそのまま疾駆をつづけ——地平にはいまだ馬蹄《ばてい》の砂塵がたっていたので追跡は容易でした——いっぽう、分隊となった十人ばかりの小部隊が襲撃の現場の検分にあたりました。いくらも経たないで、極悪な騎馬の群盗の所業の痕跡《あと》に、ただひとりの生存者《いきのこり》が見いだされます。第一の隊商襲撃のさいと同様、奇蹟《きせき》的に九死に一生を得た人間です。着古した襤褸《ぼろ》をまとった少年で、この貧しい隊商の一員であることはまちがいない、創傷をうけて失神する若者でした。

ですが、なんという醜い少年でしょう！　その醜怪な面《おも》ざしに一瞬、息があるかどうかをたしかめるために少年のからだをあおむけにし、抱き起こそうとしたゾハルの武人は呼吸をつまらせましたが、生死の確認こそが最優先事。脈を診《み》て、ただの失神状態だとわかると、分隊の指揮官に視診（と触診）した詳細を報告いたしました。

「致命傷はまぬかれております。ですが、かなりの深傷《ふかで》です。すぐに救命の処置《てあて》をほどこさねば」

「なんと不憫《ふびん》な」と答えたのは長身で肩幅の広い指揮官でした。「あの呪われた盗賊どもめ！　隊商荒らしの兇徒《きょうと》らめが！　またしてもか！」

いい放った指揮官の外見は、武人としての貫禄《かんろく》のほかに、特異な徴《しる》しをもっていました。碧眼《へきがん》だったのです。ゾハルの土着の部族とは出自を異にするのでしょう、あきらかにルーム人のような容姿です。異国者《ガーリブ》でありながら分隊の指揮官を務めていると思われました。あるいは異国者《ガーリブ》の血が濃いのです。

碧眼の分隊長は失神する生存者《いきのこり》――アーダム――に歩み寄り、正直に申せば、不吉なほどの少年の悪相にしばし啞然《あぜん》としたのですが、この第一印象を抑えこむと部下たちに命令を下しました。

「この深傷を負った少年をただちにゾハルに運ぶのだ。応急の処置を忘れず、失血をなんとしてでも止めて。惨《いた》ましい襲撃の犠牲者をこれ以上、ふやしてはならん。是が非でも少年を生き存《なが》らえさせるのだ！」

アーダムは負傷者として輓輸《ばんゆ》されます。駱駝の牽《ひ》いて搬移する車に乗せられる瞬間、唯一の生存者《いきのこり》のアーダムと隊商の構成員たちとのあいだの民族的なわずかな差異は、確認される機会はあったのですがまるで気づかれません。アーダムの面相の醜さにまぎれて気づかれもしないのです（前行ではアーダムと隊商の部族がおなじアラブ系の人種に属していたことが示唆されている）。旅人の服装《なり》をして、自傷から来る大量失血によって意識をうしなったアーダムは、まごうかたなき敵方であるゾハルの邪教徒たちにかかえられ、三回にわたって手勢と死闘を演じたその猛《たけ》き駱駝の軍勢に護《まも》られて、ゾハルの守備隊に看護されながら異教の聖地にむかいました。

仇敵《きゅうてき》を手厚くもてなして守護し、味方の本陣の内部《なか》に運んでいるのだなどとは、ゾハルの守備隊のだれひとり思ってもいませんでした。

それも、騎馬の匪賊《ひぞく》の真の首領を。

ゾハルの都《まち》は周囲に壁を繞《めぐ》らしておりました。大門があり、複数の用途べつの門があり、さらに交易の隊商には無縁な、異教の信者でなければ利用不可能な門があります。ゾハルの守備隊が繰りだすのもこうした門のひとつであり、アーダムは駱駝の軍団の出陣用の門から、堂々とゾハルに入京しました。

市中に入ると、軍団が利用している石造りの営舎に運びこまれて、その地階の一室に寝かされ、ここで七日間にわたる治療をほどこされました。駱駝の世話をする畜舎が中庭にある、巨大な兵舎の内側で――そして時おり、ひどい咆哮《ほうこう》をあげる駱駝の啼《な》き声を聞きながら――こまごまと介抱されて、アーダムは快復にむかいます。

アーダムはゾハルの軍人たちから同情をうけ、厚い看護をうけていたのでした。ゾハルの人間がアーダムに哀れをもよおすのも当然です。彼らじしん、隊商の襲撃をくり返す騎馬の匪賊との戦闘《たたかい》によって、何十という仲間の生命《いのち》、信仰の同志の生命を奪われていたのですから。おなじ悲劇の犠牲者とみなされているアーダムが、同情を呼ばないはずもないのです。

治療と看護の最初の三日間、アーダムは問われるままに、虚偽《いつわり》の素姓を語ります。あの隊商はわたしの親族の集まりなのですなどといって、――父も伯父《おじ》も逝《い》ってしまいました、母も妹も従姉妹《いとこ》さえも逝ってしまいました、一族郎党はあの兇悪な匪賊に殺《あや》められ、わたしの同胞《はらから》はもはやのこされておりません――、と絶望の声音で囁《ささや》きました。さめざめと泣きました。歎《なげ》きの演技に関しては、アーダムは天才的な資質を具《そな》えていたのです。それから、看護の後半の四日間は、うって変わって口を閉ざし、まるで絶望に沈みこむよう。悲《ひ》歎《たん》もそのきわみに達して、なにも語ることができないのだといわんばかり。じつは出自《みもと》をさらに詳細に問いただされないようにとの策なのですが、沈黙《しじま》を守るようすは完璧《かんぺき》な名演として所期の目的を達し(なにしろ、まるっきり悲歎にふさぎこんでいるようにしか見えないのです)、ゾハルの守備隊に属している軍人たちの、さらなる同情、さらなる心情的共感を集めるのでした。

アーダムの容貌《ようぼう》のただごとならない醜怪さも、この共感のまえには消えてしまいます。

そして八日め、いよいよ胸もとの深傷も癒《い》えたという頃あいに、アーダムを訪ねる者がありました。あの青い瞳《ひとみ》をした分隊長でした。隊商襲撃の惨状の痕跡《あと》で見いだされたアーダムを、なんとしても生き存《なが》らえさせよと部下たちに命じ、懇篤の手当てをほどこすために守備隊の営舎に搬移させた、あの異国者《ガーリブ》とおぼしい指揮官です。

青目の分隊長はまっさきにアーダムに快復を言祝《ことほ》いで、「いよいよ病床《とこ》からも離れることができるそうだな」といいました。

「ほんとうに、なんと感謝したらよいのか。ことばもありません」

アーダムは殊勝に答えます。

「気にするな」と青目の分隊長は武人らしい直截《ちょくせつ》さで応じます。「おれはうれしいよ。おまえが立ちなおって、また元気に歩きまわれるようになりそうだから。あの呪われた盗賊団との――すでに二度を数える――血戦《あらそい》で、おれの部下も五人、十人とあたら生命《いのち》をうしなってしまった。しかし、最低でもおまえのことは助けあげられた。部下を歿《な》くしたのもむだではない。おまえの快復が、それを証《あか》したててくれるのだ」

「……そうですか」

「どうした？　元気がないな」

わたしは、といいかけて、アーダムはことばを（わざと）つまらせました。それから、沈黙《しじま》を経てこう継いだのです。

「わたしは、つい考えこんでしまうのです。自分が生きのこったということより、自分が死に後《おく》れたということを。家族はみな逝ってしまったのに、わたしひとりが地上にとりのこされてしまったのだということを。この数日間、ずっとそうでした。はたして、命びろいがしあわせなのでしょうか。ああ、わたしは……わたしは死に後れてしまいました」

それはじつに悲痛な、悲痛な告白でした。

青目の分隊長はムゥとうなるばかり。慰めのことばなど意味をなさないのはわかりきっています。こちらも口を閉ざすしかありません。わるいことに、隊商の生存者《いきのこり》の少年を営舎で治療するように指示した分隊長にはみずから少年に切りださなければならない話題があり、それは内容からして、傷心してうなだれている眼前の遺児《みなしご》に追いうちをかけるようなものだと思われました。

けれども、快復について祝福したのちには、これをアーダムに告げないわけにはまいりません。

「しかし、なにはともあれ」と青目の分隊長はことば尻《じり》を濁しつついい、「おれはおまえが生きていたのがうれしい」と正直に吐露しました。それから、きっぱりと切りだしました。

「話がある。今後のことだ。いいにくいんだが、全快して床ばらいしたあかつきには、おまえは営舎《ここ》を去らねばならん。ここは、ゾハルの信徒だけが身をおける場所だ。いままでは傷者《けがにん》として特別に一室に滞在させていたが、自由に動けるようになったそのときには、ただちにたち退かなければならない。異教徒を営舎に泊めるわけにはいかないのだ。それで、例の襲撃の痕跡《あと》をおれたちは査《しら》べたんだが、わずかだが奪われずにのこった荷もある。おれたち守備隊がこちらの——ゾハルの市内の——倉《くら》に運んでおいた。この荷を売れば、わずかでも路銀やなにかにはなるだけの利益《もうけ》はでると思う。それで故郷に帰れればと、おれたちは考えている。おまえの身のふりかたについてな。もちろん、足りない旅費《かね》は、心配するな、おれたちに頼ればいいから」

　これを聞いたアーダムの反応はといえば、ただ顔面《おもて》を伏せて、おし黙るばかり。ようよう口をひらいたかと思うと、とても細い声です。

「わたしにはもはや身寄りはありません」といいました。「故郷にもどっても、むなしさに打擲《ちょうちゃく》されるばかりでしょう。むしろ、このゾハルにのこりたいと思います。市中に——いえ、できれば、いままでと同様に、営舎《ここ》に」

　滞在しつづけたいと懇願しました。

「もっともだな」と青目の分隊長は認めました。まるで否《いな》まずに。「うん、その気もちはわかる」

　ほんとうのことをいえば、分隊長のなかにはアーダムの悪相をおもんぱかっての判断、すなわちアーダムの醜怪な面相はこれまでの人生でさまざまな偏見《ひがめ》を招き寄せただろうし、そんななかで少年を守っていたのはわずかに肉親だけだったろうとの推量、その一家親族がこの世から失せてしまったのでは、故郷に帰ってもたしかにつらかろうとの判断がありました。もちろん、これはゾハルの一般の市内にいても同様で、むしろ白眼視は多数の訪問者をかかえる交易都市のほうが多いでしょう——通商の都《まち》というのは、初対面の人間ばかりで構成されるものですから。こうしたことを惟《おも》んみると、アーダムのことばに首肯して、同情しないわけにはまいりません。

そうした分隊長の心のうちを察して、アーダムはさらに細い声音でつづけます。

「営舎《ここ》にいて、守備隊のかたがたの思いやり……あたたかい思いやりに、視線《まなざし》にふれたのです。それがわたしを癒しました。わたしを快癒させました」——白い目で見られなかった事実をあえて強調するように囁きました——「わたしは生まれ変わったようです。どうか、ここに、このままここに、おいてもらえないでしょうか。下働きをいたします。どのような雑用でも処理《こな》します。駱駝《らくだ》その他の家畜《けもの》の世話もいたします。二六時ちゅう、そして荷運びも、武具の手入れも——。武芸にはいっこうに秀でませんが、学べることはすべて学びます。わたしは……できればここに」

「問題は一点なのだ」

「問題は一点」とアーダムは反復します。

「ただ一点だが、それこそが蔑《ないがし》ろにできない、最重要の条件《もの》なのだ」

「最重要の……」アーダムは青目の分隊長にすがるような弱よわしい声でたずねます。

「その一点は、どうにもならないのでしょうか？」

なんらかの手段《てだて》はないのですか、とアーダムは問いかけます。

相手に誘い水をむけて。

相手の口からつぎのことばを抽《ひ》きだそう、抽きださせようとして。

「ならば、信徒とならないか？」と、青目の分隊長はついに誘導されてアーダムに訊《き》いたのです。「われわれの信徒とならないか？」

これこそがアーダムの目標《あて》にしていたことばでした。

そう、まち望んでいたひとことでした！

分隊長はさらにことばを継ぎます。「なあ、おれを見ればわかるように、ゾハルの信仰というものはなにも古来からの土地の部族だけにかぎられたものではないんだよ。おれは異国の血をひいている者だが（見てわかるように碧眼《へきがん》だし、髪も赤みがかった金髪がところどころで生えたりする。ルームの人間を母親にもっている）、それで信仰を拒否されたわけではない。外来人だからといってゾハルの国教から拒まれたりはしない。なにしろ、ヌビアやスーダンの黒人も準黒人も信徒にはいるからな。血縁だけに縛られた宗教ではないのだ。しかし、秘密を守れない人間はだめだ。口外してはならないことを口外してしまうような意志の弱い人間は、信仰という秘儀には参入できない。だから、おれたちはいろいろなものを排除する。ゾハルの信徒は人種の雑多な家族でもよいが、ゾハルの信仰はいつも、いつまでも純血でなければならんのだ。これは厳しいぞ。生半可な気もちでは勤まらない。戒律だってある」

「すべて、すべて耐えます」真摯《しんし》な面《おも》もちでアーダムはいいました。

「ふむ」青目の分隊長は一刹那《せつな》、思案して、また訊《と》います。「ところで、おまえはゾハルの信仰についてなにを知ってる？」

「ほとんど、なにも」とアーダムは即答いたしました。「ですが、ゾハルに主神があるとは、この交易の旅に故郷《ふるさと》を発つずっと以前より聞いた憶えがございます」

「隊商の手でうわさは国外に弘まるからな」

「その神とはどのような御方《おかた》なのですか？」

「どのような御方か、か？」

するとと青目の分隊長はアーダムの意志の強さを推し量るようにいいました。

「それすら外部の人間には秘めておけるような、鞏固《きようこ》な信心《しんじん》をわれわれ信徒にもとめなされる御方だよ」

こうしてアーダムは排外主義のゾハルの信仰集団に教友として迎えられることとなったのです。とはいえ、入信の希望者にはあまたの試煉《しれん》が課されます。適性が問われ、長い学修の期間が（入信の以前に）強いられます。推薦人も必要ですが、これは青目の分隊長が

「なに、おれが推薦人になってやる」と申しでて解決しました。分隊長がそうしないでも、かわりに推薦人の役を買ってでる人間は、営舎内に容易にみつかったでしょう。もちろん、守備隊のなかには、この隊商の生存者《いきのこり》の少年アーダムが、学修の時期の——それも初期に——脱落するにちがいないと見るむきもございました。いずれにしても、ゾハル守備隊の雑用を処理《こな》しつつ、いってみれば見習い奉公として、アーダムは営舎内に寝起きの場を得て教義の基礎のようなものを学びはじめたのです。さらに、まるで不向きではありませんでしたが、守備隊の一員になれるような訓練も苛酷につまされ、怒濤《どとう》の日々に入りました。

緑野《オアシス》のゾハルには市内のそこかしこから地下水が涌出《ようしゅつ》する井戸に泉、湖沼があり、これこそがゾハルの豊饒《ほうじょう》さを生みだしている源泉、ゾハルの国教の信徒らにとっては聖性の顕現でもありました。そしてまた、涌《わ》きだす清水の聖地こそ、ゾハルの祝福された大地との交感点でもあります。営舎がおかれた地所の中庭にも、駱駝たちの飲用とするのですから当然ですが、井戸があり池がありました。こうした水場のひとつ、噴水の据えられた池のひとつのかたわらの木蔭《こかげ》で、アーダムは軍団の下働きのあいまに邪宗の教義の基部の基部、根幹の根幹、根っこの根っこである基調《いろ》を叩《たた》きこまれました。教理は説き明かされず、しかし信条はからだにおぼえこまされて、信者にふさわしい人間へと改造されるのです。教師となる側にとって、アーダムはまれに見る優秀な生徒でした。なにしろ熱心に学びます。浴びるように訓《おし》えを聞いて、聴き入って、たちまち飲み干します。その熱意たるや教友の志願者の鑑《かがみ》。しかも、ただ優秀なばかりでなく、たとえば教師が邪宗の主（すなわちゾハルの主神）について輪廓《りんかく》はあいまいながらも解説すると、アーダムは夢見るような面《おも》ざしとなって、——ああ、恋い焦がれてしまいます——、などと申すのです。なんとも真剣な敬神のことばでした。

　ですが、もちろん、資質の優秀さは認められても簡単に入信は認められません。では、どのような段階がアーダムにとって学修期間の終了とされる目処《めど》なのでしょうか？　具体的な目安はひとつあり、ようするにゾハルの主神のかたちを、その主神の——邪宗徒どもがいうところの——御姿《みすがた》を教えられるときがそうなのです。ゾハルの入信の密儀とは、その邪教の神の似姿《にすがた》との対面式なのです。

　おお、呪わしい偶像との対面！

　われらが預言者（ムハンマドのこと）によって禁じられた偶像崇拝です！

　密儀の到来はいつでしょうか。不明なままに、アーダムは営舎での奉公《つとめ》をつづけます。入信以前の教育の期間は——その長さというものは——定まっておりませんから、考えても詮《せん》ないこと。かくてアーダムは学びつづけます。知識《それ》ばかりではありません。なにせ肩書きは「守備隊の見習い」ですから、駱駝をあつかって、乗りこなせる程度には戦闘の訓練も消化《こな》しました。弓術に槍術《そうじゅつ》、剣術はとうていまだまだですが……。けれども、部隊のしんがりに従《つ》けるほどには成長し、あの青目の分隊長からかわいがられて、守備隊の哨戒《しょうかい》の見まわりにも一度ならず二度、三度、四度と同行いたしました。

いまや青目の分隊長はアーダムの肉親のような存在です。アーダムを弟のようにかわいがり、アーダムからは実兄のように慕われています。もちろん推薦人ですから難事《こと》あるごとに面倒をみるのは当然ですが、アーダムが軍事教練の苛酷さにも耐えて、落伍せずに喰らいついているようすに、殊勝《けなげ》なものを感じるのです。戦歿《せんぼつ》した部下を五人、十人と数えた匪賊《ひぞく》との乱戦のほとんど直後に、まるでうしなわれた部下の生まれ変わりのように見習いのアーダムを得たことも――みずからが指揮官をしている部隊に参加させて、直接、実地に鍛えあげている現状とあいまって――肉親視の一因となっていました。

ただ、人間というのは純粋さだけでは成り立たないもので、青目の分隊長にも愚かさはあります。またひとつ、じっさいには口にだせない分隊長の心のうちを説き明かせば（一番めの口にだせないものとは、市内住まいのさいにアーダムの悪相が周囲の白眼視を招《よ》ぶだろうとの懸念でした）、アーダムの醜怪な面容に慰撫《いぶ》されている部分があったのです。この分隊長に。

これは本人にもさほど自覚されていないのですが。

青目の分隊長はゾハルにとっての異邦人、ご承知のように異国者《ガーリブ》という呼びかたには侮《ぶ》蔑《べつ》したふくみがございます。想像するのも容易ですが、一般のアラビアの人間から見て、碧眼も部分的な金髪もまるっきり怪異な顔だちそのもの。美醜を問えばかならずや醜、なにしろ美しい瞳《ひとみ》とは黒い瞳であり、美しい髪といえば、うばたまの闇のような黒い髪です。これはゾハルの土着の部族にとっても同様でして、その審美眼からは青目の分隊長は醜い相貌《そうぼう》であったのです。これを、うすうす、分隊長は感じとっておりました。ひそかに劣等の感情をおぼえていたのです。ゾハルの信徒仲間にはたしかに黒人も準黒人も、唐人《からびと》すらもおりましたが、半端な醜悪男《むくつけおとこ》は自分だけなのだと、その精神《こころ》の奥底で悩んでいたのです。まさにこれこそが、青目の分隊長がアーダムに目をかける主因であったのです。

同類あい哀れんで。あるいは、おのれよりはるかに醜怪な顔だちの存在を——家族のようにして、いつでも側に——配下における喜びで。だからこそ肉親のように、実弟のようにかわいがったのです。分隊長はいわずもがな、じつにまっすぐな人間でしたが(これで邪教徒でなければ頌《ほ》められるべき武人なのですが)、屈折というのはどうにもならないものでございます。

人間の愚かさには際限がないのです。

いってみれば、醜さに敏感なぶん、アーダムをゾハルの一般の市中に逐《お》いやるのは酷だと思いやり、守備隊の陣地にひきとったのです。想像力というのは、まこと欠損の意識から発生するものでございます。さて、いずれにせよ運命のごときはあらましアーダムに味方し、商都ゾハルの邪教の勢力圏のふところに入って五ヵ月ばかりが経過し、アーダムはこの邪宗のあらゆる学問の基礎を修めました。

いっぽう、アーダムの手勢の騎馬部隊はといえば、この間《かん》にも交易路の襲撃をつづけておりました。しかもアーダムの指揮下で動いておりました。手勢たちは交易の隊商から奪った荷と家畜をつかって、巧妙にも隊商そのものに擬装し、ゾハルの市場に堂々とやってきてはそこでアーダムと接触していたのです！　なんといっても、旅商人《たびあきんど》たちのゾハルへの出入りは、それが禁じられているひと月間――コプト暦の十二月――いがいは自由でしたから。

では、どのような指示をアーダムは手勢の部隊に下したのでしょうか？　ゾハルに潜入を果たしたのちのアーダムの指令は、それ以前の、三度にわたった隊商襲撃とはまるで異なるものでした。すなわち、主要な交易路はいっさい避けて、神出鬼没を旨とするように下知したのです。たとえゾハルの守備隊に駆けつけられたとしても、無益な正面衝突は回避し、わずかな小競りあいにすませるよう指示しました。とはいっても、ゾハルの側も本気で討匪に動いておりますから、血戦がつねにまぬかれるはずもありません。双方に死傷者はでて、ゾハルの四囲に展《ひろ》がる砂漠の緊張は保たれつづけました。

かくて五カ月ばかりがすぎ、季節は冬（エジプトではだいたい十月から翌年四月まで）となります。コプト暦でいうところの十二月がちかづきます。

ゾハルは年にいちどの祭礼期間を目前にします。

異教徒がのこらず閉めだされる異例の一カ月、ゾハルが秘密主義にすっぽり包まれる神聖なるひと月、この秘匿された鎖国のひと月に、アーダムはゾハルを異教徒から守る側として控えようとしていました。

神聖月間ははじまりました。

ゾハルが国を鎖《とざ》した十二月、その朔日《ついたち》に、アーダムはいまだゾハルの内部《なか》にのこされています。最大の目的――けれども窮極の目的に対しては第一歩、ただの第一の関門――は達成されたのです。むろん、完璧《かんぺき》ではありません。信徒以前の、学修の途上の見習いの身分ですから、ゾハルの祭礼にきちんと参加はできないのです。異教徒には非公開の邪宗祭儀は、もっぱら夜半《よわ》に執りおこなわれるとのうわさですが、これを傍観することもままなりません。その資格がありませんので。では、アーダムがいかなる立場で神聖月間の関与者となったかといえば、ゾハル周辺の夜間の警備、その担当のひとりとしてでした。

いつも以上に厳重な警戒の態勢がとられます。神聖月間のゾハルは侵してはならないもの、侵犯の許されることのない聖域、絶対の領域なのです。ゾハルが有する軍隊の通常の任務《つとめ》は、もっぱら隊商の交易民をさまざまな種類の姦兇《ならずもの》から守ることですから、陽の昇っているあいだに護衛に征討にと活動するのがつねなのですが（隊商が砂漠のなかを往きかうのは大半明るいうちですので（はたしてそうか？　涼をもとめて夜間に移動するケースもあるのではないか？））、この神聖月間では一転します。交易の隊商がそばによらないので白昼はほとんど軍隊を息《やす》ませ、非公開の祭儀の執行される夜間に、きわめて厳重な、厳重な警戒がおこなわれるのです。守備隊の活動は夜を徹しておこなわれます。これに与《あずか》るようにアーダムは部隊に駆りだされ、神聖月間のほぼ全夜、ゾハルの都市四周に繞《めぐ》らされた城壁の内側にはもどれません。

朔日《ついたち》の夜にさきだって、アーダムは所属部隊の下働きとして懸命に雑用を処理《こな》し、十二頭の駱駝《らくだ》の世話をして、十二人ぶんの武具の手入れにはげみました。十二、というのはアーダムが随行する見まわりの部隊の構成員数で、その隊長はもちろん青目の分隊長、指揮下には正式の武人が十名配されていて、これにアーダムを加えた総勢が十二人でした。いよいよ前日の夕刻になると(われわれの視点からすれば当日の夕方。すでに解説したように伝統的なイスラーム社会では日没後から一日がはじまるため)、青目の分隊長に率いられた一行は営舎を発って、ゾハルの城壁に開けられた出陣用の門をでました。アーダムをしんがりに従《つ》けた部隊は、哨戒の夜番のために展開しなければならない担当《うけもち》の地域に縦列となった駱駝をすすめ、それから警戒地の最前線で陣をはりました。

山羊の毛で織られた天幕を方形にはって、見まわりのための拠点とします。青目の分隊長は、アーダムを加えた十二名の部隊を、ここで四名ずつの三組にわけました。つねにひと組はこの野営地において、小部隊はふた組べつべつの途《みち》すじで哨戒にあたれるように見まわりにだし、これをひと晩に三回、交代でおこないます。

初回に野営地にのこったのは、青目の分隊長とアーダムを成員とするひと組でした。燃料となる駱駝の糞《ふん》を天幕のまえで燃やして、駱駝の乳を醱酵《はっこう》させた凝乳《ヨーグルト》で腹ごしらえをし、時おりは駱駝の喘鳴《ぜんめい》を背景に聞きながら、分隊長以下の四人は直接砂《いさご》のうえに座して次回の哨戒《しょうかい》の出番をまち、緊張は解かない程度に暗闇のさきに目を光らせながら、肉体を憩《やす》めました。

おもむろに切りだしたのは青目の分隊長のむかしからの部下の片割れでした。

「例の、この半年ばかりたびたび街道に出没している隊商荒らしの兇賊《きょうぞく》ですが――」

「あの騎馬の群盗か」と青目の分隊長は答えました。

「最近は、あれらの正体についてもいろいろと取りざたされております」

「だろうな」

「まるで信念の闘士のような闘いぶりが、奇妙です。死を恐れていないかのように、われわれの軍団から逃げず、襲撃の現場にとどまって相対したこともありました」

「それに」と、のぼった話題には分隊長のもうひとりの部下も加わりました。「弓や槍《やり》のつかい手としても、伎倆《ぎりょう》がさながら第一級の軍人なみに優れています」

「そうなのです、これも奇妙」

ひとりめの部下がうなずきます。

「あれがたんなる荒野のアラブ人でしょうか？」

「ただの群盗とはとても思えません」

すると分隊長は逆に二人の部下に問い返しました。

「で、おぬしたちはどう考えるのだ？」

熾《おこ》した焔《ほのお》のゆらぎのむこうから、二人の部下は対面にすわっている指揮官に視線を投げます。

「またも帝国が――愚かにも、懲りるということを知らずに――われらの都市を屈伏させようと騎馬部隊を派遣してきたのではないかとの臆測《うわさ》が」といっぽうが囁《ささや》きました。

「またしてもゾハルを属国にしようと、軍団の先遣隊、偵察隊をさしむけたのだと」といまいっぽうが継ぎました。

「だがな」と青目の分隊長は落ち着いて応じます。「あまりに意図が読めないだろ。あれが尖兵《せんぺい》になるか？　隊商を襲う行為《こと》にどんな意味がある？　おれも守備隊のなかに弘まっているうわさは聞いている。いろいろ考えもした。たしかにゾハルをめざす諸国の商人《あきんど》たちを怯《おび》えさせれば、われわれの打撃になる。勢力圏の砂漠の安全が保障されていて、りっぱな交易路が拓《ひら》いてあるからこそ――それはむろん、おれたちの活躍《はたらき》によってだ――あたの隊商は往きかい、市場はにぎわう。そして通商貿易こそが国家としてのゾハルの生命線だ。しかし、わざわざ隊商を襲撃して、あの十数回だけで目的を達成できるか？　もっと頻《ひん》ぴんにめぼしい交易路を狙うだろうよ。もっと大規模にやるだろうよ。そうしておれたちを一度ならず敗北させ、おれたちの名折れを招いて、この黒い砂漠（現在のヌビア砂漠のことか？）では屈指といわれている軍事力の信用度を落として、致命的な結果にむかわせる――それならばわかる。しかし、いまはそうではないだろう？　ゾハルの『難攻不落』の地位は、なにひとつゆらいではいないだろうよ。なあ、ちがうか？」

なんとも力のあることばでしたが、部下のひとりは、「てまえはしかし」と口をはさみます。

「しかし、なんだ？」

「帝国の騎馬軍団にはかかわっていると思います」

「ふむ」

「ただの盗賊団にしては、戦闘力に秀でてすぎているのはいわずもがな、長槍のあつかいが帝国の騎士流なのです。ああした流儀は指さきや足さきにまで沁《し》みついて、あざむこうにも離れないものですから。個人的に推理している部分もありまして——」

「いってみろ」

「狙いはやはり隊商であり、隊商の荷なのではないでしょうか？　帝国に利するところあり、と、あの騎馬の匪賊《ひぞく》どもが動いていると判断してしまうがために、現象の本質《じたい》が見うしなわれていると惟《おも》うのです。かりに、帝国の騎馬軍団でありながら、われわれが想像するような大きな謀略とは無縁に——ただ交易民たちの積み荷を奪おうとして——聖都《ゾハル》周辺に出没をくり返しているとすれば、それはあらゆる不可思議さの解答になるのでは？」

「おもしろい説だな。だが、ようするに、ただの盗賊ということか？」

「帝国の騎馬軍団の出身者から成る、ただの盗賊団です」

「もと騎馬軍団か？」

「さようで。いまでは帝国の思惑とは無関係に徒党を組んで、交易路での盗賊稼業にいそしんでいるのです」

ここに分隊長の部下のもうひとりも口をはさみます。

「退役したということか？」

「あるいは脱走――帝国の軍隊を脱《ぬ》けて、一部隊が流れ者になったのかも」と仮説の提唱者である部下が応じます。

こうした的外れな推理と意見の応酬のあいだ、さて、アーダムはどうしていたでしょうか？　アーダムはおなじ座に着いた三人の会話にはまざらず、いっさい意見を述べず、無言で駱駝の凝乳《ヨーグルト》をほおばっておりました。慎ましやかに顔を伏せて、まるで上官たち三人の会話に聴き入るかのようです。こうした対話からも、なにごとかを学びとろうと。まさに見習いの鑑《かがみ》のような姿勢で。

「いずれにしても」と青目の分隊長はいいました。「あやつらはゾハルの権力《ちから》のおよぶ範囲より一掃するぞ。われわれは隊商の商人《あきんど》たちの平和の守護者だ。護衛部隊の強化もすでに決定しているが、国家としてのゾハルの軍事力をあやつらに、ただちに、目にもの見せてやる。その正体がなんであれ」

しかり、と二人の部下は肯《がえ》んじます。

「すでに守備隊側の犠牲者も——もともとだしてはならないものだったが——我慢できる限度を超えた。今後は、あやつらが隊商襲撃に姿をあらわすのを控えてまちはしない。攻めるぞ。さきに隠れ処《が》をつきとめて、叩《たた》く。かならずや潰滅《かいめつ》させる。おれたちの側の戦力を充実させてな」

そこで分隊長はことばを切り、唐突に、アーダムのほうに目をやりました。見すえます。

「その折りにはおまえにも」とアーダムにいいます。「力を貸してもらうぞ。部隊の後方でもよい、支援の一員として、戦線の後方で、補給と連絡にはげんでもらうのでも。しかし、力は貸せ」

驚いたように、そして慎ましやかに、アーダムはほおばっていた凝乳《ヨーグルト》をあらかた呑《の》みこむと、分隊長に答えました。

「ですが、わたしはいまだ見習いの身です。そうした決戦《たたかい》に同行を許されるとは思いませんが……。いまだ正式な、ゾハルの信徒ともなっていないのですから」

これを聞くと、分隊長のまなざしは肉親の柔和さに、たちまち実兄さながらのあたたかさに満ちました。

慈愛に満ちた目色に——。

「心配は要らんぞ」といいました。「おまえの敬神の感情は、教師役を務めている神官のだれもが認めている。おまえの情熱を理解していない守備隊の人間もいない。なあ、だから――」

「はい？」

「入信の時機《とき》はちかいと知れ」

「入信とは……わたしのですか？」アーダムは驚きに愕《おどろ》きを重ねて問います。そうした驚《きよう》愕《がく》の声音で問い返します。「ゾハルの国教に、わたしが入信を許可される日がちかいと？」

「ついに、な」と分隊長は首肯します。

「ああ！」とアーダムは裏返ったような歓声をあげます。「まことなのですね！　ああ、ああ！　まことなのですね！」

この瞬間《とき》、駱駝《らくだ》の糞《ふん》を燃料にして焚《た》いている焔がパチッと爆《は》ぜました。分隊長はその（天幕まえで焚かれている）火焔《かえん》のゆらめきを通してむこう側の二名の部下を見やり、それから、ふたたびアーダムにむき直ります。これは全身《からだ》ごとむき直って、アーダムになにかを示すように、上半身をかがめて地面の砂をかき集めはじめたのです。やおら、両手をつきだして、焔に熱せられた砂礫《されき》を集め、携帯している革袋からゾハルの井戸水を垂らして、ちょうど一腕尺（肘から中指の先端までの長さ）ほどの高さの砂の小山を作ります。

ついで、この砂の小山を指さきで削り、二、三度革袋の井戸水を足してから両掌《りようて》で練るようにして固め、一本の柱に変じさせました。この砂の柱を、さらに削り、さらに固め、あるいは細部に砂礫を加えて、ひとつの形状《かたち》と成してゆきます。

一体の像に。

「おお」とうめいたのは分隊長の二人の部下でした。焔《ほのお》のむこう側で産み落とされようとしている、砂の像のなんであるかに気づいて。それに対し、分隊長は「許可は得た」と答えました。

「知らせてもよいということだ」

砂の像を創りながら答えます。

そしてついに、一体の像は完成したのです。

その形状《かたち》は蛇《くちなわ》。あたかも鎌首をもたげたような蛇であり、と同時に二本の下肢《あし》をもっています。この二本で地面に立っているのです。胸もといいましょうか、長い胴体の中央あたりといいましょうか、そうした場所には砂を固めて造作《ぞうさく》した乳房の膨らみが見られます。さらに視点をあげると、このおぞましき偶像の最上部にあるのは、蛇頭ならぬ人面です！　粗雑な造りではありましたが、その顔が女性《にょしょう》をかたどって提示《しめ》そうとしているのは、はっきりと観《み》てとれました。

青目の分隊長は、アーダムがたっぷり偶像を観察したのを確認すると、告げました。

「これがゾハルの主神、これがゾハルの国家神だ」と。

　アーダムはしばらくは目を瞠《みは》り、ひとことも発せずに砂の像を凝視しつづけました。火焔のいろどりを横あいから浴びる面《つら》つきには、いつもの醜さにさらに強烈さを附加するような、邪悪な陰翳《いんえい》が貼りついています。

「ああ！」と、またも感きわまってアーダムは叫びました。「これが、これが待望ひさしい御方《おかた》なのですね！　わたしが恋い焦がれていた御方！　ゾハルの御神《おんかみ》！　わたしはいま、ゾハルの信徒しか知りようのない、おおいなる秘密のひとつを授けられたのですね！」

「そうだ、わが弟よ」青目の分隊長は情愛をこめて答えます。

　すると、アーダムはいいました。

「それでは、わたしも秘中の秘のひとつなり、ふたつなりをお教えしましょう」と。

　砂漠には陣風《かぜ》が吹きました。山羊の粗毛で織られた天幕のまえの、駱駝の糞を燃料にした火焔はゆれて、醜怪なほほえみを浮かべたアーダムの瞳《ひとみ》をギラリ、ギラリと底光《そこびか》らせます。

「さきほど話題にのぼった兇賊《きょうぞく》ども」とアーダムは囁《ささや》きます。「あやつらは真実、帝国の騎馬軍団なのですよ。それも精鋭ちゅうの精鋭である一小隊で、脱走したなどはとんでもない、いまでも帝国の意思に従順に働いております。帝国の王室に忠誠と、絶対の服従を誓った、まれに見る優秀な騎士たちなのです。最強の猛者《つわもの》どもです。そしてですね――まあ、こちらの秘密《ひめごと》のほうが皆さんには思いのほかでしょう――わたしは帝国の王子なのですよ」

そういってアーダムはするりとターバンを解いて、頭のうしろの束ねた長髪に手をまわし、そこから血塗られた短剣をひきだしました。

1

夜明けの礼拝がちかづいている。東方の空にわずかな曙光があらわれれば、告時係《ムアッジン》たちの声がカイロ全市を震わせるだろう。尖塔《ミナレット》の高みから、すべてのムスリムに呼びかける盲人たちの朗唱《アザーン》が。「アッラーは至大なり」にはじまり「アッラーのほかに神なし」で終わる、七つの定型句からなる、その何重にも累《かさ》なった詠唱が。

隔離された街区《ハーラ》の門も——街路の両端におかれた大きな木造の扉も——ひらかれる。

一日がはじまる。

そうして物語り師は口を閉ざした。夜を徹しての譚《かた》りは、一度めの休憩に入った。年代記……この『もっとも忌まわしい妖術師《ようじゅつし》アーダムと蛇のジンニーアの契約《ちぎり》の物語』あるいは『美しい二人の拾い子ファラーとサフィアーンの物語』あるいは『呪われたゾハルの地下宝物殿』と呼ばれる砂塵《さじん》にまみれた年代記は、夜陰の到来とともに発端を囁きだして、夜明けとともにふたたび口を閉ざした。

物語り師が口を閉ざすとともに、物語そのものも。

美しい女の声は嗄《か》れてもいない。

面紗《ブルコ》からコフル墨で縁どられた完璧《かんぺき》な扁桃《アーモンド》型の瞳だけをのぞかせている、その女物語り師、高貴なオーラをまとった夜の種族、ズームルッドは、まぶたも閉じる。

まるで歴史が封印されるかのように、聴き手には見えた。

聴衆は三人だった。アイユーブ、書家、そして書家の助手としてたち働いているヌビア人の奴隷。しらじらと夜が明け離れるのを察してはいたが（視界とそれぞれの脳の隅で）、中断した年代記の能弁なまでの沈黙が、いま、聴衆をのこらず翻弄《ほんろう》しているようだった。なぜ、中断したのか、惟《おも》んみようと判断している者すらいない。なかでも書家とその書家の奴隷の表情は、惚《ほう》けたものだった。アイユーブはといえば、美《うる》わしい顔貌《かおかたち》は、ふしぎな醜さを胚《はら》んでいるように看取される。だが、それは徹夜の疲労なのかもしれない。

これが第一夜であった。

その夜は短かっただろうか？ その夜は長かっただろうか？ いや、どちらかを択《えら》びとることはできない。どちらでもあったのだ。物語の記憶が――唯一の語り部を名告《なの》るズームルッドから――聴衆のそれぞれにむけて播種《はしゅ》されるとき――時間はゆがんでいた。終夜《よもすがら》、その美しい女の口からアーダムという、もっとも醜い男の物語《おはなし》は譚られて、現在と千載《せんざい》の往古はとり換えられたのだった。千歳《ちとせ》がひと晩に圧縮され、ひと晩は百年の十倍にもひき延ばされた。

夜一夜《よっぴて》の無限。物語は一瞬のうちに無限を孕《はら》み、永遠をも予示する。

「序幕なのだな」

聴き手のなかから声があがる。アイユーブが第一夜の終わりを理解して、まず、最初に現実にもどってきた。この現実のカイロの、この現実の街区《ハーラ》の、この現実の邸宅の、この現実の女物語り師、ズームルッドを囲んだ場に。話し手と、宵越しの三人の聴き手は、物語の中断という非常の事態から現実の持続という常態に復する。沈黙から、それがやぶられた現実《うつつ》に。

「これが年代記の序幕なのだな」

ふたたび囁かれたアイユーブの所思《しょし》の声に、ズームルッドはまぶたをひらいて応える。ほかの二名のあいだにも人心《うつつ》は帰ってきた。現実は帰還した。ズームルッドの――コフル墨にいろどられた――完璧な瞳とともに。

そして美を解する者は翻弄される。

いまもって書家は魅せられていたが（同時に書家の奴隷もまた）、アイユーブがそれぞれの役割を自覚させるにいたった。書家とその助手でもある奴隷は別室に案内されて、食事を供された。払暁の食事は窯で焼いた薄い扁平《へんぺい》な麵麭《エーシュ》と、鶏《とり》の卵、乾酪《チーズ》、のどを潤す薔《しょう》薇《び》水といった軽いもの。これをほおばる間《かん》、書家の頭のなかには、――あれは武勇譚なのか、奇々怪々な幻想譚なのか、史譚か、それとも悪徳のすすめとなる無道《むどう》の寓話《ぐうわ》なのか――、といった疑問の数々が渦巻いて、騒々しいほどであった。第一夜、あのアーダムの年代記に（夜明けとともに）耽溺《たんでき》する途《みち》を閉ざされ、没頭を拒否されたことで、書家はさらに惹《ひ》かれて——砂塵の年代記に憑《つ》かれていた。

ズームルッドの夜話《やわ》が終わった食事どきも、もちろん夜話のさなかの聴衆であったときも、感覚は顔だちと同様に惚けていたが、しかし書家は任務《つとめ》は完全に果たしていた。書家とその助手にあたえられた任務《つとめ》とは、口述筆記である。記録はひとつの手落ちもなく為された。十全に、ルクア体をさらに崩した書家独自の草書体で、速記された。こうした記録の手段《すべ》にかけては並ぶ者のいない泰斗《たいと》であった。みごとに、ひとことも漏らさず、写しとっていた。

軽食がすむと、書家はその助手とともにさらに別室に移動した。ここでいよいよ書道の名匠はその本領を発揮する。ここからが彼の仕事の核心である。記録にもちいた紙上の、簡略化されたルクア体の文字を——ひと筆書きで誌《しる》されて、単純なつらなりとなった曲線を——こんどは正式な書物の用紙に、調《ととの》ったナスヒー体で清書する。用紙はベネチアから輸入してカイロの市内で艶《つや》だし処理をほどこした最上等のもので、書家の伎倆《ぎりょう》にも一等ふさわしい。標題は洗煉《せんれん》されたスルス体で、麗筆を揮《ふる》い、それから草書体で走り書きされている口述筆記をていねいに判読して、浄写する。十茎、二十茎と助手に用意させてある葦《よし》筆《ふで》のひとつを墨にひたし、ときに語り部の——ズームルッドの——声を想い起こしつつ細部を訂正し、しかし誇張はせず、改竄《かいざん》はけっしてせず、速度を重要視しながら能筆の才を駆使する。

達人として知られる天才を。

ヌビア人の助手はまめに珈琲《カフワ》を淹《い》れて運び（ここには小豆蔻《カルダモン》の実を加えて附香した）、主人の脳の刺戟《しげき》に努め、墨壺《すみつぼ》をまめに交換した。書家はほとんど、時間《とき》を忘れて清書に専心していた。驚異的な集中力で、かかりきりになって、驚異的な筆蹟《ひっせき》をしたためた。あまりにも身を入れていたが、そも、作業の劈頭《はじめ》から書家は疲弊しきった昂揚《こうよう》を擁《いだ》いていた。宵越しの聴衆となった没入ぶりに起因する疲れであり、こうした昂《たか》ぶりは唯一《ひとつ》のことに傾注させがちである。

対象に、心血を。

宇宙の大きさほどの物語が見られるのではないか？　かいま見られるのでは？　書家はなにごとか巨《おお》きな歴史に自分が一員として参じつつある事実に（あるいは錯誤に）感じ入り、昂奮を美しい筆さきの文字に変えて疾走した。

じつに十一時間にわたって浄書はつづいた。

日暮れまえに仮眠をとった。わずかな転寝《うたたね》だったが、夢は見た。書家は——そして、その助手であるヌビア人の奴隷も——浅い睡《ねむ》りのなかに夢路をたどった。さまざまな現実の破片を、譚りの断片とともに嚙《か》みしめて喫《の》んだ。

二人が目覚めると、またもや別室には食事が準備されていた。豪勢な晩餐《ばんさん》であり、珍味佳肴《かこう》がならべられて、主人とその奴隷とを問わず（そう、奴隷にも晩餐は供された）、鳩料理と鶏料理に羊肉の串焼き《ケバーブ》といった馳走《ちそう》がふるまわれ、米飯の大皿（炊くまえにバターで炒めてある）がでて、食後のあまい菓子類がつづいた。無数に。二人の腹がはりだすころに、アイユーブが食膳《しょくぜん》の間《ま》にあらわれた。

ねぎらいのことばをかける。

「清書は見せてもらった」とアイユーブは書家にいった。「ひととおり目を通した。すばらしい。すばらしいという讃辞《ことば》がまるで陳腐に思われるほど、圧倒的に美しい。わたしは、あれほど優美にして端麗、濃艶《のうえん》にして蠱惑《こわく》的な書を見たことはない。完璧《かんぺき》としかいいようのない仕事だ。それに、その速さも――」

それから、書家にたずねる。

「しかし、なにしろ、常識を超えた分量ではなかっただろうか？　あれだけの物語の量《かさ》を、口述筆記して前日のうちに（日没までに）清書するというのは、一昼夜の作業としてはむりなのでは？　どうだろうか、つづけられるだろうか？」

これに対して、書家は、――いまはだいじょうぶ、処理できる――、と答えた。

「いずれはむりになるでしょうが、しかし、現在《いま》は」と書家はいった。「わたしとしても、物語のさきを聴きたいのです。ひと晩の分量を減らされてしまうより、もっと譚《かた》ってもらいたい。もっと、もっと、もっと。つづきを」と睡眠不足で赤い目を輝かせる。「それをわたしは処理《こな》します」

「よかろう」とアイユーブはほほえむ。「では、あなたの精が絶えて体力《ちから》に翳《かげ》りがでたとき――その意力も翳って精神《こころ》の集中がとぎれてしまう状態になったとき――その事態《とき》には、一夜ぶんの譚りを減らそう。そう物語の話し手に指示しよう。けれども」とアイユーブはつづける。「――いまは、飛ばそう。それまでは」

「それまでは。はい、それでけっこうです」

書家は応答し、その助手も（食膳のかたわらで）うなずいた。

手と口を石鹸《せっけん》と水で洗い、書家と助手はたちあがる。それから、三人は移動する。連れだって。邸内を、別室に。

移動する。大広間に。その最奥の客間に。

すると、物語り師は面紗《ブルコ》からのぞかせる美しい瞳《ひとみ》をひらいて、まっている。

昨晩のように。

まっている。三人を。

招喚されたズームルッドが。

夜が朝《あした》に代わり、朝《あした》が夜に代わる。

第二夜は訪れる。

2

眠りましたか？

わずかな眠りでも、夢を見られたのならばそれでよいのです。

わたしたちはまた長い時間の内側《なか》に還ります。ほら、砂の歴史です。夢は水のように、ときには歴史の壁面から——あるいは襞《ひだ》のような襲《かさ》なりから——沁《し》みだして、あなたをうるおすでしょう。沁みだすことがあれば。ですから、夢は見られるにこしたことはないのです。

ひとの心を倦《う》ませないようにするのが、われわれ夜の種族の役割《つとめ》です。わたしは語り部として生まれた（生きはじめた）早い時期に、物語りはけっして平板な調子に堕してはいけないのだと、学びました。話術《かたり》に変化を添えて単調さを禦《ふせ》ぐのは、物語り師の義務《つとめ》なのです。

今晩、わたしは年代記の色彩《いろ》を変えましょう。

内容には変化が必要ですから、より空想のどあいを増しましょう。

わたしは異端の魔族《ジンニー》を招き寄せましょう。

よろしいですか？

まずはこの魔法です。ふたたびアーダムをご覧になってください。ゾハルの神聖月間の初日、砂漠の場面はつづきます。

「わたしは帝国の王子なのですよ」とアーダムは囁《ささや》きました。

青目の分隊長は、その二人の部下は、このアーダムの突然の告白に——啞然《あぜん》とし、呆然《ぼうぜん》とし、あっけにとられるばかり。それも当然です。にわかに信じられる内容ではありません。そんなゾハルの武人たちの眼前で、アーダムは血塗られた短剣を（ターバンをするりと脱いで）毛髪の束のなかからひきだし、すっと地面につきたてたのでした。

砂の大地に、その刃先《きっさき》を。

柄を握ったまま、アーダムは短剣の尖端《せんたん》で地面に大きな円を描き、拝火教徒がするように怪しげな文字や呪符《まじない》を書きこみました。「弟よ」と青目の分隊長は事態《こと》の展開についてゆけないまま、ぽかんとした顔つきで、いまだ親愛の情が欠けてはいない声音でアーダムに訊《と》います。「なにをやっているのだ？　そして、なにをいっているのだ？」

「しっ！」

アーダムはさえぎります。邪慳《じゃけん》にあつかう態度《さま》がまた堂にいっているので、分隊長には返すことばもありません。思わず、じっと熟視《みまも》ります。部下の二人も指揮官のそれに倣《なら》うほかありません。アーダムはてきぱきと段どりをすませました。魔法の円を地面に——自分のまわりに——刻み了《お》えたのです。ようやっと顔をあげると、先刻の分隊長の訊問《じんもん》に対して、こう答えます。

「わたしは告白したではありませんか」

そして怒ったように眉根《まゆね》をよせるのです。

「正直に秘密《ひめごと》をうちあけたのに」

それから、——ねえ、分隊長——、とつけ加えて、

「わたしは口を割ったし、泥を吐いたのですよ」

こんどは悲しそうな声つきです。

駱駝《らくだ》の糞《ふん》を燃やした焔《ほのお》のまわりで、車座になっていた四人のあいだに、いよいよ緊張が走ります。理解はできないにしろ、ゾハルの武人たちの側にとって、これは尋常ならざる事態《なりゆき》です。どうにも風むきがおかしい。青目の分隊長はたちあがり、ふたたび「弟よ」といって、その肩に手をかけようと魔法の円のなかに踏みこみ、そこで突如、アーダムに斬りつけられてバッタリ仆《たお》れました。

ことをなしたのは血塗られた短剣です！　かつて、交易路の隊商襲撃の三番めの謀略のさい、アーダムが自傷のためにもちい、最高の手ぎわでもってアーダム自身の臓腑《ぞうふ》の血を、皮膚と薄い肉《しし》の血を吸った細身の短剣、これによって魔術的に清められたひとふりです。

これが地面に描かれた魔法の円に瞬間《たちどころ》に反応して、威力を生みだしたのです！　武芸の才能がまるでないアーダムに、すさまじい剣術の冴えをあたえているのでした。

さあ、昂《たか》ぶったのは部下二名です。ほとんど反射的に武器をとり、さきほどの分隊長とおなじようにたちあがって、アーダムにむかい迫りよります。しかし、鞘《さや》を払おうとした二人の長剣は、こはそもいかに、刀身を見せてはくれません。

鞘は刃に喰らいついて離さないのです。

憶えておいでの御方《おかた》もいらっしゃると思いますが、神聖月間にゾハルを警備する部隊の、下働きとして武具の手入れをしていたのはアーダムでした。所属部隊の十二頭の駱駝の世話をし、この晩の直前に、十二人の長剣、矢、長槍《ながやり》を修補して刀身と鏃《やじり》を磨いていたのはアーダムです。これらの武器に陥穽《しかけ》をほどこしたのも、いまさらだれだとは明言する必要はないでしょう。

これは単純な血の封印で、アーダムが指さきの腹を切って得た（わずか二、三粒ばかりの）鮮血のしたたりを糊《のり》とし、ことばどおりの血糊とし、それが魔法の円のなかの魔法の短剣と呼応して――刃《は》むかおうという長剣のもちぬしの意志をないがしろにしておりました。その意図を拒んだのです。それぞれの武器が、それぞれのもちぬしを裏切って。

払うことのできない鞘をもてあまし、難渋して四苦八苦している目のまえの武人二人をしりめに、アーダムは地面の円のなかにさらに描きこまれてある呪符《まじない》の三角形と星形になにやら足さきをふれ、それから二人の頭上に短剣の刃をふりかざし、スパッ、スパッと連続してふり下ろしました。二人はもんどりうって顚倒《てんとう》します。たちまち息絶えます！　ああ、なんと無残！　いまでは天幕をはった露営地に、屍体《したい》がゴロゴロ！　地面に燃える焔に照らされた青目の分隊長の死《し》に顔《がお》は、これ以上の惨澹《さんたん》さがありえましようか、絶え入ってなお驚愕《きょうがく》の表情を浮かべて、啞然と口をひらいております。信頼していたのです。弟よ、と声をかけ、いきなり斬殺されたのです。

無愧《むぎ》のアーダムは、この惨状を産み落とすと魔法の円内から踏みだし、鞘を払えない長剣を握ったままで死んでいる分隊長の部下の片割れからその武具をひきとり、簡単に鞘走《さやばし》らせました。さあ、アーダムの陰謀《たくらみ》はまだ熄《や》みません。こんどは抜刀《ぬきみ》の尖端部を地面において、天幕の野営地ぜんたいを内包《ふく》んだ、大きな、大きな円を描きはじめます。修得している七十二の魔法の方式から選んだ、秘文字と呪符《まじない》と図と記号を孕《はら》んだ魔法の円の二つめのものです。

手順をすますと、ついで天幕にもどり、自分用に準備しておいた武具のなかから、箙《えびら》とひと張りの弓をもってでました。ふたたび焔のまえにたち、ちらばる屍体など眼中にもないそぶりで、箙から一本ずつ矢をとりだしては足もとの（焔のかたわらの）地面に突きたてます。どれも鏃を下方《した》にむけて、砂地を刺しつらぬくようにして。

矢柄のちがいが種類のちがいを示しています。どれも、ただの征矢《そや》（戦闘にもちいる、鋭い鏃の矢）ではありません。

アーダムが最初に手にとって弓につがえたのは、鏑矢《かぶらや》、すなわち射られると空中を飛びながら種々の響きを発する鳴箭《なりや》でした。ふつうは笛のような音《ね》を聞かせますが、ここで使用されるのは小鳥の声をまねた「啼《な》き飛び」と呼ばれるもの。円筒形の鏃ががらんどうで、風を通してひゅうひゅうと、それからピィピィと、都邑《まち》に年中見られる留鳥の類《たぐ》いのようにさえずって飛びます。

もちろん弓術も冴えないアーダムでしたが、魔法の円のなかにあって、なにごとか呪文《まじない》を唱えると、射られた「啼き飛び」はちゃんと飛んだのです！　射手《いて》の狙いどおりに軌道を描き、弓弦《ゆづら》から放たれた「啼き飛び」はそれこそ地表を撫《な》でるように、這《は》うように低きを飛んで、サーッと一直線に濃い暗闇を劈《さ》きました。時をおかず、アーダムは二本めの「啼き飛び」を弓につがえて、再度呪文《まじない》とともに放ちます。一本めとは角度を変えて宙に射られた二本めは、ゆるやかな放物線を描いて飛翔《ひしよう》し、夜にさえずる阿房《あほう》な鵯《ひよどり》のように啼きました。一つめよりもずっと長く小鳥の擬声《まねごえ》を響かせて、そして落ちました。

それが合図でした。

長短の二つのさえずりが。

射られた角度のちがいが飛距離の伸びを変えて、合図はアーダムから砂漠の闇のむこう側に送られたのです。

聴きつけたのは三十名ばかり。半年間、辛酸をなめつくした集団が、黒々とした闇をみずからも巻きつかせて、土地の形勢を知らぬ者にはまるっきり五里霧中のかなたから出現いたします。さながら小鳥を捕らえようと動きだした肉食の猛禽《もうきん》のように、夜行性となった灰色鳶《はいいろとび》のように、バサリとふいに登場いたします。ゆるい砂山のむこうから、それらは五騎、七騎の小集団となって、めざすはアーダムのいるゾハルの警備軍団の野営地。いや、アーダムしかいない野営地です。

説明するまでもないでしょう、到来しつつあるのはアーダムの手勢です。無類の強者《つわもの》、百名から成った騎馬部隊、いまでは三十人あまりに数を減らしてはおりますが、それらが隠れ処《が》をでて疾駆をはじめたのです。いまや、数ヵ月ぶりに、真の部将のもとに集結しつつあるのです。

三十名ばかりの配下の部隊の余類《いきのこり》は、すでに二、三日まえから、ほかならぬアーダムの直接の采配《さいはい》によって動いておりました。神聖月間で商都のゾハルが鎖《とざ》されてしまう直前、平素《いつも》のように交易の隊商に化けてアーダムに接触し（ゾハルの市内で、堂々と！）、この指揮官から暗躍を指図されていたのでした。アーダムは、神聖月間ならではの特別の夜間警備にみずからも駆りだされるにさきんじて、自分がその成員として所属することになる部隊――青目の分隊長の率いる部隊――がどのようにゾハルの周囲《まわり》に展開する予定なのか、また、担当《うけもち》となる地域はどこか、ゾハルから見ての方位は、範囲はどのようになるのか等を、みずからの手下に知らせておいたのです。

じつに詳細にあかしておいたのです。

そして、三十名ばかりの騎馬部隊は——正確には騎馬部隊の残党は——総軍勢をひそめるに適した地形をさがして、アーダムの所属するゾハル側の部隊の哨戒《しょうかい》地域のほとんど最前線にさがしあて、こうして域内にひそんでアーダムの合図をまっていたのでした。「啼き飛び」の長短二つのさえずりがあれば、ただちに馳《は》せ参じようと。

アーダムが手下に要求したのは、なによりも迅速な行動であり、これについては万全でした。なにしろ、疾駆する騎馬部隊にとっては、アーダムのいる（アーダムしかいない）ゾハル側の野営地はまさに目と鼻のさきでしたし、総軍勢にしてもわずか三十騎ばかりですから。機動力がちがいます。隠密行動には百騎であるよりも三十騎であるほうがふさわしいのです。同様に、この晩にさきだって潜伏していた二、三日間、ゾハルの守備隊に発見されずにいたのも（また今宵もいまだ、警備の分隊に尻尾《しっぽ》をつかまれずにいるのも）、この少人数性と機動性にあります。

それにしても、帝国の首府を発ってはや半年、アーダムの手勢たちのなんと忠実なことでしょう。すでに半数どころかそれ以上の仲間がアーダムの指揮した戦闘《あらそい》と謀略劇の数々でうしなわれているのに、依然として残党はアーダムの命に殉《したが》っています。なんといっても、戦闘員の半分は捨て石となるような無謀な作戦命令にも、彼らは唯々《いい》として応じてきたのです。むろん、帝国に忠誠を誓った武人たちですから、王子であるアーダムに逆らえないのはまっとうなこと。無理からぬ話ではありません。王室は裏切れませんし、背約して戦線から離脱したり、戦場からの逃走をなせば、帰郷後に処罰《おしおき》がまっているのはあきらかです。しかし——忘れてならないのは、これは帝国側の騎馬部隊にとっては、異端者相手の聖戦《ジハード》であったという事実です。彼らは、アルハムドゥリッラー（アッラーに栄光あれ）、ゾハルの邪神《ターグート》の偶像を排撃する名目で出撃したのです。アーダムの手勢の騎士はみな、よきムスリムでございましたから、聖戦《ジハード》においては戦線離脱などもってのほか。

それゆえに騎馬武者たちは死を恐れなかったのです。

イスラームの聖《きよ》き信仰が、手勢に、百名に、逃避めいた非行を許さなかったのです。聖戦《ジハード》での死は、アッラーが課したもうた試煉《しれん》であり、落命者には永遠の来世が約されています（おなじ約束の裏面として、聖戦のさいに敵に背をむけて逃げる信徒はムナーフィクーン（＝贋信者）の烙印を捺され、来世では地獄行きであることが『コーラン』に明記されている）。だからこそアーダムの指揮下の騎士はみな、果敢に闘いぬきました——そして部隊の余類《いきのこり》はいまも闘いぬいています——これまでの敬虔《けいけん》なる落命者は、審《さば》きの日ののち、楽園にむかうことでしょう。かならずや！

アーダムの戦術のさまざまな失態は、部下にとっては、たんなる王子アーダムの部将としての不適格性に因《よ》ると諦観《ていかん》されていました。失態、と思われているのは、この一連の作戦では戦死者が多すぎるという数量的な判断がなされたため。部下たちのあいだで、アーダムがよもや、あらかじめ厖大《ぼうだい》な死者の数を計算に入れている――姦策《たばかり》のために戦死者をあえてふやしている――とおもんぱかる者はおりませんでした。すべてがアーダムを武人として無知と思い、アーダムの智略だとは、ひとりとして想像だにしなかったのです。アーダムを武人として無知と思い、このの経験不足の総大将のために（斬新な発想の軍略《はかりごと》がどうやら功を奏しているらしいけれども）不必要に大勢の仲間が、同志が、あたら戦場に生命《いのち》をちらせてしまったとみなし、ひるがえって経験豊富な精鋭である自分たちがいっそう奮迅せねば、アーダムを現場で支えねばと考えているほどでした。

それに、命令を完璧《かんぺき》に遂行するたびにアーダムからかけられる、褒めことば、過度の賞讃、煽《おだ》て、加えて、ほとんど敬意すらたたえた遇《あしら》いの態度に、部下たちは毎度天狗《てんぐ》にされて、その自尊心《うぬぼれ》を刺戟《しげき》されて、ついつい無自覚、無反省に、いってみれば積極的にアーダムの下僕《しもべ》となっていたのです。

さて、なにはともあれ、神の御心を成就するために聖戦《ジハード》にむかった百名の騎馬軍団です。現在では痛々しくも三十名ばかりに減じているにせよ、これらが聖きムスリムたちであったことは疑いない真実です。けれども……彼らの主人は？

主人はどうだったのでしょうか？

この聖戦の闘士たちに対し、アーダムに敬神の念は――たとえば手勢に勝るとも劣らぬほど――あったのでしょうか？

それは皆無だったのです！

いよいよアーダムの内面の邪悪さを説き明かさねばならない時機《とき》が来ました。つぎの場面をご覧あそばされますよう。「啼《な》き飛び」の二つのさえずりから成る合図を聴きつけて、百名の精鋭部隊の残徒である三十名あまりの軍馬は夜陰につつまれた砂漠を駆けます。アーダムの事前の指示に忠実にしたがって。そして結集します。ゾハルの秘密祭儀の初日にふたたび指揮官と再会をはたす以上、この密会こそはきわめて重要なもの、アーダムの軍略の核となる作戦にちがいありません。確信をいだいた手勢の残徒は、砂山を越えて、猛然と不毛の砂地を馳駆《ちく》して、五騎、七騎の小集団がいつしか十二騎、十九騎、二十三騎と集結をはじめ、アーダムの潜入した守備隊の警備の担当の地域《うけもち》の前線に（はっきりと臨戦の隊伍を組んで）突入しました。なんという機動力、なんという迅速さ。いっきに総軍が寄り集まって、アーダムしかいないゾハル側の野営地に駆けつけます。

ああ、風が吹いています。わずかにゆれる天幕の火に、三十名ばかりの軍団は総大将の醜漢を見いだします。左手には「啼き飛び」を放った弓をもち、予備のものと思われる数本の矢がそれぞれの鏃《やじり》を下方《した》にむけて突きたてられています。風が吹いています。燃えさかる火焔《かえん》はまがまがしいまでに赤々として、ゆらめいて、アーダムの醜容を魔霊《マーリド》さながらにいろどっています。しかもアーダムはにやにやと哂《わら》っていて、火焔とアーダムの周囲《まわり》には、三体の屍《かばね》が転がっていて、絶望なり、驚愕《きょうがく》なり、苦悶《くもん》なりの表情を浮かべています。

その死に顔の無残さ！　さらに屍体《したい》が接触する地面にはぶきみな線……砂の線、大地に刻まれた曲線。不吉です。あまりに不吉です。

アーダムは悽愴《せいそう》なる情景をおのれの四方《よも》にちりばめて、生きのこりの部下の全員をまっていたのです。

ああ、風が。

まち構えたアーダムに駒からおりるように命じられて、集結した騎馬軍団の総勢は、下《げ》乗《じょう》して総大将に対面します。忠良な約三十人が、アーダムに対《む》かいあうように、右ひだりにずらりとならびます。「いやはや、迅《はや》かった！」とアーダムは感嘆しきりといった声音で手勢にむかって呼ばわります。「なんとも申しぶんのない迅速《はや》さよ！」さすがは精鋭、そしてさすがは、わが配下の軍勢、とやつぎばやにアーダムは称揚の言を連発します。それから周囲《あたり》をグルグルッと見まわして、青目の分隊長の屍体をただちに火焔のわきに認めて、――さてさて、わたしのほうも見てもらおうか――、と叫び声をつぎます。

「わたしの成果だ。この醜怪な碧眼《へきがん》の屍《かばね》はといえば、わたしを拾いあげたゾハル守備隊の、なかなか名のある分隊長の末路だぞ。あああッ、無残至極！　だが、わかるな？　わたしは難攻不落、要害堅固な邪宗の都の軍団に忍びこんで、みごとに戦闘部隊の一員となって、これを内側から潰滅《かいめつ》させた！　どうだ、なかなかの結果ではないか？　結果をだしたと思わないか？　わずか半年で、帝国の首府を発ってからわずか半年で」

手勢の三十人あまりは、ふむふむとうなずきます。
すでにアーダムの自己称揚に納得していわんばかりに、青目の分隊長の遺体を指さし、
それからアーダムはふいに思いついたといわんばかりに、青目の分隊長の遺体を指さし、
「そうだ、父王陛下にわたしはゾハルを内側から崩潰《ほうかい》させてみせると宣言し、帝国を旅だ
ったのだった！　ならば、この分隊長の首級《くび》！」とおのれの額を手のひらでペタリと叩《たた》き
ます。「敵将のこれを斬りとって父王陛下にとどければ、ふむ、わたしの宣言の貴重な証《あか》
しとなるかもしれんな」
しばし、これについて熟考するかのように眼《まなこ》を閉じましたが、たちまちひらいて、また
叫びます。
「とはいえ、これもそれも、あれもどれも、みな忠義な活躍《はたらき》を見せる手勢あってこそ。御《おん》
身《み》たちの比類のない仕事《はたらき》ぶりがあってこそだ！　じつはわたしも……ことばにはしなかっ
たが、わたしも心をずっと痛めてきた。総勢百人でゾハル遠征に出立したというのに、い
までは半分以下にも数を減らして……。そなたたち手勢が、騎馬部隊がだ。献身的に尽力《つく》
してくれたというのに。ああ、よくぞ耐えた！　よくぞ！」
目をうるおわせてアーダムは、右はしから左はしまで手勢の列をあまさず見つめて、見
わたして、いいました。
感に堪えないといったようすも歴然《ありあり》と。

この感動は、しかし表面《うわべ》だけではありません。アーダムはじっさい、手勢の活躍に、感激し、賞《ほ》めたたえていたのです。そして最後まで活躍をまっとうしてもらおうと願っていたのです。生きのこった軍馬に。三十人あまりに。

「よくぞ、耐えた！」

アーダムはくり返します。

「いよいよ決着だ！」

一列横隊となった下馬した騎馬軍団は、ぴりぴりと緊張し、いよいよ最終決戦かと武者ぶるいに奮《ふる》えます。作戦の詳細は知らずとも、アーダムがまたも意想外な方策を考えていることはあきらか。なにしろ奸智《かんち》といえばアーダム、アーダムといえば奸智です。手勢のなかには、——ゾハルの戦闘部隊を内側から潰滅させたはいいが、われらが指揮官はこの後どう行動されるおつもりなのか？　事件のもみ消しも、これら三体のむくろの始末もそうそう容易ではないのではないか？　一体は敵将のものであるというし——、と頭脳《あたま》を回転させて憂慮している者もおりましたし、軍人としてのアーダムの経験不足をいまだに懸念している者もおりましたが（というか大多数がそうでした）、これについてはさきほども述べたように、自分たちが奮迅しておぎなおうと考えるばかりでした。全般的にいって、手勢はアーダムを信頼していたのです。信頼しきっていたのです。

アーダムはまず、ちょうど右はしに立った手下にまなざしを投げて、例のものはもってきたかとたずねました。問われた手下はただちに首肯して、かつてゾハル市内で隊商に化けてアーダムに接触したさいに、じかに指示を受けていたように、なにやら薄汚れた巾《きん》着《ちゃく》のようなものを大将《おかしら》のまえに進みでて手わたしました。それこそ衣類の隠《しま》しにも蔵いこむことができるほどの、小さな、ごく小さな布袋です。

アーダムはなかみを確認します。

この巾着にいかなる品《しな》じなが容れられていたかといえば、筆頭に挙げられるのは粉末、丸薬《がんやく》に煉《ね》り薬、それに塗りあぶらの類《たぐ》い。ようするに霊薬に秘薬、はたまた劇薬でありまして、一つひとつが乾燥させた家畜の腸《はらわた》のなかに納められ、種類ごとに分別《ぶんべつ》されておりました。ついで焼きものや銀製の容器《うつわ》に入った二番めのめだった品じながあり、こちらは貴石に半貴石、あるいは紅海の砂から採った巫術《ふじゅつ》の石といった魔法を喚《よ》ぶ宝石の類いばかり。どれも冥《くら》い、冥い魔法です。闇黒《あんこく》のにおいが漂っています。

これこそが奸智の一手め――

苦痛と狂気、腐敗と錯乱の源が、巾着のなかにはいっぱいにつめられていたのでした。巾着が薄汚れているのは、もちろん、アーダムの手あかがついているため。その十七年の半生において、幾度も、幾度も、その巾着がアーダムによってつかわれてきたことを示しています。巾着と巾着の内容物《なかみ》がです。アーダムにとり、それらは慣れ親しんだ道具なのです。アーダムが幼児期より、乳母の、魔女である老婆のしなびた乳房に吸いつきながら学び、修めた、妖術《ようじゅつ》の道具類にほかならないのです。アーダムはうれしそうに視認を了《お》え（その喜色の面輪《おもわ》は部下たちに瞬間、異様な印象をあたえました）、用意は万端ととのったかと独りごちて、つづいて巾着のなかに指を入れて丸薬を数粒ばかりと魔性の石をとりだしてペロリと——またはソロリと——舌さきで嘗《な》め、さらに口中にコロリとふくみ、確認の確認を了えました。おしまいに、口から吐きだした丸薬と魔石とを巾着にもどして蔵《しま》うと、これを上着の隠しに納めます。

「では」とアーダムは手勢の一同を見わたしていいました。

おう、と一同が応じます。

「あとは仕上げだぞ！」

いいながら、アーダムはわずかに腰をかがめて右手で地面の矢の一本をひき抜き（足もとに刺しておいたあれです）、みなみなの視線が「それは？」と声にださずに問うなか、「仕上げだ」と声にだして答えて、矢の尖端《せんたん》部をついと燃えさかる火焔のなかに突き入れます。ここで三十人ばかりの手勢は気づきます。アーダムがかたわらに燃える焔《ほのお》のなかにさしこんだのは、ただの征矢《そや》でも「啼き飛び」でもありません。鏃の部分に油脂《あぶら》を染みこませた布を巻きつけてある、火箭《ひや》の一種であることに。

なににもちいるのですか、と手勢の一同が大将《おかしら》のアーダムにたずねる余裕はありませんでした。つぎの刹那《せつな》には、アーダムの左手の弓にその（着火された）火箭はつがえられていました。「啼《な》き飛び」を射るための弓の柄《にぎり》を左手に握ったままだったアーダムの、一連の動作は機敏をきわめました。上空に射られるために火箭は弓弦《ゆづら》につがえられ、弓弦はいっぱいにひき絞られ、そして離されました。

放たれる瞬間にアーダムは呪文《まじない》を唱えました。みたび。

すると、火箭は。

放たれて、燃えあがる緋色《ひいろ》の直線となって、天球を貫《はし》り、星空の調和をひき劈《さ》きます！

手勢の一同はなかば反射的に、みな一様にその顔をあげて、火箭の経路《とびあと》を頭上に追いました。一同は射られた火箭のみごとな飛びっぷりに、目を奪われたのです。それに、眼前で放たれた矢の行方を、それを目《ま》のあたりにした人間の目が追ってしまうのは、本能的な反応でもあります。ですから、この刹那、火箭の射出につられるようにその場の全員が顔面《おもて》をあげていました。

ただひとり、そうでなかったのはアーダムです。

火箭を放つやいなや、アーダムはもっていた弓を抛《な》げ棄てて、同時に、さきほど着火にもちいた足もとの（風にゆれて燃えさかる）焔にむかってカッと唾《つば》を吐きだしました。いえ、吐きだしたのは唾ではございません。唾と見えたのは、つい先刻アーダムが巾着からとりだして確認した丸薬なり魔石なりの一種類——アーダムの口中にふくまれて、かつ、そのまま舌の裏側にのこされていた冥い魔法の材料です。それが燃えさかる火群《ほむら》のなかに投げ入れられるや、焰はジュッと鳴いて、もうもうたる白煙を噴きあげました！

するといちどきに、火も滅します！

野営地からは灯《あか》りというものが消えます――野営地には忽然《こつぜん》と闇が出現します。濃い闇、いきなり落ちた夜の帳《とばり》、黯然《くろぐろ》とした闇黒です。一列横隊となった手勢たちはぎょっとして立ちすくみました。火箭の行方を目で追って蒼穹《そら》にばかり意識をむけていたそのとき、地上のわが身をいきなり、闇に禁《とじ》こめられたのです。一瞬にして闇黒に幽閉されてしまったのです！　ああ、その狼狽《ろうばい》ぶりといったら！　思わず総毛だつ手勢もひとりならずおりました。

この事態にあって、ただちに機敏に動いたのはただひとり。

またもやそれはアーダムでした。

アーダムは、すこしまえに二つめの魔法の円を描くために手にとった長剣――青目の分隊長の部下の片割れが佩《は》いていた、そしてアーダムに斬りかかろうとして果たせなかった太刀《つるぎ》――をふたたび拾いあげ、これはすでに抜刀《ぬきみ》でしたから、構えつつ呪文《まじない》を口にします。

悲鳴があがりました。二つ、三つ、いえ、つづいて四つ、五つ。アーダムの手勢らは恐慌状態におちいります。突如として顕現した闇黒の包囲のなかで、精鋭集団はたがいに呼びかわしますが、たちまち大混乱です！　悲鳴と、声にもならずにグッとうなるだけの吐息、あたかも斬殺されて肉体《からだ》が大地に仆《たお》れるかのようなドサリという響き。手勢たちは揃って精鋭ちゅうの精鋭ですから、さほど時をおかずに、──夜陰に乗じた襲撃者がいるのだ、それが闇討ちを食わせてきている──、と気づきましたが、そう察した瞬間にも、すでに七人の同志《ともがら》が斬り殺されておりました。

いうまでもありません、襲撃者とはアーダムです！

アーダムは、いまは消えた焔をはさんで目のまえにならんだ手勢の、配下の部隊の余類《いきのこり》の、一列横隊の右はしから順番に襲いかかっておりました。スパッ、スパッと抜刀《ぬきみ》をふり下ろし、もちろん第一の犠牲者はあの巾着を手わたした部下。手勢の総軍が到着したさいに、これらを煽《おだ》て、賞《ほ》めあげるときに何度もじっくりと手勢の列を注目していましたから、各人の位置も、それぞれがたずさえた武器についても、なんと、きちんと把握しておりました。ああ、奸智《かんち》の二手め！　まるっきりの闇黒のなかにあっても、アーダムにはあやまたぬ襲撃が容易であったのです。そして、あの魔法の円です。想い起こしてください、アーダムが「啼き飛び」を射るまえに描いた、二つめの魔法の円、天幕を内包《ふく》むように大きく、大きく描かれた呪術《じゆじゆつ》の媒体を。これは巧妙にも、駱駝《らくだ》の糞《ふん》を燃やした天幕の焔がおよばない、灯火《ともし》が照らさない範囲に外縁を描かれていたので、到着した手勢には感づかれなかったのです（そして主要な秘文字や呪符《まじない》も同様でした）。この魔法の円がアーダムにもたらしたのは、再度、すさまじいばかりの剣術の冴え。すさまじい威力。手勢殺しにはうってつけ！　アーダムは標的の部下を一人びとり、愛撫《あいぶ》するように斬りつけます。

ですが、精鋭ちゅうの精鋭、強者《つわもの》ちゅうの強者たちも無為に殺されてばかりはおりません。事態が進行すれば、無類の猛者《もさ》たちは「謎の襲撃者」に備えて防禦《ぼうぎょ》と反攻を講じます。まれに見る優秀な騎士ならではの手腕で、完璧《かんぺき》な闇のなかにあっても、また、魔法の剣術にさらされながらも、抜刀《ぬきみ》に対して刃を返します。

すると、闇のなかからは穏やかな声がひとつ。

「おやおや、帝国の王子に刃《は》むかうのか？」

この返答に、手勢たちは襲撃者の正体を知って凍りつき、唖然《あぜん》として斬殺された者がつづいて二名。

謎の襲撃者がわれらの主人？

なんという裏切り行為！

なんという信義への悖《もと》りかた！

あまりにも信じがたい現実でしたが、信じられないなどといって悠長に構えてはいられません。呆然《ぼうぜん》としているあいだにも、襲撃者に転じた主人は闇討ちを続行するのです。手勢を殺戮《さつりく》しつづけるのです。アーダムに応戦しようと刃を返しながら、太刀《つるぎ》と太刀をまじえながら、ひとりの部下はいいました。

「悪魔《シャイターン》め」と。

するとアーダムは答えました。

「わたしがか？　いや、まだ会ったことはないな」

と。そして、ザックリ！

気は顚倒《てんとう》し、暗闇のなかであちらこちらへとちらばりはじめた手勢たちに、のこされている選択肢は二つ。この場でアーダムに屠《はふ》られるか、あるいは即刻逃走するか。

馬に乗って逭《に》げるしかないのだ、と、十名ばかりは判断しました。天幕のまわりに憩《やす》むはずの馬を闇のなかでさがして跨《また》がり、その腹を蹴《け》り、蹴りあげて疾駆させ、どれも純血のアラビア種に属する駿馬ですから、飛び乗ったあとは騎手の意にしたがって、いななて馬蹄《ひづめ》を大地に叩《たた》きつけます。疾走します。

アーダムはこれを追いませんでした。魔法の円からでた者は、あえて見逃して、遁走《とんそう》するにまかせました。かわりに、天幕の地に、この野営地に、魔法の円の内側《なか》にのこった手下の勦討《そうとう》に努めます。全滅させることに専念します。夢想もしなかった情勢《なりゆき》にいまだに茫《ぼう》然《ぜん》自失とし、とり乱したまま逃げ惑い、暗闇のなかでわだわだ顫《ふる》えている手勢の処理に。

始末に。

いっぽう、遁走した軍馬はひたすら遠方《かなた》をめざして駛《はし》りつづけていました。

これが地上の動きです。では、ふたたび火箭《ひや》がひき劈《さ》いた天球に目を転ずれば――そこにも動きが。

十騎ばかりの軍馬と同様に、そこにも疾走するものが。

遠方《かなた》から遠方にひた走るものが、ほら！　認められます。

幾本もの火箭が夜空を縫うようにして飛んでいるのです。飛びかっています。アーダムの射た火箭に呼応する、ゾハルのほかの警備部隊からの信号です。この非公開の祭儀期間ちゅう、放たれる夜間の火箭は哨戒《みまわり》の人間によって発せられた危急の報であり、アーダムの火箭もその意味するところが十全に伝達されたのです。担当《うけもち》の地域のちがう部隊からも、応答があり、あい継《つ》いで火箭が蒼穹《そら》を往きかいはじめました。風雲急を告げる火箭は中継《なかつぎ》に中継を重ねてゾハルの四方八方《よもやも》におよび、いまや特別警備にでている守備隊のほとんど全軍が、アーダムのいるここに、この地に、アーダムが手勢を葬り去りおえた露営の地に、走《は》せむかおうとしておりました。

それをアーダムはふり仰いで認めます。

生きのこっていた手勢を全滅させて、大空をふり仰いで。

「万端、ととのった！」

こう独りごちて。奸智の三手めに突入します。事件《こと》の真相のもみ消しです。いってみれば仕上げの仕上げ――この野営地のお披露目《ひろめ》のための。

まずは組み討ちの擬装といきます。ゾハル側の屍骸《しかばね》が分隊長をはじめとする三体、アーダムの手勢側の屍骸が二十体あまり。これらがたがいに組みあったように、アーダムは妖《よう》術《じゅつ》と手ぎわのよさを駆使して演出します。みずからが立った大地の魔法の円に呪《かしり》を投げると、秘文字と秘文字はギラリと光ってブハッと皓《しろ》い塵埃《じんあい》を噴きあげ、分隊長らの軍装とアーダムの手勢らの衣類をさながら血戦の結果《あと》のようにズサッズサッとひきちぎります。皮膚を裂いてドロリとした死者の血をながさせます。さらに——アーダムは手ずから——武具を手にしていない者には武具を握らせ（たとえば青目の分隊長がそうでしたし、暗闇のなかで斬殺された手勢の七人までもそうでした）、槍疵《やりきず》の足りない者にはこれを足してやり、打撲の痕跡《あと》の足りない者は殴りつけてやりました。あっぱれとしかいいようのない手腕《てなみ》で、ゾハル側とアーダムの手勢側が入り乱れた剣戟《けんげき》の、組み討ちの現場は創造されます。いえ、偽造されます。

アーダムの所業の最後は、ひとことの呪文《まじない》。

これを発するだけで、地面に描いていた魔法の円は——大小二つとも——ジュッと音をたてて滅《き》えました。

一瞬間《いっしゅんかん》泡だって、砂のなかに熔《と》けこむように。

のこるはいつもの砂原の風紋と、馬蹄《ばてい》があたりを踏み荒らした蹤跡《しるし》、そして闘争の痕跡《あと》のみ。

賊どもの犯跡のみ。もはや砂の偶像もありません。あの蛇の邪神、ゾハルの主神の偶像も。踏まれて、闇の襲撃と反攻と逃走のさなかに踏みつぶされて。

アーダムは天幕の支柱《つっぱり》を蹴りたおし、これをペシャリとつぶして、それから、消されてしまった駱駝の糞の火焔《かえん》のまえにゆき、いまいちどそれを熾《おこ》しました。

それから、大地に伏して、天才的な歎《なげ》きの演技に没入します。

さあ、役者の出番です！　天球には火箭が賁《はし》りつづけています。急を告げる合図に応えて、駆けつけたのは八頭の駱駝。より詳細に述べますと、四名ずつのふた組の駱駝の部隊がほぼ同時に野営地に――アーダムのいる、アーダムしかいない野営地に――馳《は》せ参じました。もともと、青目の分隊長の率いていた夜間警備の部隊は、アーダムを数に入れて総勢十二名、ここから四名ずつのふた組がさきに担当《うけもち》の地域の見まわりにでていたのでした。

それらふた組が、まっさきに、部隊の将が憩んでいるはずの野営地に還ってきたのです。いったいなにごとかと帰還してみると、なんたる惨状！　ああ、絶望するより術《すべ》はなし！　自分たちの同志《ともがら》と正体不明の匪賊《ひぞく》のしかばねが、ことばどおりに死屍累々《ししるいるい》と、乱戦のおこなわれた形跡も明瞭《あきらか》に、そこらじゅうに転がっています。そして、匪賊の何者かを証《あか》すような馬蹄の足型《あと》。後れて八人（四名ずつのふた組の全員）が目にとめたのは、涕涙《なみだ》にかきくれているアーダム、いましがた火を熾しなおしたばかりと見える、悲歎《ひたん》にふるえている見習い隊員のアーダムでした。

ただひとり、その場に生きのこった醜貌《しゅうぼう》の少年。

たずねられるまえに、ガバッと顔をあげて、アーダムは叫びます。

「賊どもが、ああ、ああ、あの賊どもが！」

いったん息をつまらせ、洟《はな》をすすり、それから継ぎます。

「襲いかかってきたのです、あの騎馬の隊商荒らしが！　かつて、わたしの——わたしの父母を、伯父《おじ》を、弟妹《きょうだい》と従姉妹《いとこ》を亡き者としたあれがッ！　あああッ！」

一瞬、アーダムは気絶して倒れますが、たちまち起きあがって、しばしゼイゼイと呼吸《いき》を整えるかのように吐きだし吸いこみしたのちに、概況をどうにか説き明かそうと、すこしおちついていいます。

「まずは五騎、来たのです。あの兇賊《きょうぞく》ども、あの群盗どもの一部隊が。わたしたち四人は必死に応戦しました。この天幕の陣にのこったわれわれの分隊です。わたしも、わたしも、わたしも闘いました。どうにか掩護《えんご》しようと長槍《ながやり》をとり、そして隊長殿をはじめとする皆さんの活躍で、腕によって、これを撃破しかけたのでした。しかし、なんということでしょう、騎馬の群盗は五騎だけの軍勢では終わらず、すぐに十五、六騎があらたに攻め来たったのです！　隊長殿はこれを遠望《み》て、わたしに下がるようにいいました。天幕に隠れていろと命じました。わたしが、——いえ、いっしょに闘います——、というと、莫迦《ばか》者と怒鳴りつけ、おまえを生きのびさせたいのだといい、賊の援軍がいまにも到着しそうになると、わたしを撲《なぐ》って失神させ、支柱《つっぱり》を蹴りはらってつぶした天幕にわたしを匿《かく》したのです」

そこでアーダムは、実弟のように自分をかわいがっていた青目の分隊長のなきがらを指さし、嗚咽《おえつ》を漏らして阿鼻叫喚をまじえました。

「ああ、隊長殿！　ああ、兄上よ！」

青目の分隊長のなきがらに目をやって、はらはらと涙をながしました。

「隊長殿が、わたしの生命《いのち》を護ってくださったのです。意識をとりもどして天幕のつぶれた山羊の毛織りを這《は》いだすと、このありさまでした。連中が――かつては隊商を襲ってわたしの一族《はらから》を皆殺しにした盗賊団が――隊長殿を殺《あや》めたのです！　じつはまだ、この天幕の陣に攻めこもうとする第三の軍勢がありました。すなわち二度めの援軍、二回めの敵方の増援で、これは（視認したところ）十騎あまり、ちょうど失神から覚めたわたしが地平のかなたに確認して――わたしは急いで火箭を、ああ、体力《ちから》のかぎりに弦をひきしぼって火箭を射ました。合図を夜空に放ったのです。すると、それを認めてにちがいありません、この第三の軍勢は逃走を――あちらの方角です！」

アーダムの説明にめらめらと瞋恚《しんい》の焔《ほむら》を燃やす八人は、グイとばかりに少年によって指さされた方向を見やりました。

「追うぞ！」とひとりが号《さけ》びました。

「おう！」とのこりの七人が応えました。

「隊長殿のかたきを！　この半年に生命を奪われた、信仰の同志たちの全員のかたきを！　第三の軍勢とやらの、ひとりとして生きてのがすまいぞ！」

烈火のごとく瞋《いか》った八人はつぎつぎと駱駝《らくだ》の首を蹴《け》りつけて駆けだし、最後の一頭の背の武人がアーダムに、――おまえはここに駐《とど》まれ、これから続々とわれらの友軍の部隊が走《は》せつけよう、これらに事情と、追撃のむねをつたえるのだ、ただちにわれらが後続となるようにと、頼んだぞ――、そういって去りました。

駆けだした八頭の駱駝からは（その鞍のうえから）、さらに幾本もの火箭《ひや》が後方にむけて放たれました。

ほどを経ずして、召集を受けたゾハル側の大軍勢が（予言されたように続々と）ゾハルの四方八方《よもやも》から駆けつどいます。槍を鳴らして、駱駝をうそぶかせて、その半数が臨戦の態勢《かたち》で矢をつがえて。一隊、二隊、三隊、それどころか七隊、八隊、九隊といちどきに殺到します。うばたまの闇に隠れて見えませんが、その背後《しりえ》には、全軍、もうもうたる砂塵《さじん》の煙があがっているのは瞭然《りょうぜん》としてあきらか。アーダムのもとに到来するや、報告《しらせ》を耳にして総員がさきの八名の武人《やったり》そのままに瞋りに目をむいて、たちまち時を移さず、その士気の異様な昂《たか》ぶりとともに追い討ちにでます。野営地に到着しては出立します。ゾハルの神聖なる祭儀期間のあいだに――しかも、まるで狙いさだめたかのように初日の晩に――騒擾《さわぎ》を起こされたとあっては、精神《こころ》を平静になどしていられるはずもありません。さらに襲われたのは、これまでのような交易路の隊商ではない、ゾハルの軍団の露営の陣営なのです！　守備隊に属するゾハルの武人たちの、この半年のあいだにつもりつもった忿怒《ふんど》と憤激は、ここに、ついに、爆発します！

夜の刻《とき》の一つめ（四等分された時間帯の第一番め）が終わるまでに、アーダムは五十名を超える人員（と駱駝）からなるゾハル側の戦闘部隊を野営地に居のこって見送りました。そして二つめの夜の刻がすぎ去るよりも早く、アーダムの手勢だった帝国の精鋭たち、アーダムに屠《はふ》られるのを避けて遁走《とんそう》した百人の騎馬軍団の生きのこりは――十名ばかりの残党は――怒りに狂ったゾハル側の五十名超に追いつめられて、夜半《よわ》の砂漠に果てました。

暁をむかえて大規模な勦討《そうとう》部隊がゾハル市内の本陣から発ち、よし匪賊のさらなる残党が潜伏していたならば、これを根絶やしにしてしまおうと都《まち》の四囲の砂漠にちりました。

さて、二、三日まえからアーダムの采配《さいはい》によって砂漠地帯に暗躍を開始し、ゾハル防衛の最前線に接するように身をひそめていた（いまは亡き）三十人あまりの手勢は、なにもふた晩、み晩と、露天で夜をあかしていたわけではありません。組みたての容易な、移動式の住居群をおいて陣としておりました。そしてこの陣は主人《あるじ》の三十人あまりの壮絶な往生によって、無人のままで砂漠にのこされておりました。なにしろ事件の現場からほとんど離れていない場所にある、それこそ軍馬や駱駝をつかえば目と鼻のさきの距離にある陣でしたから、勦討部隊の出撃から時をおかずに発見されました。

かつてのアーダムの手勢にしてゾハル側の信ずるところの騎馬の群盗の陣は。

この無人の住居群の内外からは、たとえば強奪された隊商の積み荷の一部が見いだされましたし、祈禱《きとう》用の敷物や（これは所有者が敬虔なムスリムであることをゾハル側に示す）、半年間にもおよんだ襲撃の戦利品でいっぱいの鞍袋《くらぶくろ》なども多数見いだされました。ここまで証拠があがれば、ゾハルの部隊のだれであろうと、――これこそは、例の賊どもの隠れ処《が》にちがいない――、と納得しないはずがありません。発見されたのが移動式の住居からなる陣営であったこと、また、これまでの神出鬼没の経緯からかんがみて、半年にわたってゾハルの軍隊を悩ませつづけてきた騎馬の匪賊《ひぞく》は、十中八九、その拠点《ねじろ》をつぎつぎと更《か》えて移動する、流浪の集団だったのだろうと推測されました。

さらに無人の住居群がいつ、この地に（というのは事件の現場となったゾハル側の野営地にほどちかい、ゆるい砂山を越えた場所にということですが）すえられたのかを査《しら》べ、痕跡《こんせき》からわずか数日まえであると看てとると、その夜の惨劇の核心に迫る推理がなされます。交易路を荒らして隊商の荷を奪うばかりが専門と見えた盗賊団が、どうしてゾハルの夜警の部隊を直接襲ったのか？　強奪にあたいする金銀財宝も売買用の珍品もないのに、なぜ、この野営地に襲撃をかけねばならなかったのか？

それは不幸な衝突だったのだ、ということになりました。

つまり、匪賊の側が数日まえに陣を移した場所のほんのかたわらに、距離的な隔たりなどなきに等しい砂漠の最前線（警備するゾハルの側から見て）に、神聖月間の初日の夜、青目の分隊長の率いる十二名編制の部隊が担当地域《うけもち》の見まわりの拠点《あしば》を築いてしまったのだ。よもや、それが匪賊の陣営《あしば》と隣接するほどの路程にあるとはつゆ知らず。

匪賊の襲撃のその原因《わけ》を、ゾハルの人びとは不幸な偶然だったと推理したのです。たまたま、敵味方の陣が近距離にありすぎて、たまたま、両者の衝突は起きてしまったのだと。状況証拠からいえば、こう判断を下したのも当然至極です。

真実《まこと》をだれも知らずに、推断はゾハルの人びとを納得させました。では、アーダムをうたがう者はいなかったのでしょうか？　ひとりもなかったのでしょうか？

なかったのです。まずもって、武芸に秀でないアーダムは、青目の分隊長をはじめとするゾハル側の武人三名を殺した真犯人とは、目されるはずもありません。まして、二十名を超えようかという匪賊の惨殺者などとは、だれが一瞬でも考えるでしょう？　守備隊の見習いとしてのこれまでの戦闘訓練において、剣術や槍術《そうじゅつ》が、格闘術《かくとう》が、アーダムは及第点にいたったことはなかったのですから。

殺戮《さつりく》は可能なはずがないのです。アーダムが被疑者となるはずがないのです。

ああ、こうしたすべてが、あまさず陰謀の主《あるじ》アーダムの計算でありました！

こうして勦討部隊による踏査と思いがけない事実の発見、その報告と推理などが為されるなか、惨劇の現場であった野営地では、三つの遺体が殉教者用の綺羅《きら》につつまれてゾハル市内に運ばれ、その他の遺体は葬り去られようとしていました。その他、とはむろん、襲撃者の匪賊の二十体あまりです。葬るといっても、そこに鄭重《ていちょう》さなどあろうはずもありません。遺体は一ヵ所に集められて、つみ重ねて折り層《かさ》ねて八十の手足をもつ肉塊の山とされて、ところどころを棗椰子《なつめやし》の油をかけた襤褸《ぼろ》布で覆われて、惨《むご》いことに焼却の憂き目に遭いました（屍骸を焼き棄てることはイスラームで最大の、最悪の侮辱。最後の審判の日、いわゆる「復活の日」に備えることができなくなってしまうため）。

肉塊の山からは黒い、蒼《あお》い、粘り気のあるような煙がたち昇り、おなじ色彩の黒い、蒼い、粘着質のにおいが鼻孔を刺しました。

荼毘《だび》のにおいを嗅《か》いでいたのは、青目の分隊長の配下であった夜警部隊の八名の武人、そしてアーダム、さらに将校の格にある、貫禄《かんろく》はなはだしい巨漢の武人。この巨漢はあらたに指揮官として八名の武人のまえに来たのでした。新隊長なのです。朝空にまがまがしい亀裂を刻んでいる、遺体焼却の黒煙をながめながら、新隊長はみなにいいました。

「祭礼の期間ちゅうには、二度と同様のさわぎが勃発《ぼっぱつ》しないように、われわれ守備隊こそが努める必要がある」と。

正規の守備隊員である八名はグイと顎《あご》をひいて応えます。

「夜間の特別警備は、つねにもまして強化する。前隊長殿をはじめとする三名の戦力をうしなったこの部隊も――いまさら歎《なげ》いてもしかたがない――さらに鞏固《きょうこ》な編制を考えねばならん。わっしが前隊長殿の代理として現在《いま》から着任するが、それだけで担当《うけもち》の地域の哨戒《みまわり》をこなせるか、正直、わからん。欠員を補充しただけで足りるのか。あるいは他の部隊に吸収させて——隣接する地域のだ——その分隊として方面の警戒にあたるのがよいのか。どうだ、貴君たちの率直な意見を聞かせてくれ」

新隊長と八名の武人は、ただちに円となって私見をかわしあいますが、おおむね部隊は二日めからも前日同様に（独立した一隊として）存続して動きたい、との見解に達しました。八名のあいだには殺された仲間のための復讐《ふくしゅう》にも似た感情があり、直接、この地にのこって第二、第三の賊の襲撃に——もしも騎馬の匪賊がいまだ残党をかかえているならば——備えたい、それらの襲撃のさいには先頭に立って闘いたいとの思いが渦巻いていたのです。

と、このとき、新隊長と八人の円の外側から、そっと声があがりました。

「よろしいでしょうか」

はりつめた囁《ささや》きを発したのはアーダムでした。

「ふむ？」新隊長がふり返ります。目にしたのは容貌《かおかたち》は醜いが、その瞳《ひとみ》には烈しい灼熱《しゃくねつ》の感情を孕《はら》んだ少年。

見習い隊員の少年。

「このわたしに」とその見習いはいいます。「部隊の欠員をおぎなうことは、不可能でしょうか。わたしが正式の守備隊員になって、皆さんといっしょに、前隊長殿の、わたしが兄者《あにじゃ》とも慕った前隊長殿の……」

そして沈黙します。

まなざしに、おし殺した感情をたたえて。

中絶《とぎ》れたことばのいわんとしたところはあきらか。つまり、仇《あだ》を復《かえ》したいと。

たちどころに八名は——その夜、青目の分隊長の指揮下にあった八名は——胸をうたれます。ひとつの情景を想い起こします。危急の報である火箭《ひや》が射られたのを目にして、野営地にもどった瞬間《とき》、アーダムがあげていた嗚咽《おえつ》、歎き悲しみ、絶望と怒り、肉親《はらから》同様に慕っていた青目の分隊長を戮《ころ》されて、アーダムがなにを感じていたかを。

はらはらとながした涙を。

だれかが新隊長にいいます。

「たしかに、この少年はまだ見習いです。入信の許可をうけておらず、神聖月間のゾハルの聖域にも踏みこむのを禁じられている身分。しかし、前隊長殿の遺志は——」

「そうです」とだれかがひきうけます。「前隊長殿は、この少年を身内の者としてあつかい、まるで口癖のように、将来は——ちかい将来には——自分の指揮下に正規の隊員として迎えるのだとおっしゃっておりました」

そうなのか？　と新隊長がべつなひとりにたずねると、この武人も「遺志です、遺志です」と応じました。

みな、あの情景——匪賊の奇襲がもたらした結果をまえに、アーダムが身も世もあらぬほど欺いていた情景に騙《だま》されて、理解と共感に（どれも誤解なのですが）つき動かされていたのです。

だれもが。

そして決定的なひとこと。

「なにより、この少年の入信の時機《とき》はちかいと聞いておりますが」

いったのは最初の武人です。

八名がいっせいに新隊長に目をむけます。円の中心にいる新隊長に。すると、新隊長はアーダムに目をむけて、——なるほど、そうか、自分も聞いていないわけではないな——、等、歎願《たんがん》するアーダムのまなざしを射返して、つぶやきます。

「おぬしならば」と新隊長はアーダムに確認のことばを投げます。「おぬしならば、警備を手薄にすることはないか。その眼《まなこ》が、賊を見落とすことはないか。かもしれんな。戦闘の伎倆《ぎりょう》はさておき、士気でだれかに劣るはずはない。役にたたないはずがない。自分はおぬしの歎願《ねがい》を聴き入れるべきだろう。わかった。日没だ」

「日没？」と反復したのはアーダムです。

「日没をまて。そして夜間の祭礼に、顔をだすがいい。ゾハルの市内にとどまってな。それから——秘儀だ。おぬしはおぬし自身の目で見、膚で感じ、体験するがいい。三日めからは、おぬしは信徒としての資格を得て、この自分の指揮下に入るだろう」

「それは、すなわち——」

「入信は許可される。これは、ふむ、わっしの裁量でどうにかなる範囲の問題だ。おぬしはすでにゾハルの信仰に参入するだけの階梯《かいてい》にのぼった者だし、教師役の神官たちもそれを認めた（はずだ）。だから時機《とき》はちかいと告げられているのだ。特別警備のための部隊の再編制が、着任した隊長代理に課される目下の急務である以上、わっしは話をとおすことができる。行け、鎖《とざ》された市内の、鎖された聖域に。夜間《よま》に。そしてわれらが信徒となれ」

いまやアーダムの正体を暗示するものは、人間であろうと、言質《ことば》であろうと、ことごとく消えました。手勢は百人が百人、空《むな》しくなって、死人に口なしです。アーダムが青目の分隊長らにうちあけた秘密《ひめごと》も、ただ砂漠の陣風《かぜ》のなかに消え失せました。聴き手をうしなっては、ことばなど、存在しないも同然です。どちらも地上から消え失せて、いったいなにものがアーダムの実体を示唆するというのでしょうか。

帝国領を去ってから半年、アーダムは大王に所望して賜わった百名の精鋭の軍馬をつかい切り、身の潔白を証《あか》したてるような完璧《かんぺき》な状態をもって、ゾハルの内側にその第一歩を印そうとしているのでした。

その昼、アーダムは営舎で浅い微睡《ねむり》を眠り、ゾハルの域内にある軍団の地所にとどまり、そして日没まぢかをむかえても、「異教徒」として逐《お》いだされはしませんでした。神聖月間の二日め、アーダムはついに、邪宗の信徒いがいは滞在を許されないゾハルの市内に滞在を許されたのです。

　それも夜に。非公開の祭儀が執りおこなわれる夜間に。

　夕刻、アーダムは守備隊の見習いとして都《まち》の壁の外側に連れだされるかわりに、ゾハルの最奥の市部にむかう仕事をあたえられました。数人の同事《なかま》といっしょに、水牛に牽《ひ》かせた車に蜂蜜《はちみつ》の壺《つぼ》をのせて、十五、六点もあるこの壺を（トロリとした蜂蜜はどれも盛りあがるようにいっぱいに盈《み》たされていました）聖なる領域に搬《はこ》ぶのです。

　ゾハルの内部は特色《いろ》ごとの地区に分割されていて、折りにふれてそれぞれの地区は遮断され、隔絶されます。ゾハルの辺縁部に信徒のみで形成された軍隊の地所があるように、市の中心部にもこの邪宗の信徒のみの居住地があります。アーダムら、祭儀の裏方として下っ端仕事をこなしている水牛牽きの一行は、その居住地にむかいます。いわばゾハルという都市の中心点です。ふだんでもファラオの時代の遺蹟《いせき》は目につきますが、なんと忌まわしいことでしょう、歩みをすすめるにつれてエジプトの邪悪な——無道時代《ジャーヒリーヤ》そのままの——多神崇拝の痕跡《こんせき》はふえるいっぽうです。繁殖するかのように、アーダムの視界にいっそう飛びこんできます。花崗岩《かこうがん》に彫られた立体像（まさに偶像である）、円柱と壁の基礎ばかりがのこった神殿らしきものの廃墟《はいきょ》。壁にはパピルスの茂みが描いてあり、鳥の翅《はね》を生やした天女《おんな》が両掌《りょうて》をかざし、隼《はやぶさ》の顔をした男神が権力《ちから》の杖《つえ》を握っています。犬、猫、ライオンなどの獣頭の神は無数。市街の水路わきにまばらに生える椰子《やし》のあいだには、時どき、巨像の頭部や握りこぶしが転がっています。彫刻された岩窟《がんくつ》があり、そこには現在のゾハルの住人が暮らしており、多神崇拝の浮き彫りはまるで家屋の装飾のようで、瀆神《とくしん》の行為もここに頂点をきわめようかというありさま（いうまでもないが、以上の一節はアッラーに対する神聖冒瀆を批難している）。夕闇のなかで果樹園となっている一廓《いっかく》を越えると、灌漑《かんがい》溝を利用して茂るオリーブ樹と葡萄《ぶどう》の木立ちのむこうに、これもファラオ時代の遺物ですが大きな塔門が出現します。一部は崩れて無残な様相を呈していますが、壁面にはりっぱな装飾画がびっしり。もっぱら絵文字です。刻まれているのは古代エジプトの絵文字で、それが塔門の前部《まえ》とうしろを覆っています。裏おもてを蔽《おお》っています。巨大な遺蹟はある意味では一冊の書物であり、アーダムが接近しようとするそれは「書物の建築《たてもの》」なのです。

しかし、だれも読めません。

その象形文字を解読する術《すべ》が、すでにうしなわれて久しいために。

アーダムは読める者の現存しない「書物の建築《たてもの》」――の内部《なか》――を通過します。

塔門をぬけると、より聖所にちかづいて、保存のよい太古の列柱室がスーッと伸びた通路になっています。柱の陰で、だれかが食蛇獣《マングース》を殺しています。甲高い悲鳴が、その捕殺される動物《けもの》の口吻《こうふん》からあがります。床には石甃《いしだたみ》があり、そこにも絵があり、またも偶像ばかりです。ひらいた花のかたちをした柱頭がもげるように落ちて、ゴロリと大地に停止しています。

しだいに群衆のざわめきがつたわってきます。ざわめきが起《た》ってきます。アーダムら水牛牽きの一行は、さきほどの塔門の規模にふさわしい、巨大な蟻塚のような二つの神殿をいよいよ視界におさめます。

「地上神殿だ」牛牽きの同事《なかま》がアーダムに教えました。

そこに蟻塚の昆虫《むし》さながらにたかっているのは、ゾハルの邪宗の信徒にして、今宵の祭儀の傍観者たち。物理的な制約があってのことですが、秘儀参入者はひと晩に百人と定《き》められており、これ以外の人間《もの》は観衆として、執行される祭儀の場をとり囲むのです。まだ早い時間ですが、こうした見物人たちが集まりはじめているのです。蟻塚のような神殿に群がって、席をとりはじめているのです。

ひと晩に百人、神聖月間の三十日のあいだに三千人という限定。とはいえ、今宵はいま一名が臨時で(かつ特別に)加わります。百一人が秘儀参入者となります。アーダムは入信の密儀と神聖月間の秘儀をいちどきに体験するのです。どちらもゾハルの主神との対面式を——ああ、呪わしい偶像との対面!——その儀式の中核にとりこんでおりますから、この特別待遇《あつかい》が許されたのです。

邪宗祭儀の環視者たちを群がらせる二つの神殿のあいだに、ぽっかりと開《あ》いた空間があり、まるで中庭のようになっています。アーダムたちは柱廊（それは神殿に附属している建築でした）をはたから見れば水牛に案内《あない》されているかのような風情で歩んで、蜂蜜の壺といっしょにこの中庭にでました。ゾハル市内のそこかしこ、あまたの泉や池、地下水の涌出《ようしゅつ》する井戸があるように、ここにも方形をした泉がございました。この中庭の泉の——黒花崗岩で縁どられた——岸の一辺に、アーダムたちは搬入した十五、六点の壺をならべます。どれも蜂蜜をたっぷりと容れてあります。

暮れのこる空から紫がかった色彩を得て、アーダムたちは命じられた下っ端仕事を了《お》えました。

この裏方の作業を終了すると、ついにアーダムは百一人めとなるための支度に入ります。まずは秘儀参入用の聖衣に着替えます。中庭の四阿《あずまや》で、アーダムは任用された小姓と器量よしの処女《むすめ》たちの手を借りて、よぶんな体毛を剃《そ》り、頭には頭巾《タルブーシュ》、全身をゆるやかな服装《みなり》でつつんで、蓋《ふた》のない香炉をもちいて衣裳とわきの下に馨《かぐわ》しい香をたきこめます。四阿で準備をするのはアーダムだけではありません。今宵の秘儀の当事者がつぎつぎと、更衣と燻香《ブフール》のためにあらわれます。小姓のひとりは、火のついた松明《たいまつ》を握りました。もう日はとっぷりと暮れたのです。

アーダムはあらわれる秘儀参入者の百人に、一人びとり、会釈し、手をとって接吻《せっぷん》します。

神妙に、神妙にアーダムは参加しました。口をつぐんで、表情も生真面目に、緊張しているそぶりさえ見せて。こんなアーダムに、先輩の信徒たちはやさしいものでした。いろいろと作法を指南して、秘儀に戸惑うなと告げ、また——

「われわれの神殿は地底にある」

とも、暗示しました。

地底?

アーダムたちは泉の岸にならびます。蜂蜜の壺がおかれた一辺をのぞいた、のこる三辺に、ヌーンの文字(ヌーンںはアラビア語の二十五番めのアルファベット)の弧を摸《も》すようにして、百人が服装《みなり》を整えて立ち、百一人めにアーダムが加わります。そこに準備して立って、周囲《あたり》を見まわしますが、教示された地底の入り口らしきものは見あたりません。あるのは眼前の泉ばかり。

すっかり夜です。神官の合図で、中庭のふちを囲むように配置されていた十数基の鉄製の籠《かご》に、火がともされます。篝火《かがりび》が焚《た》かれます。薪《まき》がゴォッと燃えさかり、すると、おお、その焔《ほのお》はたちまち泉の水面に踊りました! 水面に映り、背後から百一名を照らして、なんと中庭の泉を巨《おお》きな鏡面に変じさせたのです。水鏡《みずかがみ》です。幻惑的な、息を呑《の》むような瞬間でした。

アーダムはほかの百名と同様、この(足もとに突如として展《ひろ》がる)水鏡に魅せられますが、それで得た感慨はほかの百名とはまるでちがいます。なぜなら、居ならんだ百一名は篝火がともされると同時に泉水の鏡面にもうひとりの自分を見て、その自分の複製像に魅了されたのですが、アーダムの複製像はアーダムそのままに醜かったのです。アーダムが見いだしたのは醜悪な面容の少年が見つめ返している――泉のむこう側からのぞき返している光景で、心惹《ひ》かれるものでは全然ありません。その気味のわるい目つき、その呪わしい顔だち、なにひとつ心躍らない男ぶりのわるさったら！　いえ、いえ、他人《ひと》さまには男ぶりのわるさなどという程度ではないのですが、ここで説いているのは本人の印象です。本人はしょげ返るほど、がっかりしてしまうのです。一瞬にして絶望に拿捕《とら》われるのです。

ああ、憎いなあ。こんなに醜い。

こんなに醜いから、おれはだれにも愛されなかったのだ。

ああ、ああ、と哭《な》きます――アーダムは――心のなかで。

どこかで平鼓《ダッフ》が叩《たた》かれ、うち鳴らされます。奇妙な集団が（楽師たちとともに）蜂蜜《はちみつ》の壺《つぼ》のおかれた岸辺の側にあらわれます。めいめい火のともった蠟燭《ろうそく》を手にした、若い男女です。大蠟燭は左手にもち、右手には杖のような棒きれを――長い、長い棒きれを――もっています。それに太い縄や穀物を納《い》れる類《たぐ》いの布袋をかかえた神官連がつづきます。ひとりの神官は、蜂蜜の壺と似た形状《かたち》の、蓋をした、大きな壺を抱いています。蠟燭の男女は――アーダムの数えたところ――二十九名。だれもが安らいだような微笑をその顔に浮かべて、なにやら平鼓《ダッフ》にあわせて歌っています。口ずさまれる歌は、古い言語《ことば》で、なまりも強いため、明瞭《めいりよう》には聴きとれませんでしたが、どうやら——

蛇さま、蛇さま、
あなたはいったい、
今宵はだれを、
お咬《か》みになるの？
今宵はだれを、
お選びになるの？

大略このように歌っているようでした。
さて、祭儀はこの奇妙な集団の出現で、いつしか正式に開始されておりました。楽師たちと口ずさむ男女たち、そして神官たちが蜂蜜の壺のならびに揃います。すると、大きな壺をかかえた神官がその壺を岸辺におき、蓋をとると、おや、まあ！　あらわれたのは、蛇の鎌首——しかもなみの大きさではありません！　シャーッシャーッと紅い舌をだし入れしています。蛇は（自力で）壺から這《は》いだし、その全容を見せました。
アーダムの背後、数千人の祭儀の環視者たちがたかった蟻塚の神殿から、わあッとばかりに喚声があがりました。二つの神殿から群衆の声が沸き、それが迫間《はざま》の中庭に反響します。

この大蛇《うわばみ》は、邪宗の玩弄物《がんろうぶつ》ではありません。コブラです。正真正銘の毒蛇、猛毒の黒首《くろくび》コブラが、頸部《けいぶ》を左右にひろげて、噴気音を発しているではありませんか！　群衆の騒ぎに、すっかり刺戟《しげき》されてしまっているのです。それを煽《あお》るように楽師たちが演奏の調子を昂《たか》めます。それから男女の歌が、――蛇さま、あなたはいったい、今宵はだれを、お咬みになるの？――、ああ、その歌声がすっかり昂まって、大蛇《うわばみ》をせっせと自分たちのほうへ自分たちのほうへと招き寄せます。黒首コブラは数日間蓄えていた毒をプシューッと吐きだし、篝火にのこる闇に繁吹《しぶ》きの軌跡を描いてみせて、例の恐ろしい二本の半透明の牙《きば》をむきだしにして中空に燦《きら》めかせると、ガブリ！　ひとりの乙女のさらけだされた腿《もも》に、ふともに、上あごの毒牙《どくが》をうちこみます。ですが、その刹那《せつな》の乙女の表情といったら！まるっきり陶酔しています。聖なる陶酔におぼれています。わたしたちにはとうてい理解不可能ですが、どうやら犠牲者の乙女をふくめた二十九名の男女は、この大蛇《うわばみ》に咬まれる瞬間の快楽をもとめているらしいのです。もちろん、毒蛇はほんもので、その牙の毒液が肉体《からだ》に注入されれば助かりません。しかし、この二十九名はそもそも志願者だったのです。神聖月間がはじまった昨日の祭儀開始時には三十名おりましたが、今宵は二十九名。神聖月間の最後の晩には、きっと一名になるでしょう。

ただ一名《ひとり》に。

二十九名が欠けて。

この男女は――ほほえんでいる若い信徒たちは――生《い》け贄《にえ》なのです。蠟燭をもった男女は――祭儀のためのもっとも重大な役目を果たす、もっとも讃《たた》えられる一群なのです。

乙女が大蛇《うわばみ》に咬まれると、このコブラの運搬係だった壺運びの神官が、その頸《くび》ねっこを後方からガバッと攫《つか》んで、犠牲者からひき離します。コブラの尾《お》っぽが跳ねあがって神官の太い腕に巻きつき、やがて壺にもどされて表舞台を去ろうとするいっぽう、毒がまわりはじめた乙女は悦楽の表情を消さぬまま、硬直しはじめ、ばったり仆《たお》れようとしますが布袋の神官連にただちにとり囲まれて、なんと！　その布袋のなかに押しこめられます。殺物用の大きな袋を頭からかぶせられて、太い縄で足首あたりを縛られ、数人がかりで袋づめにされて、それから、泉に擲《な》げこまれました！

泉の水のなかに。篝火が生んだ水鏡が割れます。ちりぢりに、バラバラに！

泉水の鏡面が裂けて、袋づめの生け贄の乙女がズンッと沈降すると、たちまち駆け寄ったのは二十八名、大蛇《うわばみ》に咬まれなかった若い男女の信徒らです。生け贄の生きのこりです。

彼らは右手の棒きれを――長い、長い棒きれを――岸辺に駆けつけるや、いっせいに乙女の沈下したあたりに刺しこんで、その尖端《せんたん》を布袋にふれさせて、浮かばないように、浮かばないように、袋づめの乙女がきちんと没《しず》むように、つつきます。

ズシャズシャとつつきます。

水没させます。完全に死ぬように。

おぼれて水を吸い、絶命して、生け贄としての使命をまっとうするように。

大蛇《うわばみ》に選ばれた乙女が。

ああ、邪神は犠牲《いけにえ》を要求するのです！　その権威《ちから》の片鱗《へんりん》を披露するために、まず、犠牲を要求するのです！　水泡《みなわ》がボコボコとあがりました。ここにいたって今宵の犠牲者は生命《いのち》を捧げ、すなわち絶え入り、と同時に闇の諸力の働きかけによって泉水が割れます！　さきほど水鏡が割れたように、けれども今回は表面だけが裂けるのではありません、ムーサー（旧約聖書のモーセ）の御業《みわざ》のように泉水ぜんたいが二つに割れて――とうとう水底《みなそこ》が露呈し――ああ、奇蹟《きせき》の顕現（しかし、アッラーは全智全能でございます！）。

秘儀参入者の百名と、アーダムと、生け贄の乙女を水没させた――いずれは生け贄として讃えられるはずの――二十八名の男女と、神官連と、そして二つの巨大蟻塚にたかった数千人の邪宗祭儀の見物人らは、目撃します。水底の扉を。その扉がひらくのを。その扉がひらいて――地の底が口を開ける――大地が闢《ひら》いて――古い遺蹟の石造りの扉から、大量の蛇が涌《わ》きだします。

なにかが開闢《ひら》いたのです。地獄の入り口のようなものが。

邪教徒にとっての聖蛇、邪神のつかい魔の大群は、わっとばかりに這いだしてきます。開放された水底の扉から、数十四、数百匹が地上をめざして這いあがります。二つに割れた泉水のあいだの径《みち》を、わさり、わさり、ぬめり、ぬめりとすすむのです。滑《ぬめ》る石甃《いしだたみ》のぜんたいが動いているようです。てらてらと光る鱗《うろこ》に覆われた甃砌《いしだたみ》が、中庭の泉をとり囲んでいるふた桁《けた》の篝火《かがりび》を反射して、催眠的な燿《かがや》きをも放ち……。ちろちろとさしだされる数十、数百の蛇の舌は、この移動する水底の甃砌《いしだたみ》に触角の印象をあたえます！ こけの生えた石床《いしどこ》、つまり苔砌《たいせい》と呼ぶべきでしょうか、このようなぶきみな連想をもよおさせてやまない大群の蛇の移動は、ついに陸《おか》に、泉の岸のひとつに達しました。その先端が岸を越えます。めざすは壺、アーダムらの搬入した蜂蜜の壺、大群の蛇はその壺に群がったのです。

いっせいに。

黒花崗岩《かこうがん》で縁どられた岸を、地の底から涌きでて来た数百匹の蛇がのこらず、とうとう這いあがり乗り越えて、たっぷりの蜂蜜を嘗《な》め、群がり干《ほ》すのです！

ぬめりと這う蛇《はらば》についてはこのありさまでした。いっぽう、闢《ひら》かれた扉はといえば、これは吐きだすものを吐きだしてしまうと、水底でじっとしてまっています。入れ替わりに侵入《はい》りこむ者たちを、まっています。口を開けて、奈落に、九泉《きゅうせん》の下にむかうかのような地下道をかいま見させて。

そうです。秘儀参入者たちのために――今宵の百一人のために――地底の入り口は開放されたのです。

蛇の石甃《いしだたみ》が目的をとげるや、泉の三方に控えた百一人の参入者たちは、割れた泉水の径を通って（つまり邪宗の聖蛇の群れとは逆方向にすすんで）順に水底におります。そして一列縦隊となって、即刻その秘密の通路に身を躍らせます。扉の内側《なか》に、ためらいなど知らぬようすで進入します。アーダムはしんがりに従《つ》いて、しきたりを無言で学んで追随します。前進するその一団に随《したが》って、石造りの扉のあいだを――お手本の百人のふるまいに倣って――躊躇《ちゅうちょ》せずにぬけて、入りこもうとしている遺蹟《いせき》を見ます。入りこみながら遺蹟を視《み》ます。

かつては土砂に埋もれて、それから泉の水底となった遺蹟なのでしょう。あきらかにファラオの時代の遺構《もの》で、構成は複雑をきわめ、直線に走っている径路《みち》の左右には玄室らしい空間が何度も何度もあらわれました。通路の終わりや玄室のはずれに隠し扉があり、まるで墓泥棒のように秘儀参入者の一団はこうした扉をぬけて、石段を見いだして降《くだ》り、あるいは斜面を滑りおります。遺蹟の歩廊のところどころに、松明《あかり》が立っています。壁面に彫りこまれているのは、アーダムがすでに地上で目にしたのと同様の多神崇拝の痕跡《こんせき》、おなじ文化に属する絵文字です。三層ぶんほどもおりたでしょうか、複雑な遺蹟はそこでプッツリと終わる地点を迎えました。竪穴《たてあな》です。わずかに幅広の石造りの通路のまんなかに、井戸のように穴があいています。竪穴の内側には螺旋《らせん》のかたちをした刻みがあって、イブン・トゥールーン寺院《モスク》の尖塔《ミナレット》を内外《うちそと》逆にしたと想像していただければよいのですが（このイブン・

トゥールーン寺院の尖塔だけが、エジプトで唯一、外側に螺旋状のスロープをつけている。メソポタミアにあるサーマッラーの大寺院から着想を得たという）、縄も道具ももちいずに素手で、徒歩《かち》で、どんどん地の底に降れるようになっています。とはいえ慎重さは要します。一行はこんどは一人びとりの間隔をじゅうぶんにとりながら、依然として一列縦隊で、竪穴をおりました。

螺旋のように曲線を描いて、百一人がぐるぐると胴体を巻いている一匹の巨大な蛇のようになって。大地のふところに入ってゆきます。

深淵《しんえん》にちかづきます。

ああ、どれほど降ったことでしょう！　ようやっと竪穴の底にアーダムが（むろん、しんがりとなって）着くと、縦列の先端からなかばにかけては横にすすみはじめています。古代エジプトの遺蹟からこの竪穴までを孕《はら》んだ一大構築物の最下層には、筒状をした壁面の一カ所に砕かれた扉があって――またもや開放された扉です！――その奥に狭い、狭い隧道《すいどう》を見せているのです。

最後尾のアーダムは、かなりの時間を待機して、それから前方をゆく百人めの秘儀参入者の姿勢に倣って、ひざと肘《ひじ》を地面につけた乳児の這《は》いかたで隧道を這いました。もはや松明《あかり》もありません。まるっきりの暗闇で、狭い、狭い隧道を百一番めのアーダムはゆきます。横に横にのびていると思われた隧道は、どうやら斜めに、わずかずつ斜めに降下しています。這いすすみながらアーダムの直感するところ、隧道はどうしたって自然にできた造形《もの》ではありません。往古の文明の遺物ですが、もはやファラオの名すらとどかない、さらにさらに大昔の、古代アラビアでいえばサムード族やアード族（どちらも『コーラン』に登場する伝説上の種族）に匹敵するほど古い時代の遺構です。

乳児の姿勢で前進する隧道は、まるで産道のようです。百一人の乳児が、理由《わけ》もなしに群れをなして、産み落とした母親の胎内にもどろうとしているかのような状態《ありさま》です。では、ゆき着くところは？

隧道の終点となっていたのは岩室《いわむろ》でした。

宏《ひろ》い、ほとんど宏大《こうだい》といっていい展がりを感じさせる空間でした。アーダムたちが這いすすんだ径が産道なら、この岩室の空間は子宮《こつぼ》そのものです。

アーダムは匍匐《ほふく》前進のための姿勢から起きあがり、そこで目に飛びこんできたのは、なんと！

邪宗の本尊です！

この梟悪《きょうあく》な偶像を、ことばで描写するのも気がひけます。アッラーはわたしを恕《ゆる》したまわんことを。まず目を奪うのは外貌《がいぼう》のものすごさ――無数の乳房を垂らした胸もとと、女性《にょしょう》の顔面と、ぬめりぬめりと聳《そそ》りたった蛇身。ふた股に岐《わか》れた尾でありながら二本の下肢《あし》である下半身。異様な巨体で、かつてアーダムが青目の分隊長から示された砂像の、十倍は壮大にぶきみです。ひとことで申せば、それは巨蛇の女王でした。登場したゾハルの主神、ゾハルの唯一神（ああ、この異教徒どもに殃咎《わざわい》のふりかからんことを！）はすさまじいまでの蛇神でありました。その人面の眼窩《がんか》に嵌《は》めこまれているのは、双つの紅い宝石《ルビー》です。らんらんとした耀《かがや》きを放ち、摩《ま》訶《か》ふしぎ、この双眸《そうぼう》が岩室ぜんたいを照らしています。さらに脣《くち》もとには緑玉石、頸《くび》すじには透明濃緑の橄欖石《ペリドット》、鱗を摸《も》しているのは純銀です。

もっともぶきみなのは邪像の足もとで、ここは骨の装飾で厚く、分厚く蓋《おお》われています。飾りのうえに飾りを累《かさ》ねて、偶像の基部はもう見えません。じつはこの骨は人骨、邪宗の殉教者の遺体を朽ちさせて、骨だけにして、その人骨を素材に祀《まつ》った骨の祭壇なのです。なんとも、はや、怪異と面妖《めんよう》のきわみです。常人ならば（まともな神経をもつ人間《もの》ならば）たちまち恐懼《きょうく》させられておののき慄《ふる》えるのは必至。たまったものではありません、このぶきみさは！

アーダムはこの祭儀のはじまる直前に、先輩信者より「われわれの神殿は地底にある」と暗示されておりましたが、当の神殿とはまさにここ、この窟《いわや》だったのです。

本尊のいる岩室《ここ》こそが祭儀の中心。

そしてまちうけるのは秘儀の指導者。

梟悪な蛇神像につづいて、アーダムが目撃するのは女神官です。この神官もまた、真珠や宝石で全身を粧《よそお》い、頭はすっかり剃《そ》りあげています。それにしても、あら、まあ！　ひじょうな老齢で、死からのがれている原因《わけ》が不明なほど。百数十歳には達しているのではないでしょうか。踝《くるぶし》の前後左右に、邪神のつかい魔である蛇を数匹、たむろさせております。

アーダムはおなじ魔性の力のもちぬしとして、たちまち嗅覚《はな》で探りあてたのですが、この女神官は魔法つかいでした。妖術《ようじゅつ》の達人であり、その力量はアーダムをはるかに凌駕《りょうが》しております。邪神の媒《なかだち》として、身につけた業《わざ》でしょう。偶像の警固者として、不可欠な資格として具《そな》えている伎倆《ぎりょう》なのです。

それにしても、この魔女の神官ときたら、アーダムにも劣らぬほどの醜さです。死はまぬかれても、老いらくの醜怪さは避けようもなかったのでしょうか。はたして人間か！ と叫んでしまいたいような、地上の諸族のどれにも属していないかのような醜さです。しかし、アーダムいがいの秘儀参入者の百人には、この魔女も尊い地底神殿を護る聖者として、ひじょうに神々しい印象なのでしょう。嫌悪するむきなど皆無です。秘儀の祭司にして妖術の達人は、一人びとり、あらわれた百人に対面してことばを投げ、この異端宗教の首長のように秘儀にさいしての行動を指示しました。ですが、ここで百人ぶんの対話をくり返すのは無益なことでございます。

百一人の列の最後尾《しんがり》として岩室にいたったアーダムは、本尊を目にしてから四半《よん》の時間（意味不明。四十五分から一時間か？）がすぎたのち、魔女と直接対顔しました。やれやれ、本尊の偶像も醜悪でしたが、魔女も醜悪、そしてアーダムも醜悪です。ほんとうをいえば蛇神の偶像も邪悪で、魔女も邪悪、アーダムも邪悪と、この点でも三者は揃っているのですが。

魔女の神官はアーダムに、「あれがわれわれの御神《おんかみ》さ」と偶像を指していい、「そしてわたしは至高者《いとたかきもの》の下女！」と宣言しました。これに対し、アーダムは「てまえはその御神を恋い、恋い焦がれてきたのです」といいました。魔女は「わかってる、わかってる」とうなずき、「おまえの資質の優秀さはとうにこの婆《ばば》あの耳に入っているさ。そして、ご覧！われらが御神の本尊さまを目にしたということは、おまえも、いまや！　入信を認められたということなんだよ」

「おお！」とアーダムは叫びます。「蛇神《へびがみ》さま、万歳！」

「さあさあ、大地の子宮《こつぼ》にいたったことで、おまえの入信の密儀は了《お》わった。ふたたび地上にもどるとき、おまえは狭い狭あああい産道をぬけて、裂けた地面の玉門《われめ》を押しひらき、信徒として生まれなおすんだからね。もうじゅうぶんなのさ。だけどね、おまえ、おまえは神聖月間のわがゾハルの秘儀の参入者として地の底に降《くだ》ったわけでもあるから、そっちも体験しなけりゃならん。これは義務《つとめ》だよ。今宵、執りおこなわれる祭礼への参加を認められた者のね。仲間《サヒブ》といっしょに、おまえも御神の奇蹟《きせき》にふれるのさ」

「おお、またもや！」とアーダムは叫びます。「またもや、奇蹟が！」

「そりゃそうさ。地上で生《い》け贄《にえ》の泉が割れて、それでおしまいってわけじゃないよ。あんなもの、奇蹟の片鱗《きれつぱし》にすぎないよ！　いいかい、御神は未来と過去についての知識をもつ。御神は海と森の夢を見、われわれにそれを見せる。ただし、ひと晩に体験できるのは四つのうちの一つだけだ。わたしがそれを指示する。さあ、ふり返ってごらん！」

魔女がいいたかったのはなにかと申しますと、邪神の偶像を中央に懐《いだ》いた岩室には、四つの隅があり、それぞれに扉がおかれていたということです。ゴッゴッした岩膚に、いわば壁面に、ひじょうに年経《ふ》りた扉が嵌めこまれているのです。邪宗の本尊は四つの門ならぬ四つの扉にとり囲まれていたのです。じつは、これらの扉は東西南北の四方に（寸分狂いのない正確さで）配置されていたのですが、地の底の底のため、アーダムにはどっちがどっちだかさっぱりわかりません。しかし、魔女の号令によって観察するところ、扉はたしかに部屋のような家屋《いえ》のような、岩窟《がんくつ》に入る開《ひら》きになっているのだとは判明します。魔女の大伽藍《がらん》とも呼ぶべき邪教の聖地で、偶像の岩室で、百名の秘儀参入者たちはつぎつぎと、四つの扉のうちのどれかを通りぬけて奥の石室にむかっているのです。東西南北の石室に。

「おまえがならぶのはそちらの扉だよ！」魔女がアーダムに告げます。

「すると？」とアーダムは訊《き》きます。「あの扉をぬければ、わたしにも奇蹟が？」

「体験できる。われらが御神の超常力《ちから》にふれて、愕《おどろ》くがいい。畏《おそ》れるがいい。いっておくが、夢判断はいまは無しだ」

「夢？　夢判断？」

「秘密の啓示はね。まあ、わたしがなにをいっているかは、おいおい納得《わか》るだろうよ。まずは感じるんだよ。見るんだよ。さあ、行ってらっしゃい！」

「では」とアーダムはいって、踏みだし、「てまえの心は期待に顫《ふる》えております」魔女に答えて四つの扉のうちの一つにむかいました。すなわち四つの石室の入り口のうちの一つですが、東西南北のどれなのかは依然として不明です。アーダムは、魔女の口にした夢ということばにひっかかりながら、——夢？　夢などだれでも見る、そんなものが奇蹟とどう関係するのだ？　あんな床のなかでの心の幻が——、と若干思案しながら（けれどもけっして眠りたまわぬアッラーに栄えあれ！）、指定された扉にふれます。手のひらで。なんとも形容のしがたい、珍妙な感触をアーダムはおぼえますが、いっきに押しひらいて内部《なか》に入ります。

一瞬、侏儒《ひきうど》のような女が視界に入り——

違和感があります。不可解です。女は宙に浮いているようで——

中空に——

その小女《こおんな》は足をもたず、下半身は蛇身で、蛇の尾で——

瞳《め》が、縦の切れこみです。まるで蛇類の瞳《め》です。その瞳《め》で宙にある小女《こおんな》はアーダムを直視《み》て（邦訳者註：ぼくが作業の下敷きにしている訳者不詳の英語版には、これ以降、数ページにわたって空白がつづいている。まるで白紙の折りが混入されたかのようで初読時はどうにも意味不明だったが、その後の物語の展開――というか語り手ズームルッドの言及――から推測するに、どうやら読者自身が手ずからこの空白を埋めて、今朝「見た」夢を書きこむようにとの指示、あるいは演出らしい。だいたんなギミックである。意図はわかるが（世界でただ一冊の書物を生みだしたいのだろう）、あまりといえばあまりにトリッキーなので、邦訳では省いた）

夢の空間は現実とつながる。アーダムは呆然《ぼうぜん》として岩盤となった窟《いわや》の床に転がっていました。どうやら神秘の体験が終わると同時に、あの小女《こおんな》を視た石室からは抛《ほう》りだされたようです。弾《はじ》きだされて、珍妙な感触をあたえた扉はアーダムの眼前《まえ》で閉じています。なにが？　とアーダムは問います。なにが起きた？　アーダムは自問します。いえ、わかっている事実はあります。アーダムは夢を見たのです。アーダムは脳中に幻を見るのではない、この祭儀に参加するまえにゾハルの守備隊の営舎で眠って見た夢を、目前にあった空間に見たのです。

ほんものです。幻術ではありません。

蛇の瞳《め》をした小女《こおんな》の部屋で、過去の夢は実体化したのです。

その石室は入りこんだ者の夢を、入りこんだ者の眼前《まえ》においたのです。わたしはアーダムが守備隊の営舎で見た夢のなんたるかを知りません。夕刻以前に、アーダムが営舎で浅い微睡《ねむり》に就いていたときに見た夢を、アーダム自身ではないので知りません。それは物語のなかの夢想、未生《みしょう》以前の物語であって、わたしにとってはあなたの夢も同様、けっして譚《かた》りえないのです。アーダムは――その夢においてはアーダムこそが作り手あるいは聴き手ですから――さきほどの体験を想い起こしては奮《ふる》えています。夢の空間は時間とつながる。夢には夢の時間がある。アーダムははたから見れば放心して、いまだ夢の残響を聞いているようです。扉のまえの岩の地盤から起きあがりもせず、体験を咀嚼《そしゃく》して彫像のように硬直しています。その内心で、涌《わ》きあがる想念を抑えきれず。昂奮《こうふん》します。すごい奇蹟《きせき》だ、とアーダムは思い、ゾハルの主神の力はすごいぞ、とアーダムは思いました。また、この邪神の力をわがものにしたいとも念《おも》いました。

そのとき、アーダムは濁った空気のただよいはじめるのを感じました。思考の外部の世界から、背後から、現実の偶像祭祀《さいし》の空間からです。アーダムはわれに復《かえ》って、周囲《まわり》に目を走らせます。空気の濁りはアーダムにはなじみが深いもので、なぜならば、それは屍体《したい》のにおいでしたから。

まちがえるはずはありません。死後ひと晩になろうかどうかという遺体の腐臭。邪宗の本尊の足もと、あの人骨の祭壇のまえで、なにやら魔女の指揮下による作業がおこなわれているのがアーダムの視界に映ります。屍臭はそこからただよってきます。見ればば、なるほど、三つの遺体が供物《くもつ》のようにそこに横たえられておりました。アーダムも目にしたことがある、殉教者用の綺羅《きら》につつまれた三体です。

そうそう、ここは殉教者の人骨によって装飾される祭壇なのです。魔女の神官とその助手となる信徒たちが（それはすでに秘儀の体験を了《お》えた参入者の先頭組でした）呪文《まじない》のようなものを唱えています。この遺体もいずれ朽ちさせて、偶像の聖所を、至聖所を飾るのでしょう。アーダムは、ふむふむ、この邪宗のしきたりは枝葉末節にいたるまで記憶に入れる価値はあるなと、いかにも敬虔《けいけん》な新人信者のそぶりで、神妙に、神妙にそちらに歩み寄ります。緊張した面もちを演じてさえいます。しかし、ちかづいて殉教者の三体を目にするや、ほんとうに緊張してしまいます。

それは、なんと！　アーダムが手を下した青目の分隊長と、その二人の部下の遺体ではありませんか！

いつ地底の神殿内に搬《はこ》びこまれたのでしょうか、たぶんアーダムが石室内でおのれの夢と対面している最中だったのでしょう、予期していなかっただけに魂消《たまげ》ました。とはいえ、最新の殉教者といえばこの三名に決まっています。アーダムは瞬時に頭脳《あたま》を回転させて、とっさの演技力を発現します。

「兄上！」うらがえった声で叫んで、青目の分隊長の遺体にかけよります。「ああ、ああ、わたしの兄上よ！」

そして綺羅につつまれた遺体にすがります。

アーダムをそっと遺体からひき離して、まあまあ、まあまあ、と説明したのは先輩信者たちです。殉教は不幸ではないと彼らはいい、これから殉教者の遺骨を祀《まつ》るのだと解説しました。ご本尊の足もとで永遠に眠《ねむ》り、救済《すくい》をあたえられるのだから心配するな。アーダムは（いつもどおりにポロポロと涙をこぼしていたのですが）面《おもて》をあげると、「これはりっぱなしきたりで、恐縮しました」などと応え、数歩しりぞいて先輩信者の輪の一員となります。

魔女の神官の指図によって呪文《まじない》の儀式が完了すると、どうやら次いでは邪神の媒《なかだち》の妖《よう》術《じゅつ》を駆使し、三つの遺体をたちまち腐朽させて骨に変える、圧巻の神業《ふしぎ》がなされるようでした。ですが、それには準備が要ります。老婆の魔女は遺体の綺羅を脱がせ、まる裸にし、顎《あご》と肩と肘《ひじ》とひざ、一点二点二点二点と指さきで象徴《しるし》を描きこみます。その後、三つ四つの手順《てつづき》をほどこして、新鮮な屍体に一歳《ひととせ》の時間を附与するのです。ですがそのまえに、醜怪な容貌《ようぼう》をした魔女はおなじように醜怪な外見であるともいえる青目の分隊長の異国者《ガーリブ》ならではの肉体に、そのルーム人を思わせる容姿に興味をおぼえたようでした。頭部《あたま》の、ところどころに生えた金髪を手で梳《す》き、頬を（その膚の色を愛《め》でるように）撫《な》でます。まるで若者好きの色惚《いろぼ》け婆あのような手つきとまなざしです。それから、魔女は、なんといっても双つの眼窩《がんか》に嵌《は》めこまれた碧眼《へきがん》に魅了されてしまったようでした。

「おもしろい目だね。すてきな目だ」とぶきみな魔女は、老婆はいい、アーダムも一員となっている秘儀参入者の輪にむかって告げました。

「おまえたち、聞いておきな、幻視を見るのは目だよ」

妖術つかいの女神官はいい、それから、なんたる魔法でしょう！　小刀も医療用の剪刀《はさみ》もつかわずに、まぶたを返して左手で遺体の左目の隅を掘りかえし、眼球をズルリと採《と》りだしたのです！

神経も筋肉も呪文《まじない》ひとつで断ち切って！

遺体は隻眼になりました。

魔女は碧《あお》い眼球を手のひらに転がすと、うれしそうに哂《わら》います。それだけでもゾッとしますが、つづいた場面はさらに肝をつぶしかねないもの、魔女はこんどは自分の左目を――空《あ》いている右手の指さきをつかって――脱《と》りはずして（なんとも造作のないことのようにやってのけるのです）、ひょいと眼球《め》をとり換えます。

おのれの左目と、遺体から採った碧眼を。なんたる妖術！

「あるいはこれは教訓だよ」と魔女はいいます。「死者の眼球には死者の視界が焼きついているってことさ。たとえばね、それが役にたつかは知らないが」といって魔女はにやにや笑壺《えつぼ》に入《い》りつづけます。「死の情景だって見えるさ。最期の瞬間《とき》が。これはなかなか、娯《たの》しいんだよ」

ですが、そのとき！

魔女はキッとばかりに表情を変え、こりゃいったい、こりゃいったいなんだいと号《さけ》び、背景にあった邪宗の本尊をグルリとふり返って、邪教徒にとっての偶像の尊顔をふり仰いで、言上《ごんじょう》します。

「おや、まあ！　この青目は新参者《アーダム》に殺されて、死んじゃったんでございます！」

いっきに騒然です。アーダムの策謀と裏切りが、いきなり曝露《ばくろ》されたのです。それをあばこうとする者もいなければ、それがあばかれると予想した者もいません。なのに露呈してしまったのです。魔女の解き明かした真実を、理解するにいたらない信徒が大多数でした。ですが、アーダムははっきり、危地におちいったことを理解しました。ぜったいの窮地です。

しかし、アーダムの邪悪さは天性のもの！

綿密に計算したはずの策略の失敗を唐突に突きつけられるや、悔やむよりも疾《はや》く、例の後頭部の束ねた長髪、剛毛のひと総《ふさ》に片腕をまわして、前日の夜には魔法の円を描いた血塗られた短剣をひきだしていました。そして、邪神の偶像に報告するために秘儀参入者の一団の側に対して背中をむけていた魔女の神官の、その肩口にザクリ！　突きたてます！　そして二度、三度、ザクリ！　グサリ！

いかに権威の域に達した妖術師といえども、虚を衝かれては魔法は放てません。防禦《ぼうぎょ》の術《すべ》もなしに、魔女は（肉体には強靭《きょうじん》さは皆無ですから）老耄《ろうもう》によって容易に斃《たお》れました。

邪悪さはより大きな邪悪さに呑《の》まれるのです。アーダムはなにやら蟲《むし》のように「ちッ、ちッ、ちッ、ちッ！」とわめき、秘儀参入用の聖衣の衣嚢《かくし》に手をつっこむと、展開《なりゆき》に唖然《あぜん》としている環視者たちのまえで巾着《きんちゃく》をとりだします。あの巾着、手あかのついた、薄汚れた、冥《くら》い魔法の品じなをたっぷりつめこんだ布袋です。

アーダムはその稀有《けう》の決断力によって、瞬時に決定していたのです。正体が露見《ばれ》た以上、選択肢はほとんどない。魔女のことばを聞いた人間は全員を葬り去って、ふたたび証拠を消し去るしかない。必要なのは、逃げることだ。いちばん手のかかる妖術つかいの魔女は早《は》や息絶えさせた、あとはこの場にいる百人を——今宵の秘儀参入者をのこらず殺せば、神殿の岩室を脱けだして地上にもどれるし、おれの正体を感づかせるいっさいがっさいも抹殺できる。いや、もちろんむずかしいが。しかし、逃げだせばなんとかなる。どうとでも釈明《いいわけ》が——それは事後《あと》で考えればよい——

アーダムは一瞬《ひとまたたき》のあいだに判断し、即決し、行動したのです。

脱出を図るために、巾着からつぎつぎと魔石をつかみだして岩盤に放つと、地底の神殿は煙幕につつまれます。アーダムはもっているだけの魔法をつかいます。巾着に納められた妖術の道具を（その場で）活用できるものは活用し、駆使し、行使できる呪文《まじない》は行使し、殺戮《さつりく》劇のために活かして、あらんかぎり濫用します。残酷無情、アーダムは秘儀参入者である百人の邪宗徒の殲滅《せんめつ》に狂奔し、この岩室の内部《なか》に、苦痛と叫喚、悶死《もんし》をまきちらします。

巾着は本来、そのようにもちいるつもりでは毛頭ありませんでした。今宵、邪宗の信徒として正式に認められたならば、ゾハルの信仰の実態を内側からつかんで、信徒らを束ねる組織のなかで（それは「教団」とも呼べましょうが）着実に上位にのぼるために利用するつもりだったのです。かつて故郷の宮廷で、同胞《はらから》の兄王子たちに対して利用したように。帝国の王位有資格者としてアーダムよりも上位にあった、実兄のうちの六人を――あるいは不慮の事故に遭わせ、疱瘡《いもがさ》とおなじ症状で病歿《びょうぼつ》させ――あるいは戦場に細工《しかけ》を送って追い落としたように。十年間で六人、巧妙に葬ったように。ああ、わたしは口をすべらせてしまいましたが、そうなのです、大王の末子《ばつし》として疎んじられながら育ったアーダムが現《い》在《ま》では王位継承の第三番めの候補者にまでのぼりつめているのは、そもそもアーダムの手にかかって実兄たちが――ひそかに――屠《はふ》られているからなのです。

その巾着が濫用されます。

邪教の本尊をおいたゾハルの地底の神殿に、肉体の残骸《ざんがい》が二十、三十、四十とつみ重なって、つみ累《かさ》なって、酸鼻のきわみ。戮《ころ》し手のアーダムはわれ知らず声にだして宣言します。「才あれば失態を白紙に復《かえ》し、ふたたび目論みを成就！」

と、そのときです。岩室の内部《なか》にいたのは、人間いがいの生物ではただ一種類、すなわち魔女の神官の足もとにたむろしていた邪神のつかい魔である蛇族ですが、この蛇が妖《あや》しげに動きました。屍骸《しがい》の山のしたに這入《はい》りこみ、そしてひとりの女信徒の屍骸に咬《か》みついたのです。いえ、この女信徒の肉体《からだ》は屍骸ではありませんでした。アーダムの魔法にやられて殺されたふりをして、屍体の累積の下方《した》で死を擬態して、生きのびようと画したのです。呼吸《いき》はしていたのです。それを邪神のつかい魔の蛇に嗅《か》ぎつけられて、咬まれ――

咬まれると、たちまち、目が変わりました！

ゾハルの主神の偶像そっくりに、らんらんと紅玉《ルビー》の耀《かがや》きを放って、突如として起《た》ちあがります！

アーダムは見ます。しかばねのつみ重なりの下部《した》から、死んだはずの若い女が身を起こすのを。その女信徒の面相《かお》は醜怪、なぜだか地獄《ジェハナム》の火焔《かえん》で焦がされたような黒い顔色で、唇はめくれあがるように脹《ふく》らみ、あちこちに膚はしわが寄って奇ッ怪です。その面妖《めんよう》きわまりない死者ならぬ死者が、アーダムを見すえて――その紅玉《ルビー》の双眸《そうぼう》で――語りかけます。

「これ、若造、やめてくださいよ」

その声音の醜さ、しかし、ことばづかいばかりはやけに鄭重《ていちょう》です。アーダムは、なにごとか、とばかりに腕と足と呪文《まじない》を停めます。

「おまえは？」と訊《と》います。

「莫迦《ばか》ですねえ」と邪神のつかい魔に咬まれた女はいいます。「わたしは、若造よ、あなたが恋い焦がれた者ですよ。ちがいますか？」

「なんだって？」

「耳の穴をかっぽじってよくお聞きなさいよ。わたしこそがゾハルの主神、いま、家族《へび》にこの女信徒を咬ませて、とり憑いたんじゃありませんか。それが了《さと》れないとはいわせませんよ、この妖術師《ようじゅつし》！」

最後に放ったひとことは褒めことばでしたが、なみの人間ならいざ知らず、アーダムには賞讃《しょうさん》としてつたわります。きちんと諒解《りょうかい》されて、アーダムはその妖術のつかい手ならではの嗅覚《はな》で、紅玉《ルビー》の眼《まなこ》をもった死者ならぬ死者のただならない霊気を察知します。そうです、なにかが目前の女信徒に憑依《ひょうい》しています！　それも邪神の媒《なかだち》としてではない、邪神そのものとして、アーダムの眼前に立っているのです！　その双眸は偶像さながらの摩訶《まか》ふしぎな光輝を発して、アーダムを威《おど》かして息を呑ませます。

「まさか……まさか……」とアーダムは息も絶《た》え絶《だ》え。

女の足もとには、さきほど咬みついた一尾を筆頭とするつかい魔の蛇（この蛇は底本の原文において snake ではなく serpent と表記されている。ちなみにエデンの園で誘惑者としてイブに禁断の木の実を食べさせたのが serpent である）が群がり、精霊としてうようよとたむろし、這っています。邪神の憑代《よりしろ》の女は、岩室の内部をあちらに、こちらにと散策し、「あれまあ」「おやまあ」と声をあげます。

「ずいぶんと戮したというわけですね。これ、若造、あなたの名前は？」

アーダム、と必死に応じます。

するとX憑きものは語ります。「ああ、アーダム、あなたはなんという悪意の塊まり！　なんという野望の塊まり！　聴きましたよ、聴きましたよ、目論みがあるんですってね。さてはゾハルのわたしの教団を、乗っ奪《と》りたいってところかしら？　どうですか、はっきりおっしゃい、この若造！」

「むろん」とアーダムは率直です。基本的にアーダムはありのままの邪悪な人生を歩んでいるのですから。「そのとおりでございます」

邪神をまえにして、アーダムもおのずと鄭重な口調になります。

「ならば、あなたの運命《さだめ》はそれですよ」

「は？」

「わたしはね、まっていたのですよ。わたしはね、わたしはね、まっていたのですよ。残忍さを愉しみ、残虐さにおぼれる人間をですよ。邪悪の権化をですよ！　あなたは、ぴったり！　あなたが邪宗をひきいればいいわ。わたしの教団を！　でも、きっと、取り引きが要りますわね」

「その取り引きとは、蛇神《へびがみ》さま？」

「あなたの利益《とりぶん》よ。アーダム、わたしは一生あなたに事《つか》えてもらうわ。あなたを教団の最重鎮に任命してね。ですから、あなただって交換条件が必要じゃない？　ふつうは権力をあたえるのだけれど、権力というものは神通力《ちから》があれば手に入るものだから、秘められた魔法の体系はどう？　地獄《ジェハナム》の妖術の手ほどきをしてあげるわ。あの老婆《おばば》にもそうしていたのだけれど。ただ、ちょっと、資質がね。あなたのほうが妖術師として大成しそうだわ」

「真実《まこと》でございますか？」

アーダムはぶっ倒れた魔女の屍骸《しかばね》を想い描きながら問います。

「あら、わたし、嘘はいわないわよ。それはべつの魔神《イフリース》の管轄範疇《はんちゅう》だわ。さあ、さあ、返事を聞かせてちょうだい」と邪神の憑代の女信徒は急《せ》きます。

「アーダム、どうするの？」

もちろん、この契約《ちぎり》はなされたのです。

ひろく知られているように、魔神、鬼神、悪魔、悪鬼の類《たぐ》いには七十二部族があり、それぞれが異端の領域をつかさどり、あるいは並立鼎立《へいりつていりつ》して共存しております。なかにはイスラームの信徒の魔神らもおりますが、アッラーを信奉する、いわば善なる種族はわずか半数ほどでして、のこりは陰険、姦悪《かんあく》、極悪に生きているのでございます。

アーダムが契約《ちぎり》をむすんだのは蛇族の女魔神《ジンニーア》、今後は「蛇のジンニーア」と呼ぶことにいたしましょう。

ゾハルの神聖月間の二日めの晩、百人の秘儀参入者の列が地底の子宮《こつぼ》のような神殿に降《くだ》り、アーダムが百一人めとして加わったわけですが、その払暁、百人は地上にもどりませんでした。陽が昇ってももどりませんでした。ですが、そう無駄な時間《あいだ》をおかずに真相は（といってもアーダムに都合のよい側面の事実《もの》ばかりなのですが）生《い》け贄《にえ》の泉の周囲《まわり》に控えていた神官連につたわります。地底の神殿には二十数名ほど、アーダムの殺戮《さつりく》をまぬかれた秘儀参入者の生きのこりがあって、これらがアーダムと蛇のジンニーアの下知のもとに連絡係として動いたのです。地上には邪神の指令が、――アーダムをこそ「預言者」として順《したが》え――、と告げられたのです。さまざまな証《あか》しと、神秘の現象をともなって。ゾハルの主神の直接の指示です、神官連もその他の信者も、このお告げには従順に応じます。

アーダム自身はといえば、地下からあらわれることはありません。

そうです、地底の子宮《こつぼ》の神殿で、妖術修行がはじまったのです。

地下に隠《こも》って、それはおこなわれました。明けては暮れる日々《にちにち》、しかし陽光の射さない地底では昼も夜も無関係なのですが、蛇のジンニーア（の憑代となった信徒）により、秘法が伝授されます。未知の妖術の体系を叩《たた》きこまれ、三百五十四の秘密を教えられ、高度な魔法が授けられます。その間《かん》、アーダムは地底神殿に居《すみか》を定めながら、また同時に地上にある組織をも指揮しました。ゾハルの邪教集団をみずからの「預言者」の声でもって律し、束縛します。

二十数名ばかりの秘儀参入者の残党はといえば、さまざまにアーダムの修行を輔佐《ほさ》しました。男衆は、あいかわらず地上との連絡係を務めて、食糧《かて》や道具類を大地の底の底に搬《はこ》びこみ、肉体を酷使する労働にはげみます（その苛酷さに、何割かはひと月で殪《たお》れます）。女衆はといえば、アーダムの身のまわりの世話係が大半ですが、それ以上に重要な務めがひとつ。

蛇のジンニーアに憑《つ》かれること。憑代は交代制なのです。

俗に「蛇は古い皮を脱いで若さをとりもどす」と申しますが、まさにこの古諺《ことわざ》そのままです。地上にあるジンニーアの眷族《うから》（一般の蛇の部類）が定期的に脱皮して、生まれ変わるように、蛇のジンニーアもまた、つぎつぎと肉体を換えました。アーダムに秘術を授けるために、人間の形態《かたち》をとって手ほどきをなすために。蛇のジンニーアにとり憑かれるたびに、たとえ本来が月のように美しい少女《おとめ》であっても、女たちは醜く変わります。アーダムの相方にふさわしい醜貌《しゅうぼう》をまとうのです。

これらの憑代となった女たちもまた、その憑依の期間（すなわちアーダムへの妖術の指導の期間）が了《お》わると、続々と頓死《とんし》します。こうして輔佐の人数《ひとかず》は減りますが、アーダムは次第しだいに魔力を増大させます。そして、ついに、地底の神殿にアーダムいがいの人間が影をひそめるころ、輔佐があまさず果てるころ、アーダムはおのれが満足できるだけの絶大な魔力を手にしました。

百七十一の朝夕を経ると、アーダムは地上にでました。あの巨大な蟻塚のような地上神殿、秘密の祭儀のさいに信徒たちを集めた二つの神殿は、預言者を歓迎する狂信者たちでいっぱいです。あいだにある泉の岸辺は、神官連で埋まっています。地上神殿の中庭の泉水は、半年まえとおなじように割れています。大地は開闢《かいびゃく》しています。そこから——泉の水底の扉から——飛翔《ひしょう》するようにして妖術師はあらわれました。

群衆は歓呼の声をあげました。

いまや邪悪のなかの邪悪という風貌《ふうぼう》を具《そな》えたアーダムは、方形をした泉の、黒花崗岩《かこうがん》で造られた四つの岸辺に居ならぶ神官連をギロリとにらみつけ、さらに蟻塚にたかってとり巻いている一般信者の群がりにグリッグリッと視線を放つと、ひとこと、囁《ささや》きました。

「またせたな」と。

ついで、囁きました。

「だが、あと二瞬《ふたまたたき》、まっていろ。最初にやることがある」

そうしてアーダムは消えたのです。

煙のように、その姿をかき消したのです!

これが蛇のジンニーアの報酬《おかえし》として獲た魔力でした。いっぽう、忽然《こつぜん》とゾハルの聖所のただなかより消失した妖術師を、忽然と迎え入れた場所があります。おなじ地上、しかし程《みちのり》ははるかに距《へだ》てた、巨大国家の首府の王宮です。

帝国の宮廷の内部《なか》に、アーダムは呪わしい妖術の白煙とともに姿を顕現《あら》わしたのです!

大王の御前《ごぜん》の大広間でした。ちょうどアーダムの父親である大王が黄金の玉座についていて、さらに大臣と帝国内の諸侯がとりまきとして座していました。そのなかにはアーダムの三兄と四兄、王位継承の有資格者として領内の太守に任じられている二人の実兄《きょうだい》もおりました。だれも彼も、かつて宮廷にあった時代《ころ》のアーダムを無視し、蔑視《べっし》し、弱腰で無能の王子とさげすんだ者たちです。アーダムを嘲笑《わら》った者たちです。

　驚異の出現に腰をぬかし、あるいは悲鳴をあげ、あるいは失禁する人間《もの》どもを尻目《しりめ》に、帝国に帰還した妖術師《ようじゅつし》はゆうゆうと父王にあいさつしました。

「これはこれは、父上、現世《うつしよ》の大君よ。時世《ときよ》の大王よ。あなたの不肖の倅《せがれ》がたったいま帰郷しましたよ。あなたのもっとも愚鈍な息子が、百騎の精鋭の軍馬をお借りしてゾハルの攻略に発った末子《ばっし》が、帰還いたしたのでございます。おや、なぜ畏《おそ》れてなさる？　わたしめとて、あなたの高貴な血統《ちすじ》につらなる人間《もの》ではありませんか。それに、約束したではありませんか。ゾハル遠征に出立して一年が経てば、わたしめはそこを攻め奪《と》って帰還すると。そう、そうなのですよ。わたしめはゾハルをわが手中《たなうち》におさめたのです。いえいえ、帝国の手中にではございません。はて、そういえば約束でしたな？　わたしめが勝利をもって凱旋《がいせん》すれば、たいへんな褒美を授けてくださると。そのような約束でしたな？　褒賞《それ》をかつて王位継承権と想いましたが、もはや結構。なぜならば、王座など、わざわざ父上に委譲《ゆず》っていただかなくとも、実力で奪えるからです。おや？　信じていらっしゃらない？　ああ、それは善《よ》くない。まるで善くない。ねえ父上、わたしめがゾハルに発ってから、ちょうど一歳《ひととせ》が経ったのですよ。経ったんだってば。信じるも信じないもありゃしない。いままで、さんざん、おれを醜いだの愚鈍《まぬけ》だの莫迦《ばか》にしやがって。生まれた瞬間《とき》から疎んじやがって。だから、死ね。おまえら皆、死ね。おれの魔力で、悶《もだ》え死《じ》ね」

蛇のジンニーアより習いおぼえた三百五十四の秘法が炸裂《さくれつ》し、王宮は消滅しました。アーダムは王位を簒奪《さんだつ》したのです。

2

長い夜は終わった。三人の聴衆は惘然《もうぜん》として、われに復《かえ》れずにいる。彼らはズームルッドの物語る幻想譚《はなし》のなかばで、夢を見た。彼らは三つの夢を見た。それぞれが、それぞれの夢を。もっとも色を具えた夢を見たのがヌビア人、この黒い膚の書家の奴隷《しもべ》は白い目をむいて、驚嘆からたちなおれずに語り部を凝視している。もっとも理智的にふるまおうと努めるのが筆《カラム》をもった書家、しかしズームルッドの譚《かた》りの途中で挿入された夢の時間は、この書家に、どれほどの実時間が経過したかをすら把握させない。それをなさねば書きとりに問題が生ずるというのに。とはいえ不可能は不可能として立ちはだかる。

もっとも夢見るままに夢を見ているのがアイユーブ。

三者の反応は三者のまにまに。ズームルッドの――わずか三人の聴衆にむかって夢の時間を譚ることばは、たしかに現実を侵蝕《しんしょく》した。

夢は夢見る者たちを喰ってしまったかのようだった。

このような話術が存在するのか？

夜はしらじらと明ける。聴衆と語り部が、歩みはじめた場所はあまりに宏大《こうだい》だった。ズームルッドが解き放った悪魔的《シャイターニ》ななにか（ことば、話術、それとも呼びかけ？）によってばならない。


魅入られていた三者は、しかし、完璧《かんぺき》な現実に告時係《ムアッジン》のアザーンによって還る。彼らには仕事がある。義務《つとめ》がある。夢はいったん閉じ、歴史は一時的に封印されなければならない。

朝食が用意されて、それをすまし、ふたたび、清書が。

あいかわらず書家は自宅《いえ》に帰れない。助手も同前、ともにアイユーブによって依頼された作業に、埋没して専心する。第二夜の譚りはあまりにも、あまりにも大部だったが、超人的な集中力を発揮すれば処理《こな》せないものでもない。そして渾身《こんしん》の精神力《ちから》は発揮されている。なにごとかの誕生の現場にいるのだと、書家も、ヌビア人の下僕も感じている。創世の卵が割れるのを目撃しているのだと、直感している。

美しい語り部、物語の運び手は、ある種超越的なのだとも。

あれはいったいだれなのか？

ズームルッド――

いずれにしても、歴史は肉をまといはじめていた。その肉をあたえるのは、書物のかたちにまとめるのは、わたしだ、と書家は念ずる。あらゆる書家をしのいだ能筆の書家として、自他ともに認識し、矜恃《きょうじ》にみちた書の達人は、その伎倆《ぎりょう》のかぎりを揮《ふる》う。浄書に没頭する。そして空白は空白のままに、ズームルッドが夢を喚《よ》んだ一瞬（あるいは無限）は、書き誌《しる》した速記録に忠実に、再現する。虚時間があらかた異様な迫力を附与する。この作業にはまりこんで、書家も、またヌビア人も、あらゆる疲弊を克服している。

しかし、仮眠はとった。その夕暮れ。

転寝《うたたね》。

夢のなかでアーダムの物語の残滓《ざんし》を見、その夢をアーダムの物語のなかで夢として見せられるのだとしたら、読者よ、現実はどこにあるのだろう？

晩餐《ばんさん》はまたもや豪勢で、山海珍味が数え切れないほどならぶ。つがいの鵞鳥《がちよう》、鳩の肉や羊肉、目を喜ばせる色とりどりの果実。ついでお菓子があり、香料や香水がふるまわれるのも、いわずもがな。

アイユーブがあらわれて、書家とヌビア人の下僕をねぎらう。

それから、三人は移動する。昨晩のように。あるいは一昨日の晩のように。おなじ大広間に移動する。おなじ客間にむかって、夜の種族のもとにむかって。

夜が朝《あした》に代わり、朝《あした》が夜に代わる。

第三夜は訪れる。

۳

スーフィー（イスラームの神秘主義者）たちの一部には、天球には音楽があると唱える者がございます。崇高な旋律は魂にしか聴きとれず——つまり耳ではとらえられないのです——しかし聴きとればその旋律の調和は数秘学的に絶対、音曲の内包している秘密を解き明かせば世界をも顛覆《てんぷく》させうると説いた行者もおりました。

真偽のほどはわかりません。異端の意見であることは察しがつきます。ですが、この宇宙に人間《ひと》知れず響いている——蒼穹《そら》よりふってくる——音楽があると告げられれば、自分の内面《なか》に即座に納得してしまう部分があるのも事実です。理論で反駁《はんばく》するまえに、首肯してしまっている自分がいるのです。

美を知る者は、それを感じるのではないでしょうか？

響いている完璧な音楽を。

その天球の音楽が狂います。

アーダムが王宮を消滅させ、みずから王位に即いたのです。父親殺しの妖術師が、玉座に。

大王《スルターン》の誕生です。

醜悪、醜怪にして邪悪な容貌《ようぼう》の新王、アーダムが生まれたのです。

帝国はむろん、いまやアーダムの所有《もの》でした。ゾハルも同様です。ある意味ではアーダムは世界《このよ》の所有者となったのです。ゾハルの邪宗集団のなかでは、信徒の一員から、信徒の頂点へ。いいえ、その頂点にいたるまでは、信徒の一員ですらない「守備隊見習い」として暮らしていたのですから、まさに末端からの飛躍です。

アーダムはゾハルに酬《むく》います。返報するのではありません、ゾハルをより繁栄にいたらせるのです。ゾハルの邪教をさらに強靭《きょうじん》なものに煉《ね》りあげ、勢力をもった一派《もの》に変じさせるのです。だからこそ、天球の音楽は狂いはじめます。手はじめに、アーダムは帝国の首府の遷都をおこないました。

王宮をゾハルに築きました。あの最奥の市部にです。神聖月間の非公開の祭儀が執りおこなわれる、最奥の市域に、アーダムは呪わしい宮殿を建造して、ここより帝国全土を統治したのです。この宮殿はのちに阿房宮《あぼうきゅう》（「阿房宮」は秦の始皇帝が造営した宮殿の固有名だが、展開上もっともふさわしいと思い、日本語訳に採用した。この宮殿は一万人超を収容できたという巨大なもので、数十年をかけた工事でも未完成のまま、秦の滅亡時に項羽に焼かれた）と呼ばれますが、中核となる王城《カスル》は、そうそうにアーダムによって建てられたのです。

そうしてゾハルが帝国の新都となったのです。

宏大無辺の領土はアーダムがこの新都に居を構えながら支配するところとなり、旧来からの貿易国家としての莫大《ばくだい》な収入《みいり》は、そのままゾハルの国庫にながれこみました。もともと潤っていた商都ゾハルの経済は、いっきに桁《けた》を三つ増すほどの活況ぶりとなったのです。

経済《かねまわり》の側面がかようであれば、軍事の側面はこうです。かつてアーダムが半年あまりも見習いとして奉仕していたゾハルの守備隊は、いまでは帝国の新王である、アーダム個人の護衛集団となりました。代わって帝国の騎馬軍団が——勇猛で鳴らして近隣諸国を恐れさせた数万騎が——あまさずゾハルの正規軍となりました。アーダムは身につけた強力な妖術《ようじゅつ》を駆使せずとも、万全の防備を整えていたのです。ゾハルの駱駝《らくだ》軍団はすべてアーダムの供奉《ぐぶ》のようなもの。だれがこの大王《スルターン》に近寄れましょうか？

だれが王宮を侵せましょうか？

一騎のこらずアーダムの配下《もの》となった軍隊が、ゾハルを衛《まも》ります。

こうしてアーダムと蛇のジンニーアの蜜月《みつげつ》時代ははじまりました。

権力は、あじわってみれば恐ろしいほどあまい糖蜜で、悪逆無慚《あくぎゃくむざん》なアーダムを歓喜させます。蛇のジンニーアより教団の最高指導者としてお墨つきのアーダムを、ゾハルの信徒たちは（高位の神官か一般信者かを問わずに）尊敬の目で見ますし、アーダムの絶大な魔力は邪宗の義《ただ》しさの証《あか》しです。こうして邪神の預言者として崇拝されながら、いっぽう、帝国の民草《たみくさ》からは虐政家のように畏怖《いふ》されます。アーダムの姿を遠目に見て、ひれ伏さぬっさい、アーダムは伝説的な大王《スルターン》として当時の世界に威光を放ち、あらゆる者どもを服従させていたのです。

服従しない者は、殺せばいいだけですから。

ああ、なんという権力のすばらしさ！

いまやアーダムが法、法こそがアーダムなのです。

もちろん、才長《た》けたアーダムですから、この快楽のあらゆる部分が（ほんの細部までもが）蛇のジンニーアのそもそもの権威と、この邪神が授与した魔力に拠《よ》って在《あ》る事実を理解しています。それ以外の要素もたしかに存在し――たとえば帝国の臣民に対して、王としての正統性は、ございます。なぜなら簒奪者《さんだつしゃ》ではあっても、血統はうたがいようもない確乎《たしか》なものでしたから――しかし、それらは附加的な因子であって、直接はこの甘美な権力にはむすびつかないでしょう。習いおぼえた妖術こそがアーダムを支配者たらしめているのです。崇敬のまなざし、畏怖のまなざし、恐怖のまなざしを、むけさせているのです。もはや侮辱はありません。嘲笑《あざけり》は、蔑視《べつし》はかき消えました。もしも消えずに存在していたとしたら、アーダムが消せばいいだけのことです。

この権威の根拠である魔力にアーダムは感佩《かんぱい》し、蛇のジンニーアに対しても主君に接するような慇懃《いんぎん》な態度を崩しませんでした。「権力というものは神通力《ちから》があれば手に入る」

というジンニーアのことばは真実《まこと》であったと証されましたし、まだまだ、この邪神から教わるべき高度な妖術というものは秘められていたからです。

つまり、世界《このよ》を所有したアーダムは、つぎの段階、これをどう守りとおすかという課題《こと》を早ばやと考慮していたわけです。

蛇のジンニーアがもとめていたのは、生《い》け贄《にえ》です。邪宗の教団を維持して結束させていた秘密の儀式、奇蹟《きせき》を顕現させていた祭儀、その核にあったものがなにかと申せば、大蛇《うわばみ》に咬《か》まれた若い男女の信徒が泉水に捧げられる行為《おこない》でした。年に一度、三十日間、毎晩捧げられる生け贄の行為《おこない》こそが、邪神の権威《ちから》の片鱗《へんりん》をひきだして、地底祭殿にいたる入り口を闢《ひら》いてみせたのです。

生きたまま贄《にえ》として供えられる人間を蛇のジンニーアは要求し、この犠牲《いけにえ》が奇蹟を発生させたのです。

「心酔と傾倒の証明がほしいのですよ」と蛇のジンニーア——が憑代《よりしろ》としている女信徒——はいいます。「わたしたちは崇《あが》められることで権勢を揮《ふる》うのですからね。おわかり？　じゃなければ、魔神《イブリース》の偶像崇拝なんて、生まれるはずがないじゃない？　より大勢から、より大勢から、崇められて畏《おそ》れられて信頼されて。ね？　さあ、さあ、かわいいアーダム、大成した妖術師のアーダム、わたしに証明《あかし》を示してちょうだい。そして威勢《ちから》をひきだしてちょうだい。わかりますわね？　そうすれば——より——いっそう——秘められた魔法があなたのものですよ」

「もちろんです」とアーダムは対《こた》えます。「もちろんですとも。蛇神《へびがみ》さま」恍惚《こうこつ》としてアーダムは蛇のジンニーアの憑代を見ます。それから（こうした対話はもちろん、地底の子宮《こつぼ》の神殿でおこなわれておりますから）例のゾハルの本尊である梟悪《きょうあく》な偶像をふり仰いで、唾《つば》を飛ばして「わかります、わかります、わかります」といいます。

自分の役割をアーダムはきちんと把握しています。教団の最重鎮に任じられて、これを指揮し、支配し、邪神のただひとりの預言者としてゾハルの万人より仰望《ぎょうぼう》されているのはなぜか。この呪わしい信仰をいっそう鞏固《きょうこ》にするためにほかなりません。その報酬《おかえし》として魔力はあたえられているのです。

そして報酬《おかえし》は働きに対応《みあ》ったものとして高まるのです。

アーダムの庇護者《パトロン》は蛇のジンニーアであって、アーダムはみずからの所有物となった「世界《このよ》」を守るために、（私物を守るために）全力で奉仕をはじめたのです。ためらいも、卑屈さも糸瓜《へちま》もありはしません。

なにしろアーダムは本気で、この邪神の力をわがものにしたいと念《おも》っているのですから。

さて、わたしはふたたび、アーダムの視線がさまようままに、この地下の子宮《こつぼ》の神殿について語らねばなりません。この岩室《いわむろ》がいかなるものであるかを、描写しなければなりません。それではまず、憑代から偶像に動いたアーダムのまなざしを、さらに追跡してみません。

しょう。その視線は右手を見ました。円天井の岩室をずんずん進んだ果ての隅、アーダムのはるか右側には岩膚にキッチリ嵌《は》めこまれた扉が在ります。その扉こそはアーダムが体験した奇蹟の入り口、すなわちアーダムが通りぬけるやいなや蛇の瞳《め》をした小女《こおんな》を目撃して（その下半身は蛇の尾《お》っぽでございました！）、あろうことか前日の夕暮れに見た夢を現実のものとして与えられた場所の、その石室の門でございました。いま、その驚愕《きょうがく》の神秘体験の門口《かどぐち》は、巨体の偶像のらんらんたる紅玉《ルビー》の双眸《そうぼう》の光線を浴びて、はっきりと存在を主張しています。それはこの右手の隅だけでしょうか？　もちろん、ちがいます。岩室には四つの隅があり、それぞれは東西南北の四方に位置していて、どの方角にも外観《そとみ》が同一の扉が嵌めこまれていたのですから。

そして年経《ふ》りた四つの扉が、いっさいがっさい、邪神の奇蹟を経験させる四つの場所の入り口だったのでした。

それぞれが種類を違《たが》えさせる秘密の啓示の、教団員に授けられる場所、ふしぎの岩窟《がんくつ》の門だったのです。一つのこらず、神秘の石室の固有の開《ひら》きだったのです。

アーダムのまなざしが右手から左手に移り、後方に飛び、こんどは前方に投げられます。アーダムの視線は東西南北に跳躍しながら動いて――邪宗の本尊を離れて四つの扉を順に視《み》て、それから、満足げにニヤーッと笑いました。

円天井の洞《うつろ》の四隅に変わらず存在する扉を認めて。

四つの石室の開《ひら》きを確認して。

ああ、永遠に眠ることのないアッラーに栄光あれ。わたしはふたたび眠りと夢についてロにします。あるいは人類の精神《こころ》の渾沌《こんとん》について、ふれます。すなわち四つの石室は——四種類の——夢の空間でした。夢を生みだす空間でした。アーダムが入信の密儀の直後に（いまは亡きあの魔女の神官に命じられて）足を踏み入れたのは、きのうの夢（これが前述された右手奥の扉の部屋である）。そこでは昨晩の、あるいはもうすこしちかければ午睡の、あるいはもうすこし遠ければふた晩まえか三晩まえの、いずれにしても最後に見た夢が顕《た》ちあらわれます。その石室では、入りこんだ者の最後の夢が、最新の夢が、入りこんだ者の眼前《まえ》に示されるのです。石室の内部《なか》で、夢はそれを見る者の外側に実体化するのです。

忘却はありません。

ここには忘却はありません。

過去の夢の石室に「忘却」という概念《もの》は存在しません。

ひとはしばしば見たばかりの夢を失念いたしますが、ここでは然《さ》にあらず。本人すら想いだせない細部が、のこらず、現実の体験に変容させられます。再現されて、顕われます。忘れられるということがないのです。記憶されていない断片の数々も、あまさず再現されるのです。夢をつむいだその当人の、欲望はすべてあり、妄想はすべてあります。ある者は恐怖するでしょう（そしてじっさい、その恐怖によって死ぬ人間もあります）。石室の奇蹟にとって、悪夢は致命的です。また、ある者は快楽によって死にいたるでしょう（性夢もまた危険です）。それは肉体が享受できる快楽の限界を超えています。

時間を夢見る者は、無限の時間によって時間を喪失するでしょう。

もうひとつ、似た種類の石室があります。こちらは最後の夢のつぎの夢。おわかりでしょうか？　すなわち今宵の夢、もうすこし遠ければ翌《あく》る晩の夢、あすの夢。いまだ見られていない未来の夢、最新をひとつ超えた未然《みぜん》の夢を体験させる石室です。これはまさに神秘です。ほかに感想のことばはありません。

未来の夢を、いま、目のまえに見る石室。

予言とはべつに、最後の夢のつぎの夢の石室は、入りこんだ者の内面を予知するといえましょう。

あるいは運命を。

どのように来たるべき現象を感受したかを、その結果をかたちに変えるのです。

形象化するのです。

このように、人びとの（精神《こころ》の内部の）渾沌が噴出する二つの石室があり、われわれは――これらの石室に――過去を感じとり、未来を感じとります。どちらも個人《ひと》の内側にむかうものですが、のこる二つの石室はといえば、まるで異なる夢の宇宙を目撃させます。

三番めに挙げるべき石室は、海のものの夢。

四番めに挙げるべき石室は、森のものの夢。

樹木の――植物たちの――魚と水妖の――夢の空間。

そこを護るのは大海の蛇と、翼をもった巨竜です。ですが、これらの守護者に関しては、のちほど詳細にふれることにしましょう。まだまだ物語《おはなし》のさきは長いですから、順を逐《お》って説明いたすのが良策です。いずれにしても、蛇族の縁者ともいえる魔妖の生物《いきもの》によって護られた二種類の石室は、人類には見られるはずもなかった夢を、その内部に現象として展開させるのです（なお、四つの石室の方角がそれぞれ東西南北のいずれに相当するのかは、残念ながら本文内に言及箇所を発見できなかった。あまり気にしていないと見える）。

いまいちど、きのうとあすの夢にもどります。

人間の渾沌に。

　夢はおおかた謎めいた形姿《ころも》をまとい、その意味は（夢を見た）当人ですらも不明です。むろん、明瞭《めいりょう》な欲望はほとんど明瞭に解釈されますが、夢はいずれの細部にも闇を孕《はら》んでいるものです。窖《あなぐら》は夢の地平という地平に開《あ》いています。アーダムはこれを解釈する魔術も蛇のジンニーアより学びました。夢判断の術であり、かつては魔女の老婆がこの偶像の地下神殿でおこなっていた秘蹟《ひせき》の一環でもあります。魔女の役割をいまではアーダムが負い、秘儀参入者たちの夢の謎を釈《と》いているのです（現代の精神科医のカウンセリングに通じる治療行為）。真実《まこと》の夢解釈は神の御業《みわざ》ですが――このばあいに釈《と》かれるのは予言的な夢、正しい夢、天より来たる夢のみです――一般の夢はおしなべて、魔術によっても解釈が可能です。アーダムはそれをなしたのです。

けれども、いや、はや、夢判断というものは空恐《そら》ろしい。アーダムはこの神秘の媒介となることによって、夢そのものの本質を膚で理解するようになりました。あまたの夢を信徒のまえで解釈しました。ですが、みずからが石室に入った回数は、片手の指でじゅうぶん足りるほど。なぜならば、アーダムの夢見る渾沌とは（ことばを換えれば、それはアーダムがかいま見るおのれの内部ですが）、アーダム本人にも邪悪すぎたのです。そこに展開する妄想と欲望は、アーダムそのひとをもおぼれさせる危険に充ち満ちていたのです。

噴出する渾沌は、人間の本性を験《ため》します。

その現前化は恐怖です。

そうした意味では、アーダムはこれらの石室を恐れました。畏《お》怖《そ》れ、憎みました。当然の反応として。けれども、海のものの夢と森のものの夢の二種類をもふくめた地底神殿の石室群こそが、アーダムに神の――すなわちアーダムの神、アーダムの独占しようとする神、アーダムが所有しつくしたい神の――秘めたる権能《ちから》の無窮《むきゅう》、底なしのすごみを証明しているのです。裏づけているのです。

だからこそ、奉仕しがいがあるのだと。

地の底の窟《いわや》の四つの石室は、恐怖と憎悪の対象であると同時に愛すべきものであり、なおかつ利用すべきものでした。

そうです。アーダムは利用します。たとえ地上に君臨する大王《スルターン》となっても、アーダムの姦策《かんさく》好きはやみません。

古代のファラオさながら、アーダムは首府ゾハルの最奥の市部に築きあげていた王宮を、さらに地下にも延びる巨大建築に改造しようと意図し、その計画に着手いたしました。

ここより阿房宮《あぼうきゅう》の伝説ははじまります。

アーダムはおのれの王宮の地底に（ほとんど直下に）、まるごと本尊の神殿を内包した増築部分を生もうとしていたのです。それは「夢の力」を利用した、生け贄《いにえ》の装置でした。大量に、定期的に、蛇のジンニーアに捧げる贄《にえ》を調達するための。

もちろん、この大事業にとり組む以前に、生け贄が減っていたというのではありません。年に一度の、非公開の秘密祭儀の期間におこなわれていた例の三十人の生け贄のならわしは存続していましたし（なにしろ志願者が多いのです、中止になどなろうはずもありません）、お徇示《ふれ》によって犠牲者を――期間外に、もっと――つのれば、聖なる陶酔をもとめる邪教徒の若者たちが殺到したでしょう。ですが、アーダムはもっと効率のよい生け贄を、装置を考えます。こうしたものを考えるのが好きなのです。頭脳《あたま》の冴えを事あるごとに確認するのが、たまらないのです。

領土じゅうから名のある建築家を集め、異国《とつくに》に天才的な技術者があると知れば魔術によってこれを攫《さら》い、設計はなされました。鳩《あつ》まった建設者たちが無辺際《むへんさい》に創造力を駆使したような、それはあまりに野心的で、規模の異様に壮大な、過去に例を見ない巨大規模の事《こと》業《わざ》でした。

阿房宮。

その王宮《カスル》の、地下に建造されるのは迷宮です。

本尊の岩室《いわむろ》に通じるいっさいが阿房宮の増築部分に封じられます。すなわち聖泉の水底からはじまるファラオの時代の遺構から、らせんの竪穴《たてあな》、先史時代の遺蹟《いせき》である隧道《すいどう》までが孕まれた——と同時にこれらに数倍してあまりある巨《おお》きさの——地下の領域が確保されて、図面に引かれたのです。迷宮の構造については、詳しい解説はあとまわしにするとして(少々お待ちくださいまし)、いまは着工がもたらした結果と申しますか、成果について語りましょう。

建築家たちはよろずのことを定め、工事にとりかかりました。工夫《くふう》に工夫を凝らした計画書のもとに、掘りすすめられ、掘りすすめられ、ゾハル最奥部の大地を穴だらけにして掘鑿《くっさく》はつづきます。たんなる基礎工事のためにも超自然的な(ほとんど反物理学的な)労力が必要とされ、アーダムの妖術《ようじゅつ》がそれをおぎないましたが、基本は人民による肉体労働です。人手です。これは国家事業であって、新王アーダムによって明確にうちだされたもの。働き手が要されて、給金はゾハルの国庫より支払われます。雇傭《こよう》が創出されたのです。

　まるで善政です。この働き口に、ゾハルと帝国領内の人びとは飛びつきます。このころ、新都であるゾハルの市街は移住者によって膨れあがっておりました。なんたる破戒無慚《はかいむざん》か、多くの民草がムスリムであった往時の帝国は、アーダムの登場によっておおかたが邪宗の感化を受けてしまい、いまではイスラーム（絶対帰依）を棄てた者どもがめざす聖地となっていたのです。ああ、赦《ゆる》しがたい神聖冒瀆《ぼうとく》！　アッラーの宗教でないものをほしがるとは！　邪道に踏み迷うこれらは、最後《いやはて》の日、あらゆる呪詛《じゅそ》を受けますよう。いえ、いえ、審《さば》きの日にはかならずや、顔が真っ黒に変ずるでしょう。アッラーの神兆（『コーラン』のこと）を耳にしていながら、棄教という最悪の行為《わざ》に走ったのですから。

　こうした邪道が一世を風靡《ふうび》したことにより、ゾハルの緑野《オアシス》はかかえられる人口の限界に達しつつありました。都市の範囲《なわばり》は、いまや周壁の外側にまでひろがり、どんどんひろがり、不毛の砂漠地帯を指して拡大するいっぽう。もはや商売《あきない》だけで糊口《ここう》をしのげるはずもありませんし、ゾハルの都市としての性格も、変わりはじめていたのです。

　そこに――続出する改宗者のただなかに――働き口は（ほとんど制限というものをつけずに）投げあたえられたのです。

　移住者と、邪神を崇《あが》めてその利益《りやく》と奥義を授けてもらおうと希《ねが》う改宗者の群れによって、膨張する都市を支える経済基盤が、きちんと提示され整備されたのです。

　力を労する者は主君《ひと》に治められると申します。アーダムの政治家としての手腕は――だれが予想できたでしょうか——なみはずれて優れておりました。独裁者として宏大無辺《こうだい》の帝国を統《す》べつつ、畏怖《いふ》の対象として怯《おび》えさせつつ、民衆を饑餓《うえ》のようなものから無縁にし、さらにゾハルの主神に対する崇拝の念を束ね、撚《よ》りあわせ、牢固《ろうこ》にして盤石にし、ようするに完璧《かんぺき》な統治をおこなったのです。

あるいは所有物となった世界《このよ》を、アーダムはアーダムなりに愛していたということでしょうか。

暴虐ではあるが無法ではない、それが大王《スルターン》としてのアーダムにむけられる評価でした。

わたしは人間というものの複雑さに感じ入らずにはおれません。

さて、迷宮です。働き手の殺到した、この阿房宮の地下部分の工事について、話をもどしましょう。ひとことで申せば、迷宮とは「夢の建築化」でした。アーダムが高名な建造者たち、技術者たちに強いたのは、——夢そのものを地底の建築物に変えよ、現在ある聖なる遺構の数々をのこらず利用し、そこで夢を、人類《ひと》の渾沌《こんとん》をかたちにせよ、われとわれらが御神《おんかみ》の地下の宮殿に——、との啓示のような課題でした。そうして最終的に構想されたのが、迷宮でした。その通路の奥では空間が、時間が凝縮されているような、無限界の迷路が、企図されたのです。

瀆神《とくしん》的な大宮殿が。地底の一大建築が。

幾何学の成果が駆使されて、かたちと角度は地上のありとあらゆる美しさに叛逆《はんぎゃく》します。

目に見えるものはすべて裏切り、妄想となり、われわれは前方《まえ》にすすもうとして後退しますし、昇ろうとしてわれ知らず下降します。右は左であり、左は下です。ある場所では遍在する通路があり、どの扉を通っても同一の径路《みち》にいたります。ですからそこでは時間《とき》のながれすら歩みを熄《や》めます。

ある場所では恐怖は具現化します。地獄の設備がたっぷり、つかいきれないほど隠されていて、入りこんだ者を嬲《なぶ》ります。鉄製の処刑道具《おしおき》が、その本領を発揮します。

まさに地下牢と拷問です。

生みだされようとしている迷路の隅ずみにあふれているのは悪魔的《シャイタニ》な輝きです。

じっさい、アーダムの妖術が手を藉《か》すところ、不可思議は顕現し、そのなかには神秘の光輝《かがやき》もありました。あるゆきどまりの通路に、永遠につづいている火事があります。消えることのない――袋小路の、迷路のもっとも深奥の――火群《ほむら》があります。

永遠。そうです。永遠ということばは夢にふさわしい。夢が（その夢を見る者にとって）物語の一種だとしたら、その物語は永遠に未完です。はじまりもなければ終わりもない、そうではありませんか？　けっして起承転結をめざさない、発展し破綻《はたん》しつづける物語であって、これもまた夢の本質なのです。「夢の建築化」を命じられた工事の指揮者たち、阿房宮の建設者たちもまた、そうした夢の本性に気づいていました。ですから、計画書はその根源《はじまり》から恐るべき思想を孕《はら》んでいました。

コノ建築ハ未完デナケレバナラナイ。

迷宮ハ支離滅裂ニ拡大シツヅケナケレバナラナイ。

そうです。阿房宮、それは——永久《とこしえ》に造りつづけられることを意図した迷宮建築です。

この戦慄《せんりつ》すべき意志の産物こそが、アーダムが産み落とした生け贄の装置なのでした。

いかにして装置たりえるか？　まずはほんものの奇蹟《きせき》について想いを馳《は》せていただきましょう。すなわち、阿房宮が生みだそうとしている大迷宮の地下の地下にある四つの石室、夢の四つの空間です。またもや二つに焦点を絞ると、いっぽうは「きのうの夢」であり、いっぽうは「あすの夢」でありました。では、過去の夢とはいかなる体験でしょう？　ある者にとって、そこでふれるのは奇想の楽園です（奇想を夢見たならば）。ある者にとって、そこは亡《うしな》ってしまった死者との対面の場です（よし愛する死者の夢を見たならば）。夢枕に立った存在とは、現実に再会することが可能なのです。

ある者の願望は充たされます。それがどのような望みであっても。前夜、夢見たのであれば。

未来の夢は？

忘れてはならないのは、未来の夢にはじっさいに体験する未来の断片がふくまれているという事実です。

そして、そこでは——その石室では——ある者はなにも見ません。

なぜならば、未来の死者は、未来に夢を見ることもないからです。

虚無しか見ない者は、おのれが死ぬべき運命にあると知ります。

確実に。ここには錯誤《あやまり》はありません。

占いのようなあいまいさも。

二つの夢の石室の、すばらしさと空恐ろしさを、理解していただけたでしょうか？　だからこそ、旧来からのゾハルの信徒たちは、秘儀参入を熱望していたのです。だからこそ、ゾハルの邪宗は（少数の緑野《オアシス》の住人によって）妄信されつづけてきたのです。さあ、ここから、大王アーダムの阿房宮の伝説は弘まります。うわさがながれます。大迷宮のいちばんの底におりれば、愛する死者《ひと》に会えると。そこでは、未来が見えると。そこでは、夢に見たあらゆる望みが現実に見られると。ゾハルの教団の秘中の秘であり、入信者いがいにはあかされることのなかった厳秘《げんぴ》が（戒律で鞏固《きょうこ》に守られてきた秘密《ひめごと》が）、うわさとなるのです。

真実をはらんだうわさは、あっというまに滲透《しんとう》します。

厳秘を漏らし、うわさをながしたのは？　破門にあたいするだけの行為《おこない》をなしたのは？

阿房宮の主人《あるじ》そのひと。

地下迷宮に餌を誘《おび》きよせるために。

開始された大事業が働き手を公募し、ゾハルの新市街の住人やら改宗者やらが皆、労働力となって殺到するなか、目的をたがえる者たちも多数工事の現場にまぎれこみました。すなわち、職を得るためでもなし、邪神やアーダムに奉仕して(過酷な労働に率先して就いて)信仰心を証《あか》そうとしている輩《やから》でもなし、夢をいま見ようとする者たちです。真実はひとを喚ぶのです。彼らはうわさが虚偽《いつわり》ではないと確信して——そしてそれは正しいのですが——作業員として阿房宮の建造現場に、建築途上の迷宮に入りました。そして、そっと、闇にまぎれました。作業の途中で。労働の班と、担当《うけもち》の場所を離れて。

地下をめざしました。地の底を。底の底を。

だが、全員が、たどりつけずに果てます。

説明するまでもないこと、そこは迷宮なのです。いまだかつて造られたことも企図されたことすらもない大迷宮なのです。おりようとして昇り、曲がろうとして直進し、袋小路にはまりこみ、密室からでられず、ある者は絶叫しながら死にます。ある者は餓《う》えて死にます。苦悶《くもん》の果てに死に、悶《もだ》え死《じ》にます。残虐な処刑《おしおき》道具に責められて惨死する者もあります。ですが、そのために地獄の設備はあちらこちらに用意されていたのです。生きのこるかと思えた者も、罠《わな》に陥《お》ちて、やはり死にます。

それが夢を摸《も》した迷宮だから。

現実のように逃げようとすれば、夢は犠牲者を離さないのです。

犠牲者。すなわち生《い》け贄《にえ》。ここにアーダムの目論みは成就します。阿房宮の地下の迷路の奥に踏み迷い、苦悶しつつ絶命する魂を、アーダムは邪神に捧げるのです。大量に、定期的に、生け贄を（祭神《さいじん》である蛇のジンニーアに）調達する装置は、すでに産み落とされたのでした。それは永遠に未完でありながら、すでに完成した装置なのでした。

これが阿房宮。アーダムの迷宮。永久《とわ》に拡張をつづける地下建設。

はたして装置は蛇のジンニーアに歓迎されました。その威勢《ちから》をさらにひきだす所期の目的をじゅうぶんに果たしました。すでに蛇のジンニーア自身の口からアーダムに対して語られたとおり、邪神の類《たぐ》いは（アッラーの完全自足とは異なり）崇拝される必要があるのです。犠牲を捧げられる必要があるのです。でなければ消滅《ほろび》にむかう。それこそがいつわりの神々である証しなのですが、だからこそ異教のしきたりは恐ろしい。

生け贄。生け贄。つきることのない犠牲の供物《くもつ》。

蛇のジンニーアはひいひいと息をはずませて歓んで、日ごとに夜ごとに、阿房宮の最下層に秘められた岩室《いわむろ》の中心の偶像をあでやかに赫《かがや》かせ、迷宮の犠牲者の魂を喰らいます。

ガブリ、ガブリ、ガツリ、ガツリと。

アーダムのしかけによる、生け贄を嘉納《かのう》します。

蛇のジンニーアが権勢《ちから》を強めるさまは、目に見えるかたちで、はっきりとアーダムに認められました。その第一は、なんといっても憑依《ひょうい》の状態《さま》の変容です。らんらんたる紅玉《ルビー》の輝きを放つ視線《まなざし》の憑代《よりしろ》たちは、その原形《もと》がどのような美女であっても、最悪の醜婦《しこめ》に身を落とすのがつねでしたが、こうした容貌《かおかたち》の変化がそれまでとは一転さま変《が》わりの段階に入ったのです。奇ッ怪な印象はしだいに影をひそめ、まともに見るに足る女たちの顔となりました。それどころか、ときには原形《もと》以上に美しくなります。化粧要らずの美です。これこそが生け贄のもたらした効果であって、それをアーダムは体感します。迷路の地獄の片隅で、だれかが「残酷な処刑《おしおき》」に遭ったときなど、憑代はアーダムの五感をゆさぶるほどの臈《ろう》たけた別嬪《べっぴん》と化します。もう、ほんとうにきれいです。なにやらたまらないものがあります。

妖婦《ようふ》の憑代の足もとではつかい魔の蛇も踊っています。

アーダムの第二の実感は、こうして（阿房宮の「装置」による）生け贄の増加によって勢力《ちから》を強めた邪神が、手とり足とり指導する魔術のすごさによってもたらされます。その魔法の体系は、もはや想像の域を超えています。その神通力《ちから》は、蛇のジンニーアの霊力の活性化と呼応して、人類というものがきわめたことのない地平をかいま見せつつあります。高度の魔術から最高度の魔術へ、超絶の技法へ。邪神に選ばれた人間として、アーダムは邪神の権勢にふさわしいだけの能力を、体得します。あるいは、体得できるよう、奮闘するのです。

これだけの邪悪がおこなわれる阿房宮が、ただの迷宮のままで終わるはずもありません。

ここを快楽の館《やかた》とみなす者どもが、ひっそりと（屍骸《しがい》に蛆《うじ》が涌《わ》くように）涌きはじめます。悪は悪を招《よ》ぶのです。魔妖《まよう》は誘惑されているのです。すなわち、迷路のゆきどまりや無限循環する通路に出現するのは、さまざまな奇態な生物《いきもの》。あるいは魔霊《マーリド》。あるいは見えざるものの族《やから》。一ヵ所ではサルマンドラ（サラマンダー。火蜥蜴あるいは火のなかに棲む二十日鼠）が目撃され、一ヵ所では人類《ひと》のかたちをした化物《グール》が目撃されます。つどう魔妖――それも当然です。苦悶の魂が、血が、この一派を惹《ひ》きつけているのですから。

瘴気《しょうき》のたまりとなった場所《ところ》、魔物は棲《す》みつきます。魔物は迷路のいたるところに簇生《そうせい》します。蛇のジンニーアに比すればたあいもない妖怪にすぎませんが、阿房宮の地下はいつしか万魔殿に変じはじめたのです。

アーダムはこれを放置し、作業の現場はおのれの妖術によって安全を確保しながら（たとえば設計図にいささかも危険のない範囲を書きこんで指定したりして）、この現場からはずれた者だけが魔妖に屠《はふ》られるようにしむけました。

しかし、うわさはながします。

再度。

剣呑《けんのん》、剣呑、迷宮の奥には魔物たちが棲みついているぞ……職人や担夫《たんぷ》がそれを目撃したぞ。きのうも、おとといも、先週のそのまた先週にも……。物騒な、あまりに物騒な、地下のどこかに魔霊《マーリド》があふれているぞ。そいつらは宝物《おたから》をためこんでいるぞ。

宝物《おたから》を。

そうです。われわれは魔妖のものの性質《さが》を忘れるわけにはまいりません。連中はその棲み処《か》に金銀財宝を蔵《しま》いこみます。こうして秘宝に財貨をいだいて、栖《す》を守ります。どれだけの人間が有史以来、これに類した地中の宝物を探りあて、また宝物を獲《え》るために鬼神《イフリート》や怪物とあらそってきたことでしょうか。伝承や伝説はあまりに多数、枚挙にいとまがあろうはずもございません。

このような故事《むかしばなし》を真実と知っているのは、ふつうの人間よりも、むしろ悪党です。盗人《ぬすっと》の類いがそうですし、墓荒らしはいうにおよばず。宝物庫《ほうもつぐら》に直行するだけの嗅覚《きゅうかく》があって、つまるところ魔物の生態に(人類《ひと》のなかでは)もっとも通じているのです。大地に匿《かく》された財宝のありかをつきとめるのはお手のもの。

ですから、うわさは悪党どもの胸を躍らせます。

あえてアーダムによってながされた情報は。

それが虚偽《ガセ》ではないために、悪党の心をうちます。

刀傷だらけで筋肉の発達した彼らの鳩胸を高鳴らせます。

すでに過去と未来の夢を夢見、神秘の石室をめざして阿房宮の建築現場にまぎれこんだ者たちのように、こうした悪党どもが二番めの侵入者の勢力となって迷宮に群れます。悪が悪を招《よ》び、さらに人間の悪党を招んだのです。

地下迷宮に餌はつきることなし。

夢は理性の声を眠らせます。迷宮は夢であり、生きのびようと理性で乞《こ》う者は、惑い、罠《わな》に陥ち、永遠に地上にでられずにさまよいつづけて果てます。そして犠牲者の目録に名をつらねます。現実のように遁走《とんそう》を画せば、けっして出口にはいたらないのです。

それでも、不可能というものは存在しません。

はなから理性をもたない者は、どうでしょうか？　たとえば痴人《しれびと》には、ここは妄想めいた要素などない数学的な建築と見えるのではないのでしょうか？　現実的な空間となりうるのでは？

何人かの盗賊は、犬の息子のように理性をもたず、魔物そのままの殺人鬼で、現実などというものは知りません。こうした何人かの兇漢《わる》はその心の賤《いや》しさに救われます。無鉄砲で通っている邪悪な輩《やから》は、そもそもの性根がねじけていたために、ねじけた迷路を通過します。魔物の栖《す》にたどりつき、化物《グール》であろうと魔霊《マーリド》であろうと追い払って打倒し、征伐し、秘められた宝物を奪います。そしてぶじに地上に帰還します。

金銀財宝をわんさか手にした悪党どもの存在は——実在は——その人数が阿房宮地下に侵入を試みた総数の一割の、さらに一割になるかならないかであるというのに、世の悪党という悪党に希望をあたえます。あらゆる角度からうわさに信憑性《しんぴょうせい》をあたえます（証拠がたっぷりあるのですから！）。だからこそ、よけいに迷宮は生け贄の候補者をひきよせるのです。

きょうもまた。あすもまた。二日後も三日後も。

あらゆる事象《こと》がアーダムの計略でした。なにもかもが首尾よし。生け贄は万事順調、邪教の教主としてのアーダムの権威はゆるがず、ゾハルは繁栄に繁栄を重ねて全世界に名を轟《とどろ》かし、阿房宮建築の大事業は大地《アルドゥ》を穴だらけにしてすすみます。時おり、地面の裂け目から瘴気が噴きだして、犬や猫を狂わせたり、酩酊者《めいてい》の脳を爆発させたり（麻薬常習者が狂気におちいったということか？）、棕櫚《しゅろ》と葡萄《ぶどう》の美しい果樹園にまるで人間の子どもの手足のようなものを実らせたりしておりましたが、民草から不満のことばは漏れません。このようにして邪神の国土は盤石となったのです。

ああ、天球の音楽はすっかり狂います。

幾星霜がすぎ、アーダムは老成して、鬚《ひげ》の生えた立派な王者然とあいなりました。醜怪さは抛棄《ほうき》されることはなかったのですが、さすがに歳が闌《た》けただけの迫力を得て（気魄《きはく》が面《つら》つきに滲《にじ》みでて）、暴虐な主君としてならば衆人に認められるだけの魁偉《かいい》な風貌《ふうぼう》となったのです。

悪相もいまや絶対君主の証《あか》し。その異相、その険相はひと目でだれをも慄《ふる》えあがらせる、まさに不世出の妖術つかいにふさわしいもの。

これぞ邪神の信奉者の王！

直視もかないません！

これぞ偶像崇拝者の大王《スルターン》！

その邪視に射られれば死にます！

しかし、ただひとつ、権力者に闕《か》けている要件がアーダムにはございました。古今東西の独裁者ならば毎晩でも満たしたであろう要件《もの》、いわずもがなの玉に瑕《きず》。アーダムは世界に君臨するいまでも、女を知らなかったのでございます。

幼いころは、もちろん、女がアーダムに接触《より》つきませんでした。醜貌にしてぶきみな男児は、七歳をすぎるまで後宮《ハリーム》の域内にありながら、どこか蟲《むし》のように毛ぎらいされていたのです。少年になると、アーダムの一物《いちもつ》もささいな刺戟《しげき》でおっ勃《た》ち、ひと並みに女体をもとめて已《や》まず苦しみだしたのですが、相手にする者などありません。淫蕩《いんとう》な舞姫《ガワージー》(大衆相手の踊り手で、一種の高等売春婦)でさえ、どのように大金をつまれても閨《ねや》ごとを拒絶します。アーダムの醜怪な面《つら》を見ると、いかな欲情のほむらも絶えてしまうと吐き棄てんばかりです。もっと下等な遊女《あそびめ》を狙えばよかったのですが、しかし手引きをしてくれる大臣《ワジール》のひとりもおらず(もちろん、他の王子たちにはおりました)、廷臣のだれかに話をきりだせば、王宮じゅうの嗤《わら》いものになるのはあきらか。ああ、上臈《じょうろう》恋しや、女体恋しや。

もちろん、ほかの方法も試しました。これは十四の歳でしたが、どうにかして交悦を享楽しようと、父王より賜わっていた奴隷女のひとりに迫ると、なんたる結末！　舌を嚙《か》み切って自害しはてたのです。穢《けが》れの屈辱よりも死を選んだということですが、アーダムそのひとに投げつけられた屈辱も、さて、そうとうなものでした。

かような顚末《てんまつ》の果て、アーダムはゾハル征討に発つ十七歳まで、そのみごとな陽物《もちもの》をはめこむ玉門《きけめ》を見いだせずにいたのです。

とはいえ、事情は一変しました。アーダムは王者、世界《このよ》の所有者です。なのに、なぜまた女を知らずにいるのでしょう？

要約すれば、妖術修行《ようじゅつ》の強いた戒律でした。蛇のジンニーアはその契約《ちぎり》によって邪宗の教団をアーダムにゆだね、取り引きの報酬として地獄《ジエハナム》の妖術を授けるさい、女の膚にはけっしてふれないようにと厳命したのです。ひとことで申せば、——魔力が損なわれるから、精を溜《た》めなさいね——、といいつけたのです。過酷をきわめる邪悪な修行は、アーダムを禁欲のもとに置いたのでした。

この束縛を守らなければ神通力《ちから》の獲得もなにもあったものではありません。

邪神がその契約《ちぎり》によって預言者（すなわち地上での代弁者）と選んだ唯一無二の存在、アーダムは、おのれの地位を守りつづけるために淫欲《いんよく》を遠ざけていたのです。

抑圧しつづけてきたのです。

女とは、むろん、寝たくないはずもありませんが、抑えに抑え、我慢に我慢を重ねて、一度もつかわれたことのない器官は股《また》のつけねでダラリと垂れて、穴っこをめざそうなどという野心を勃起《かたち》にすることはありません。

そして、なお幾星霜がすぎ、いまだアーダムは高度の魔術、最高度の妖術を体得するために、不邪淫戒（女犯の禁制）を守って修行をつづけているのでした。

ですが、ある日！

「こりゃアーダム、いよいよ時機《とき》は到りましたよ」

「はて、なんの時機でしょう？」

アーダムは地底神殿の偶像のまえで蛇のジンニーアの憑代《よりしろ》である妖婦《ようふ》と対面しながら、首をかしげるようにして問います。

「あなたは妖術師としてじゅうぶんに階梯《かいてい》をのぼりました。自分でもおわかり？　おわかりでしょう？　いまならあれよ、溜めこんだ精液《たね》を解き放っても、あなたの魔力が弱まる危険はないってこと。ついでに性魔術も、いよいよ、とうとう、そのちんぽこに授けることができるわ。さあ、寝ましょう！」

「寝る？　寝ると申しますと？」

「男になるのよ！」

こういい放つと、蛇のジンニーアの憑代である臈《ろう》たけた女信徒は、おのれの下袴《したばかま》をがばりと剝《は》いでしまいます。アーダムはなにがなにやら理解できずに困惑しておりましたが、むきだしになった女陰《ほと》を目にするや、むらむらっときて、たちまち一物が反応します！

「そうよ、そうよ！」とジンニーアの憑代はいい、この熱《いき》りたった陽根を（アーダムの衣類のうえから）ぎゅっと握ると、「さあ、さあ、ここよ！」と誘導するものですから、アーダムはたまりません！　色欲の煩悩は炸裂《さくれつ》します。

「なんですか、あれですか、もはや不淫戒は棄ててもよいのですか？」

目をグリグリ回しながら確認します。

「いいわ、いいわ！」

さあ、唐突にふって涌いた夢の実現です！　事態を諒解《りょうかい》し、あらためて蛇のジンニーアの憑代を見ますと、これが年のころは十六、七歳、じつに眉目《みめ》うるわしい、美女ちゅうの美女ではありませんか！　ああ、なんたる幸福《しあわせ》！　アーダムは餓死寸前の人間《もの》がいきなり涌いた仔羊の肉料理の皿にむしゃぶりつくように、抱きしめて接吻《せっぷん》します。すると、吸った唇の味はといえば、さながら糖蜜《とうみつ》とシャーベット水のあまみ！　なんとも、はや、想像以上のすばらしさ！

「よいのですね、よいのですね」と問いながら、アーダムは憑代の膚という膚をまさぐり、その柔らかさに仰天し、砲筒はいまにも発射寸前、いよいよ相手のわき腹を押さえて、乙女の玉門《われめ》にそれをあてがいます。

「ああ、もったいないことでございます！」

「いえ、どういたしまして」とジンニーアは乙女の声で応えました。

そして、ついに！　アーダムは未通女《ていらず》だったこの憑代の初鉢《あらばち》を破りました。

アーダムは歓喜し、声すらあげますが、なんとまあ背筋がぞけりとする、悍《おぞ》ましい光景でしょうか。いえいえ、アーダムの情けない赤裸《ふりまら》の状態ではありません。その獲物です。憑依《ひょうい》しているのは美しい処女《きむすめ》といえども、からだの内側にいるのは蛇のジンニーアなのです。憑依しているのは梟悪《きょうあく》な女魔神、それも鱗《うろこ》だらけのぬめぬめした蛇身に、無数の乳房を垂らした偶像《かたち》で表象されるものなのです。だいいち、アーダムは邪神を保護者と慕い、庇護《ひご》者と崇《あが》め、母神《ははがみ》とも慕っていたのですから、じつのところは邪神そのものである憑代と媾《まじ》わる行為とは、畢竟《ひっきょう》、わたしが口にもだせないような人道に背いた愚行を——ほとんど最大の禁忌を——犯すことに通じます。蛇のジンニーアの側にしたって、アーダムを息子のように遇《あしら》っていたではありませんか。ほんと、ぞっとします！

しかし、アーダムがいるのはこの世の天国です。

ついに女体のもたらす快感をあじわったのです。地底の子宮《こつぼ》である神殿空間のなかで、アーダムはほんとうの子宮《こつぼ》めがけてはじめての淫水《いんすい》を放ちます。ぶるぶると顫《ふる》えます！　我慢などするはずもなし。終わってみれば、こんなによかったのかと（おのれの半生を）憾《うら》みに思うほど。ですから二回、三回どころか七回、八回とこの日は挑みました。

このような昼と夜がはてしない回数、つづきました。

はじめは三十日。つづいて九十日。蛇のジンニーアに許されて、アーダムは閨情《けいじょう》を満たしつづけます。性欲の海におぼれて、肉の歓びを謳歌《おうか》します。ことばを換えれば、やっと人間《ひと》として生きられたということでしょう（この地上に男と女という二種の人間を創られたもうたアッラーに讃えあれ！）。いっぽうのジンニーアの憑代は徹底してアーダムの快楽に奉仕して、咬《か》んだり、つねったり、摩《さす》ったり、上になったり下になったり、横になったり起《た》ちあがったり、さらには締めたり、握ったり、ありとある性の技巧のかぎりをつくしました。アーダムは交会《まじわり》というものの奥の深さにほとほと感心します。

このような調子で、まる四月《よつき》経ちました。

すると、ある日、蛇のジンニーアはいいました。

「だめですわ！　この肉体《からだ》！　ぜんぜん月の障《さわ》り（メンス）がとまらないもの！」

「はて、それはどういうことでしょう？」とアーダムは問います。

「妊《はら》んだ萌《きざ》しがないってこと！　ああ、だめ、だめ！　これはきっと石女《うまずめ》よ！　さあ、アーダム、心機一転、でなおすわ！」

「と、申しますと？」

「わたしは古い憑代を脱皮しちゃうの。あたらしい皮をまとっちゃうの。だって、わたし蛇なんですもの。さあ、憑代を換えるわよ」

宣言どおり、女信徒に憑依していたジンニーアはこれを廃棄して、人間の形態《かたち》を去ります。うち棄てられた（すなわち脱がれた）憑代は、ただちに頓死《とんし》します。蛇が脱皮する様《さ》相《ま》そのままです。童貞を捧げた乙女のなきがらを目にして、――ああ、もったいなや――、とアーダムは感歎《かんたん》しましたが、つぎに用意された憑代は、これがまた絶世の美女です。しかも妙齢です。邪神の準備のよさは、アーダムをうならせて陽物をふたたびおっ勃《た》てます。

「おお、蛇神《へびがみ》さま、あなたもまた姦《や》ってしまってよろしいので？」

つぎの美女となった蛇のジンニーアは答えます。

「そのための処女《おとめ》なんですわよ。わが息子よ」

さて、アーダムはこの第二の憑代にも砂糖の棒（茎陰）をつっこんで破瓜《はか》したわけですが、第一の憑代の陰門《ほと》とは異なる感触《あんばい》に（男が一人ひとりもちものがちがうように、女もちがうのだということをアーダムは知らなかったのでございます）びっくり仰天して、またもや交悦の擒生《とりこ》となりました。しかし、ふたたび四月《よつき》が経つと、蛇のジンニーアは「だめですわ！」と叫びました。

「これも石女《うまずめ》！　身ごもる気配はまるでなし！　つぎの憑代にすすまねば！　さあ、脱皮しますわよ」

こうして第二の乙女もはねつけられ、ジンニーアに脱がれてしまったのです。

憑代の交代がつづきましたから、アーダムも不安になり、それに感触《あんばい》を好んでいた第二の女体への執著《しゆうじやく》も働いて、蛇のジンニーアに訊《き》かないわけにはまいりません。

「これはどのような魔術なのでございますか？」

「そりゃあ、まあ、いずれ教えますわ」

これがジンニーアの返事でした。

そこで、一瞬はこだわったアーダムですが、邪神の手ぎわはその預言者（アーダムのこと）のさまざまな不安や不満を充たしてあまりあり、用意される第三の、第四の、第五の憑代は、選《え》りに選った美形ばかり。乳房のぴんと張った未通女《おぼこ》がアーダムにくねりくねり、しゃなりしゃなりと媚《こび》を売ります。しかもバーバリの女からヤマン人、ヌビア女まで、種族もさまざま。なんとも、はや、どれも器量よしで、からだの具合もそれぞれに秀逸。アーダムの挑戦は厭《あ》きるということを知らずにつづきます。

この間《かん》、もちろんアーダムも莫迦《ばか》ではなかったですから、閨《ねや》ごとにおぼれて政務をないがしろにするということはありませんでした。はじめて女の味を知った最初のひと月をのぞけば、きちんとゾハルの王宮（阿房宮の地上部分）にもどり、昼日《ひるひ》中《なか》はその宏大《こうだい》にして無辺際の領土の支配のために指令を発して、何者がこの土地の絶対君主であるのかを、千軍万馬の軍勢がなす暴力と妖術《ようじゅつ》をもって証《あか》しました。わずかにも叛逆《はんぎゃく》の試みを胸裡《むね》にいだいた愚者《たわけ》どもの、その心胆を寒からしめました。なお、こうして日々の政《まつりごと》を終えると、飲みかつ食いして精力を養い、夜陰をむかえてからの淫蕩《いんとう》な宴に備えたのです。

アーダムに隷属する土地は安泰、民草は従順、手に入れた世界《このよ》はその一部たりとも手放さずに、アーダムはあらたな快楽である女体の歓びをむさぼっていたのです。夜伽《よとぎ》の相手は、蛇のジンニーアの憑代《よりしろ》だけでしたが(それ以外の女と寝ることは依然として禁じられておりました)、しかし、それで満足です。なにしろジンニーアがとり憑《つ》くと、どんな生娘《きむすめ》も性技の手練《てだ》れとなるのですから。

九年の歳月がすぎます。この期間は、阿房宮の地下にあって無限にひろがる迷宮と、その迷宮を装置として利用しながら祭神《さいじん》のジンニーアに無尽蔵に捧げられる生《い》け贄《にえ》と、アーダムと蛇のジンニーアの憑代との無限にくり返される性交を孕《はら》んでおりました。ゾハルの最奥の市部の地底で、二の二倍に通路は分岐し、三の三倍に地下室は分岐し、時間は錯綜《さくそう》して瘴気《しょうき》は蔓延《まんえん》します。あらゆるものが地底に生まれます。地下の湖沼、地下の果樹園、地下の人工島。しかれども、生まれないがために罵倒《ばとう》を浴びるものが、ただひとつ。

九年のあいだに二十七人の憑代が交代し、あらゆる人種の乙女がアーダムの白濁の淫水を子宮に受けとめましたが、女たちはどれも不妊《うまずめ》でした。受胎しないのです。身ごもらないのです。胤《たね》を宿さないのです。

きいっ、とばかりに蛇のジンニーアは癇癪玉《かんしゃくだま》を破裂させます。忿怒《ふんぬ》の形相で、「なぜなの？　なぜなの？　なぜなのかしら！」と号《さけ》びます。

「ああ、むかっ腹がたってしょうがない！　わたしの冠《かんむり》も曲がっちゃうわ！　こりゃアーダム、あなたのご主人はご立腹ですのよ。おわかり？　腸《はらわた》が煮えくり返っておりますよ！」

「おお、蛇神《へびがみ》さま、いったいなにをそのようにむかっ腹なので？」

「うるさい！　この痴《し》れ者！　いえいえ、これは悪罵《ことば》が、ちょっとすぎました。あのね、アーダム、わたしが準備した憑代がなべて懐妊しないのはね、あなたのほうに問題があると気づいちゃったのですよ」

「わたしに？　わたしのなにが？」

「あなたは種なしなのですよ」

「は？　種なしとは？」

「種なしは種なし！　あなたの精液《たね》が薄いから、こいつらは妊《はら》まないの！　でなけりゃとうのむかしに、懐妊しているはずでございます！」

　そうです、アーダムは庇護者である母神《ははがみ》の蛇のジンニーアに、精子欠如《たねなし》（無精子症）と批難されていたのです。ですが、しかり。その批難の根源《もと》にあるものは事実でした。アーダムの二つの卵（睾丸）は、しっかり陽物《まら》のねもとにぶら下がっていながらも、吐きだす精汁《せいじゅう》に足りぬ成分があったのでした。

　これは生まれついての障碍《しょうがい》でございます。

　ああ、アーダムのなんたる不運。アーダムの体液、ぬるぬるとした精液は、夜ごとに旺《さか》んに働いて、いっかな尽きずに処女《おとめ》たちの玉門に注《そそ》ぎこまれていたというのに、月経の血をとめることは――はなから――叶《かな》わなかったのです。よしそれが蛇のジンニーアの望みならば。そして受胎《それ》こそが、蛇のジンニーアの心中の所願《のぞみ》でした。むだなことに時間を費やした、とジンニーアは歯嚙《はが》みしているのです。

「この性魔術はだめだわ」とジンニーアははっきりいいました。

ある意味でアーダムを否定したのです。

「あきらめたわ。あなたと寝てももう意義はないの！」と拒絶しました。「しょうがない。あなたを預言者に選んだのはわたしなんだから、しょうがない、きれいさっぱり忘れるしか！　ああ、わたしの大望《のぞみ》！　ねえアーダム、あなたはもうわたしを抱かないで。勝手に、好きな女どもと寝なさい。好きに閨《ねや》ごとの相手を選びなさい。もう憑代にとり憑いて肉身《からだ》をひねったり締めたり絞ったりするのはこりごり、うんざりだわ！　この女はいまから脱皮するけれど、わかったわね？　今後はわたしが憑依《ひょうい》した処女《おとめ》の信徒を見ても、欲情をもよおしたりはしないでちょうだい！」

「おお、そんな、蛇神《へびがみ》さま！」

「しつこい預言者はきらい！　いうことを聞きなさい！」

言下に叱咤《しった》すると、こんどは猫なで声になり、「それにアーダム、あなたを見限るってわけじゃないんだから」と柔和に（かつ淫靡《いんび》に）囁《ささや》きます。

「わたしだって、おお愛しい息子よ、そんなことはできませんよ。とすると……陽物《まら》の問題はさておき……いたって至難の業だけれど、つぎの一手を編みださなければ。ねえアーダム、わたしはあなたが不世出の妖術師であることをたしかめたいのだけれど（人類の歴史が記録されはじめて以来、まれに見るほどの妖術師であることを）、ちょっと聞いてちょうだい。わたしの権能《ちから》の証しである、この岩室《いわむろ》の四隅に置かれた石室があるでしょう？　夢の石室があるでしょう？　あれにねえ、守護者がいるでしょう？　それぞれ、半人半蛇の男女であったり、竜であったり、海の蟒蛇《うわばみ》であったり。わたしの眷族《けんぞく》というか、魔妖の蛇族を目にするでしょう？　するじゃない？　あの族《やから》にはものすごい魔力《ちから》で四種類の夢の部屋を護らせているのですけれど、ねえ、たとえばあなたは（不世出の妖術師のアーダムさん）、あの守護者のひとつでも破れるほど強力《ごうりき》になったかしら？　わたしに見せてくださる？」

「は？」

アーダムには話のながれが喫《の》みこめません。

「どういうことでございましょう？　蛇神《へびがみ》さまの麾下《きか》の竜なり半蛇人なりを、わたしが――」

「斃《たお》すのよ。殺しちゃうの」

「そんな！　めっそうもございません！」

「いいの、いいの。わたしが試せっていってるんだから。わたしが試験したいだけなのよ。無礼になんてなるはずもないわ。でもね、アーダム、いかにあなたの力量が卓《すぐ》れたといっても、そうね、あと一、二年は破壊のための妖術《ようじゅつ》をあらいざらい学んで修めたほうがいいでしょうね。いい？　よろしい？　奇妙な提案だけれど、呑《の》んでくださる？　あなたに悪魔の智慧《ちえ》を授けるから、一騎当千の魔法つかいになってちょうだい」

「それは、もう、うれしいばかりのご提案ですが……」

「じゃあ、決まったわ！　わたしはきょうは憑代を脱いじゃうけど、またこんどね！　これは誓約だから、わたしへの信仰（とその功徳）にかけて、忘れちゃだめよ」

「もちろんでございます。全智全能の蛇神《へびがみ》さま」

「あ、それと、欲情は厳禁。わたしに汚いちんぽこはつっこまないでね」

いい置くと、蛇のジンニーアは憑代の肉体《からだ》を去り、この若い乙女はばったりと仆《たお》れて息絶えました。

とりのこされたアーダムは、ことばをなくしてしばし竚《た》ちます。

母親と同衾《どうきん》する期間《とき》は了《お》わったのです。

拒絶されたのです。巫山《ふざん》の夢はもうむすべない？

そして唐突な印象をあたえる、珍妙な、理解不可能な申し出。とっぴな——試験とは？

魔力の腕試し？　おれが稀世《きせい》の、空前絶後の妖術師であるかどうかを確認するだと？

不可解さに撲《う》たれながら、アーダムは自分がこの四月《よつき》のあいだ同衾してきた憑代の屍骸《しがい》を見おろします。これはメソポタミアの女で、アーダムが股間《しも》の蜜壺《みつつぼ》をあじわってきた二十七番めの処女《おとめ》。いうまでもありません、美女ちゅうの美女です。いえ、美女でございました。死というのは悲しいものです。急逝するや、メソポタミアの乙女は生前のその色香をたちまちうしない、膚は蒼《あお》ざめ、もちもちとしていた雪花石膏《せっかせっこう》の両腕、両足はただの硬い蒼黒《あおぐろ》い棒っきれ。腿《もも》のつけねの藪《やぶ》(毛陰)はただ暗色に茂っているだけで、もはや情欲は刺戟《しげき》せず、柘榴《ざくろ》のようだった双の乳房も、肉づきたっぷりの臀《いしき》も、これまた同様《しかり》。ああ、美しさも猥《みだ》らさも滅《き》えてしまいました。

襦袢《じゅばん》ひとつ羽織っていない裸体を見ながら、アーダムは虚無の意識に憑かれるのです。

アーダムには(この九年間、憑代の交代がおこなわれるたびに処理《こな》してきた)仕事がありました。蛇のジンニーアによって脱皮された遺体の処置です。これは呪術によって捌《さば》くのですが、アーダムは憑代の死後、なきがらをたちまち腐敗させる魔法をつかって邪神に用ずみとされた乙女たちを骨に変えます。白骨に変えて、これを——以前、アーダムの一時的な保護者であった碧眼《へきがん》の分隊長のなきがらがおなじ目的で地底に搬《はこ》びこまれてきたように——「骨の祭壇」の飾りとするのです。蛇のジンニーアの巨大、梟悪《きょうあく》な偶像の基部をいろどる、人骨ばかりが祀《まつ》られた「骨の祭壇」です。そもそもはゾハルの邪教の(あちら側から見れば)聖戦の犠牲者となった信徒たちの骨を素材に、アーダムの前任者である魔女の神官が管理してきた地底神殿の祭壇を、いまではアーダムがとりしきっておりましたから、これがアーダムの任務《つとめ》となるのは順当でした。ですから、アーダムは童貞をうしなった初期に「あとは頼むよ」と蛇のジンニーアに命じられて、この任務《つとめ》を果たしていたのです。

　この日もまた。

　メソポタミアの乙女のなきがらを処理します。

むなしさのような沈黙の感情に襲われながら、その類を見ない域に達した魔力でもって、呪文《まじない》ひとつで乙女を白骨に変化《へんげ》させ、無人の岩室《いわむろ》で、肋骨《ろっこつ》や大腿骨《だいたいこつ》を手に握りながら「骨の祭壇」に歩み寄り、一本いっぽんを飾り、祀りました。

　それから、アーダムは顔をあげます。ジンニーアの偶像の、下部を装飾するのが怪異にして面妖《めんよう》な人骨の壇ならば、視線《まなざし》をあげたさきにあるのは、この祭壇から二本の下肢《あし》をつきだしてグヌリと聳《そび》える蛇身の腰まわり、あまたの乳房、さらに人間《ひと》の——女性《にょしょう》の顔面。ああ、ビスミッラー（アッラーの御名にかけて）！　この醜怪さはとうてい正確にことばに換えることはできませんし、それを完璧《かんぺき》になそうと試みることはアッラーのお怒《いか》りを（かならずや）買わずにはおかないような邪道。いずれにしても、梟悪無類《きょうあくむるい》、その蛇神の腰、胸、顔をそうしてアーダムは見あげます。偶像の本体の、真珠や宝玉をちりばめた部分、象牙《ぞうげ》の部分、神秘的な鉱物の数々、なにより人面の眼窩《がんか》に嵌《は》めこまれた紅玉《ルビー》の妖《あや》しい耀《かがや》きを、見ます。

そこに、契約の相方である女魔神《ジンニーア》の権勢《ちから》を確認します。

妖術の世界でほしいままにされている権勢《ちから》を。

ジンニーアの似姿である醜悪無双の偶像は、この数々の神秘を宿した地底の空間で、大《だい》盤石《ばんじゃく》のように動かず、岩室の地盤に根をはるように蛇身の尾と下肢をはって、立っています。

この神秘の岩室で。地の底の底の子宮《こつぼ》のように展《ひろ》がる神殿で。

神秘をもっとも奇蹟《きせき》として顕現させるのが（邪教の信徒たちに体験させているのが）、空間の隅の、四つの石室。

四つの岩窟《がんくつ》。

形態《かたち》さまざまな守護者を棲《す》まわせた、四種類の夢の場所。

その守護者を……斃す？

なにかがおかしい。

アーダムは蘆薈《ろかい》（アロエ）の味を口に感じました。アーダムはじっとしていました。考えていました。偶像のらんらんたる紅玉《ルビー》の視線のとどかない、岩室の地盤の窪《くぼ》みの涯《は》てを、闇を見すえていました。

ある誓いをアーダムはたてます。すさまじいばかりの規律。常人にはとても実行不可能な、あきらかに（その肉体の）死と隣りあわせの掟《おきて》。血の規則《きまり》。しかしアーダムの超人的な精神力をもってすればあるいは遵守することも――百に一つ、千に一つの確率ならば――できないわけでもないであろう、そうした極限の規律。それをみずからに宣誓します。アーダムは不眠の誓いをたてます。いつまでか？　到着点などありません。もとめる何事かが所有《もの》になるまで、と定義するしかないでしょう。「いつまで」などという区切りはいっさい定めずに、アーダムは――不眠《ねむらず》――でいつづけることを決意したのです。

アーダムは囁《ささや》いたのです。「もはや夢路には就くまい」と。

謀略《はかりごと》の王の名において、アーダムはいま、窮極の決定をみずからに対して為します。

おれはおれ自身を験《ため》さねばならぬ。

ふたたび策を弄《ろう》するのだ。

窮極の智略を。

アーダムの壮図、その媒《なかだち》は、四種類の石室のうちの一つにありました。あすの夢の部屋、未来の夢の石室が、それです。ご承知のように、未来の夢は未来に由来しています。過去の夢に個人《ひと》それぞれの過去の断片が孕《はら》まれているように、未来の夢には未来の断片がふくまれています。ならば、とアーダムは臍《ほぞ》を固めたのです。もしも事情《こと》のしだいが判然とする将来の一日まで眠らずにおれば――運命の矢が到来し、あらゆる真実《まこと》がおれによって把握される刹那《せつな》まで、一度たりとも夢寐《むび》に就かずにおれば——あの「あすの夢」の石室で、この現下《いま》にも無数の示唆が得られるのではないか？

示唆が、未来のじっさいが、おれが撲《う》たれている疑念といらだちに解答をあたえるような、せめて解説をなすような無数の証拠《てがかり》が。


夢はいずこより参るのでしょうか？　時間とは、どこがはじまりで、どこが終わりなのでしょうか？　アーダムは（ひとことで申せば）因果を逆転させようとしています。アーダムは、運命《さだめ》のそのさきを認める某日まで「不眠《ねむらず》」でいることを決意し、謎のいっさいが判明する時節《とき》がいたれば、寝るのだと決めました。それまでは微睡《まどろ》みをすら拒否して、夢のささやかな——一瞬《ひとまたたき》の、現実への——混入もあまさず拒絶して、覚醒《かくせい》しつづけると腹を据えました。運命のそのさきを知ってから、はじめて夢見る。その夢の断片は、いま、手に入る。強靭《きょうじん》な精神力と肉体の限界への挑戦によってしか獲《え》られぬ遠い将来の真実が、いま、獲られるのです。しかし、いまという瞬間に獲得された未来の断片は、ならば現在の一部と化して、それが（その無数の証拠《てがかり》が）遠い将来でなければ手に入らなかったという事実を、変えてしまうのではないでしょうか？

かもしれません。そうではないのかもしれません。わたしにいえるのは、アーダムのような超人は——この人物《もの》がいかに比類のない邪悪の権化であっても——時空の因果律を変形しうるという可能性です。

もしも、それが超克の意志によって達成されたならば、ですが。

いずれにしても、アーダムはこうして、蛇のジンニーアによって今後の同衾《どうきん》をはねつけられて二十七番めの憑代《よりしろ》（メソポタミアの乙女）を白骨に変えた日に、阿房宮の地下にひろがる「迷宮」という名の生《い》け贄《にえ》の装置にあまたの犠牲者を誘《おび》きよせている策略《わな》を、策略の焦点にあるものを、みずから利用します。

岩窟の一室《ひとつ》を。

その神秘を。

かつてない覚悟をもって。未来の夢の石室の扉に（それはヒヤリともフワリともグニャリともするふしぎな感触の扉《バーブ》でした）ふれたのです。

いっきに押しひらいて内部《なか》に入ります。虚無に対する恐怖は、なかったのでしょうか？すなわち死の恐怖は？　おのれがつぎの夢を見るまでに死んでしまうという、明確な予示に対する恐れは？　いえ、ありませんでした。躊躇《たじろぎ》などは、いっさい。たしかに未来の夢を見るべき空間になにも見なかったとしたら（空々漠々たる、虚無しか見なかったとしたら）、死期はまざまざとアーダムそのひとに告げられてしまうわけですが、恐懼《きょうく》などいっかな、この場面では懐《いだ》いておりません。

そして、アーダムの視界は半人半蛇の精霊を

精霊を、視て
精霊は男で
宙に浮き
腰から下は
蛇身
蛇類の瞳《め》
瞳《め》（邦訳者註：先行する数行はタイポグラフィカルな詩のようにレイアウトされていて、この後には若干の空白ページがつづいていた。個人的な感想だが、この視覚効果はあまり活きていないとぼくは思う。そういうわけで拙訳では（このように）口をはさむにとどめ、レイアウトは採用しない）

アーダムはついに未来と邂逅《かいこう》します。この夢について、わたしは語ることができます。聖なる血統につらなる夜の種族のあいだで記録され、譚《かた》り継がれてきた夢であり、この妖《よう》術師《じゅつし》アーダムの物語のかなめとなる夢だからです。もっとも、夢は無始無終《むしむしゅう》の現象、理路整然と言語《ことば》に換えることはできません。わたしにできることは、感触をつたえること、ようするに物語り師の本分から離れて、物語らずに手ざわりを抽出して、欠片《かけら》と象徴を告げることです。

アーダムに見えたもの、それは三つに要約できます。一つめは「怒り」です。瞋恚《しんに》にして恚恨《いこん》、腹だちというものをとうに通りこして、いまでは涯《は》てなき憎悪に変じてしまっている、積年の忿怒《ふんぬ》。これが未来の夢の第一の相《かたち》をなしていました。二つめは饑餓《きが》感です。すなわち「餓《う》え」。なにに対する饑餓感かといえば、それは眠りに対するものでした。睡眠を欲して、ひもじい、ひもじいと苦痛の叫びをあげている、耐えがたい飢《かつ》え。そうです、この未来の夢を夢見る瞬間《とき》まで――それがいつのことなのかは定かではありません――アーダムは眠らずにいたのです。誓いを守り。おのれに対して立てた誓いを死守して。

永続的な饑渇《きかつ》の状態で。

この塗炭《とたん》の苦しみが数々の情景、形象を編んで、夢の第二の相《ありさま》をなしていました。

最後に三つめの相《すがた》があり、これは反復される「図像」であって、いままでに陳《の》べた二つとはおおいにかたちを異にします。スライマーンの印璽《いんじ》（三角形を二つ組みあわせた、いわゆる「ダビデの星」。ヘブライ人の象徴で、イスラエルの国旗にもちいられている。スライマーンとはソロモン賢王のこと）が何度も、何度も、アーダムの未来の夢のなかに顕われたのです。鮮烈な「図像」が、細部まで鮮明なスライマーンの印章の映像が、反復されて、反復されて。

図章が。

これがアーダムの出遭《であ》った未来。

運命《さだめ》の鉄槌《てっつい》に殴られて、気がつけば石室の外側に弾《はじ》き飛ばされ、未来の部屋の扉は目のまえに鎖《とざ》されて、アーダムは地底神殿の窟《いわや》の床に倒れていました。アーダムの脳裡《のうり》に、目撃して体験したばかりの未来（の断片）がひらめきつづいています。まどろみを棄て、夢寐《むび》を拒絶し、将来のアーダムはその将来に属する感情と記憶と肉体の経験した情報《もの》の一部をここにいるアーダム、過去のアーダムにあたえたのです。それは烈火の忿怒にして憎悪であり、痛苦であり、耐えがたい飢《かつ》えであり、ありとあらゆる負の状態でした。そして第三の相《かたち》である反復するスライマーンの印璽でした。当惑して指さきを齧《かじ》り、アーダムはあふれでる血を嘗《な》めます。

しかし、惑うのもしばしのあいだ。

窟の岩盤より半身をもちあげ、起《た》ち、アーダムはほどこす術の準備をします。ゆるりと。

みずからを術の対象とした施術《せじゅつ》。

それは蛇のジンニーアより習いおぼえた啓示の業、邪宗徒たちをこの石室の空間でうならせて妄信者に変えた秘儀の一環、つまりアーダムが偶像の祭司の座を（あの老婆、あの醜怪な魔女の神官より）奪って以来、何百回とおこなって経験をつんできた夢判断の妖術に、ほかなりません。

そしてアーダムは夢を釈《と》きます。
正確に。完璧《かんぺき》に。
わかったのです。
アーダムは豺《やまいぬ》のように咆哮《ほうこう》し、地の底の底の、無人の窖《あなぐら》の空気を震わせました。
そこには嗚咽《おえつ》さえいり雑《ま》じっていました。

3

そこで口を閉ざされるとは、聴衆のだれも思っていなかった。しかし、空はたしかに払暁のときをむかえつつある。東雲色《しののめいろ》から、赤みをうしなった黄色に、そして白に、夜明けの白に。

しらじらと、夜は明け離れる。

薄明のなかで（いや、室内に灯火《ともしび》はあったのだが、しかし）三人の聴き手は、ひと晩の長きをつづいた第三夜の物語から弾きだされて、身じろぎもしない。

それでどうなるのだ、なにを見たのだ、アーダムは、未来の夢とその夢判断によって――、とは問えない。惘然《もうぜん》と彼らの全員がうつつに復《かえ》れずにいたためというよりも、ズームルッドが夜陰のおとずれているあいだにしか口をひらかないと、すでに前二夜の経験できっちり諒解《りようかい》していたためだった。太陽《ひ》は夜の種族に敵対する。あるいは「物語」の蠱惑《こわく》の燿《かがや》きに敵対する。だから――

しかし、この夜は、ズームルッドはひとことだけ、つけ加えた。

「あと一夜でアーダムの物語は終わります」

と。

夜間には隔離される街区《ハーラ》。しかし太陽《ひ》のしたで門扉がひらいても、この邸宅から書家とそのヌビア人の下僕がたち去ることはない。ズームルッドの聴衆である三人のうちの二人は。まるで彼らもまた、夜の種族と化しつつあるように。

カイロをとり巻いている現実から隔離されて、いわば現状に対する記憶喪失におちいりながら、千載《せんざい》の往古のアーダムの生涯を旅する者たちは義務《つとめ》を果たす。

その砂の年代記の第一章を文字に変える。

書に。

書物に。

すでに三夜にわたる睡眠不足によって充血した目を、しかし憑《つ》かれたような歓びによって輝かせながら。

幻想物語の迷路のなかを——阿房宮《あぼうきゅう》の地下を摸《も》した迷宮のなかを——書家とヌビア人の下僕もさまよいながら。

だが、それでは彼らは生《い》け贄《にえ》になるだけではないのか？

夜が朝《あした》に代わり、朝《あした》が夜に代わる。

第四夜は訪れる。

٤

はや四夜めとなりました。

わたしはあなたがたの瞳《ひとみ》に疲労を感じます。まなざしが熱意とともに過労をつたえます。すでにお仕事《つとめ》によって疲れは困憊《こんぱい》のきわみに達しているのではありませんか？　もちろん、わたしたちは揃って秘密の書物を生みだそうとしているのですから――それは『災厄《わざわい》の書』という名前でした――寝不足になるのはいたしかたないこと。そのために力を協《あわ》せているのですから。ただ、周知のとおり、眠りが絶対的に欠乏することは人間《ひと》に悪影響をおよぼします。その精神を滅ぼし、その肉体をむしばみます。正邪を不分明《ふぶんめい》にして惑乱にいたらせます。ですから、これは第二夜と第三夜のあいだにもアイユーブさまより提言されていたことですが、わたしはそろそろ、ようすを見ながら一夜ぶんの譚《かた》りを減らしましょう。

いったい、眠りを冀求《ききゅう》しない人間はありません。

この事実をもっとも嚙《か》みしめている者が、ほかならないアーダムでございます。

アーダムは眠りません。おのれに課した試煉《しれん》に、アーダムはひたすら耐えます。わかっていたことではありますが、それでも苦痛は想像をはるかに絶します。まず「不眠《ねむらず》」の三日め、四日めに入ったあたりで過酷さの第一の山があり、この後、ほんの数日間の凪《なぎ》のような谷の時期に入ると、あとは責め苦がそのどあいを増すばかり。一瞬でもやわらぎがあったりはしません。山、また山、また山、また山です。人間《ひと》のからだは、眠らないでいられるようにはできていないのです（なぜならば不眠はアッラーおひとりの御業《みわざ》なのですから！）。このように、アーダムが挑んでいるのははなから不可能事と定《き》められた試煉でしたが、アーダムは強力にして不可避の睡眠《ねむり》の誘惑に陥《お》ちず、意力によって本質的な困難にたちむかいます。

まずは一週めを経過し、ついで二週め。さらに三週めをのり切って、ついに、ひと月め。言語を絶する肉体的苦行に、アーダムは挑戦して、瞬間しゅんかんに勝利をおさめつづけています。

みずからの肉体の羊飼いでした。おのれの不寝番《ねずのばん》でした。決意だけではとうてい達成できぬ行為《もの》を、しかし決意だけで実践するのです。誓いを実践し遂行するのです。みずからを験《ため》すために、おのれの番人となって。痛苦を抑えつけます。誘惑を断ち切ります。アーダムの内側《なか》には燃えさかる瞋恚《しんに》のほむらがあり、いってみれば煮えたぎる内臓《はらわた》があり（ただし、その「怒り」の母胎なり、発生源なり、きっかけとなった夢判断の結果について、わたしはまだ語っていませんが)、それらがいつだってアーダムを掩護《えんご》します。いかに、睡眠不足がその目を真っ赤に血走らせ(いまでは「赤い目の王」とも綽名《あだな》されていました)、その皮膚を黄ばませても。

それでも。

日と夜がまわります。

ふた月め、睡魔とアーダムの格闘《かくとう》は、さらに壮絶の域に達します。時間は暴力です。つみ重なればつみ重なるほど――もしも時間が堆積《たいせき》するものならば、ですが――睡眠《ねむり》へのいざないの力は増します。物理的な暴威となります。睡眠の欲望ははっきりとした饑餓《きが》となってアーダムという肉塊《にっかい》を内部から食い荒らします。すなわち「餓《う》え」です。

そのひもじさ。

そのひもじさ。

ふた月めが経過します。

アーダムは眠りません。同時に、アーダムは気づかせません。二十七番めの憑代《よりしろ》を白骨に変えたあの日、地底神殿の岩室で、未来の夢とその夢判断によって、なにごとかを自分が了《さと》ったことを、蛇のジンニーアに覚《さと》らせません。なにを見たのか、いっさい、おもてにはださず、邪神に察知させず、以前からの敬神の態度をわずかも変えないようにして、事《つか》えます。

アーダムは破壊の妖術《ようじゅつ》を学びます。四つの夢の石室を護っている、魔妖の蛇族を斃《たお》すための、すさまじい秘法を。ジンニーアの預言者の特権として、人間がかつて学び修めたことのないような、物体を破摧《はさい》し、いのちを死滅させる、黒い黒い色彩の魔術――冥《くら》い冥い悪魔の智慧《ちえ》をわがものとしはじめたのです。

恩寵《おんちょう》として。蛇のジンニーアからの恩寵として。

もはや処女《おとめ》との無上の交会《まじわり》はかなわないけれども、そのかわりに。

なにかを損なわせるという意味では、ほとんど全能となる魔術を修めます。

アーダムは超人でした。アーダムは空前絶後の妖術師でございました。あらためて蛇のジンニーアが試験するまでもない。そのアーダムが破壊の妖術を――闇黒《あんこく》の秘法を、あらいざらい――専心学修し、そして眠らず、そして邪神に肚《はら》のうちを気づかれず、察知などさせず、演技の天才をいまこそ花ひらかせて、雌伏の期間《とき》をすごします。

眠らず。

睡《ねむ》らず。

しかし「餓え」は咆哮《ほうこう》する。

肉体のなかに滓《おり》は蓄積します。それは時間の滓であり、現実の残滓《ざんし》です。本来ならば夢として、解き放たれなければならない類《たぐ》いです。夜に、眠りのなかで。あるいは午睡でもい。しかし、それがアーダムにはできない。許されていない。アーダムはしだいに現実のなかに睡眠《ねむり》の影を見るようにもなります。未来と過去の順番に逆らう——因果の連鎖に対決する——アーダムの挑戦は、こうして第二期に入ります。

宿敵は時間です。ひまをもてあませば、睡魔はアーダムを喜んで啄《つい》ばみます。宿敵は退屈です。ただ一瞬でも倦怠《けんたい》をおぼえれば、たちまち、アーダムは敗北して饑餓感に精神《こころ》までしゃぶられる。本人すら自覚せずに惰眠に陥ちる。ならば、対策は？　目のまえにある瞬間に集中し、睡魔などつけ入らせないこと。どのような種類でもいい、歓びというものを追窮し、それに淫《いん》すること。

意識をあまさず対象にそそいで、没頭して「餓え」をちかづけない。

いかにしてアーダムがこの時期をのり切ったか。アーダムの凄絶《せいぜつ》な意志力を併《あわ》せて想像していただければ、あとは二、三の挿話でじゅうぶんでしょう。まずは女です。蛇のジンニーアの憑代から閨《ねや》ごとを拒否されて、しかし、そのいっぽうで「だれと寝ようがけっこう」といいわたされておりましたので、淫欲に目覚めたアーダムにとっては情交《まじわり》というものが長い夜を埋める恰好《かっこう》の材料となりました。アーダムは、ひと晩に三十人の処女《きむすめ》を抱き、ひと月に九百人ぶんの初鉢《あらばち》をやぶりました。種《たね》のない精液を情け容赦なしに未通女《ていらず》の玉門にそそぎこんで、あまたの若い、あまい肉体《からだ》をむさぼりました。わずか数週間を経るだけで、ゾハル市内からは器量の上等な処女はうしなわれ（なぜならば半数はアーダムの陽物《もちもの》によって純潔を奪われ、半数はただちに域外に遁《のが》れたからです)、未婚の娘という娘の顔が黄ばみました(絶望と恐怖のために)。アーダムは強制的に臣民に命じて処女ならずともうら若い美女であればこれを召しあげ、既婚の婦人たちには姦通《かんつう》の大罪を犯させました。さらに宏《こう》大《だい》無辺の帝国領内の西東《にしひがし》、急使を派遣して何百人、何千人という乙女を所望します。

無慈悲に。

情欲の処理に没頭します。

凌辱《りょうじょく》をつづけます。

夜は長いのです。何人、何十人の乙女をひと晩に交代させようと。睡眠《ねむり》の喪失したアーダムの夜は長いのです。

それは夜ですらないのです。

アーダムと雲雨《うんう》の契りをむすんで、その後に棄てられた乙女らの何割かは、恥辱に耐えきれず(あるいは純粋な苦痛の念から、アーダムの醜怪さにふれた衝撃から、あるいはアーダムに皮膚《はだ》をふれられて姦《おか》されたことの嫌悪感から)自害しました。

父親に、あるいは夫に、殺された者も多いといいます。

家名の汚点《はじ》として。

たちまちアーダムの悪名《あくめい》と虐政家としての評判は、天下に轟《とどろ》きます。かつては「暴虐ではあるが無法ではない」と評されて支持されてもいた大王《スルターン》は、あらかた名声を墜《お》とします。

しかし、最高権力者です。逆らえる者などおりません。叛乱《はんらん》は依然として死を意味します。ですから、人びとは——ゾハルの市内からその域外に、帝国の領内からその域外に——遁《のが》れるのみ。

荒廃ははじまります。

ゾハルの失墜が。

帝国の凋落《ちょうらく》がはじまります。

人びとはアーダムを蛇蝎《だかつ》視します。あらたな綽名が生まれます。そのものずばりの「賤《いや》しき王」。手あたりしだいに女をむさぼる主権者は、いまでは「赤い目の王」から名を変えて、領地内のもっとも下位の賤《しず》の男《お》として、民草の舌のうえで囁《ささや》かれるのです。

睡魔。忍び寄る睡魔。むしばむ睡魔。数カ月もすれば、婧《まじ》わりにも倦《う》みます。アーダムの陽根《いちもつ》も擦り切れんばかりにつかいこまれました。もっとも、まるっきり女体に飽きてしまうというわけではございません。愉しむ相手はひと晩に数人でじゅうぶん。三十人では、刺戟《しげき》が絶えて、まどろみの危険が迫ります。

ですから、あたらしいかたちの欲望に走るのです。

第二の挿話。

それは妖術師としての伝説を生むものです。

アーダムは阿房宮の地下に彷徨《ほうこう》しました。ときに短時間。ときに長時間。迷宮をさまよいました。手ずから該博な知識をもった建築家たち——工事の指揮者たち、阿房宮の建設者たち——に命じて造らせた迷宮の、魔妖《まよう》が棲《す》みついた部分に侵入したのです。夢を見られない、その代償に、悪夢そのものである迷宮に立ったのです。

そうです。この（アーダムの王宮の）地下迷宮は、着想のはじめより「夢の建築化」を意図して、支離滅裂に拡大をつづけている奇想の空間でした。アーダムは睡眠《ねむり》の誘惑を無効にするために、この——起工はあっても竣工《しゅんこう》はない——発展と同時に破綻《はたん》をめざしている——未完の工事の現場にただひとり、彷徨したのです。

魔妖と戯れはじめたのです。

徘徊《はいかい》する魔霊《マーリド》と。

あらゆる奇態なかたちをした化物《グール》と。

瘴気《しょうき》のなかを、散策して。

無数の扉のむこう、無数の通路の涯《は》て、無数の階段の上部《うえ》と下部《した》、あらゆる辻《つじ》に立ち、あらゆる分岐点《わかれめ》に立ち、アーダムは無際限の地下迷路で、魔物狩りをはじめました。

狩猟《かり》です。

得物はもたず、ただ妖術のみを得手具足《えてぐそく》として。

破壊の秘法の腕試しです。

アーダムは無聊《ぶりよう》という名の睡魔をよせつけないために、魔物を狩るのです。戮《ころ》すのです。実地に学び了《お》えたばかりの魔法を試して、その威力のほどを愉しんで、手あたりしだいに迷宮の魔妖を猟《か》るのです。

もちろん、わざと危地に（ぎりぎりの窮地に）足を踏み入れつつ。

夢の臓腑《ぞうふ》としての迷宮に、化物《グール》と魔霊《マーリド》の絶叫が響きます。

魔物が息絶える——ああ、その瞬間、アーダムの内部《なか》に残虐な恍惚《こうこつ》があります。

恍惚、それが退屈を遠ざけます。人間《ひと》を殺すことにも恍惚があることに気づいて、アーダムは無造作に、周囲にいる信徒や廷臣を血祭りにあげはじめます。犬のように殺し、蹴《け》殺《ころ》し撲殺し、縊《くび》り殺します。気ままに奴隷を惨殺して、召しあげた処女《きむすめ》を用ずみとなると閨房《ねや》で虐殺します。すでに一歳《ひととせ》にも達する「不眠《ねむらず》」のための、強圧的な苦悶《くもん》がその悪魔的《シャイタニ》な暴威をふるうとき、アーダムは、——自分が責めさいなまれるならば、だれかを責めさいなもう——、と矛先を他者《ひと》にむけるのです。こうした反応は動物的（駄馬や役牛的）なまでに単純で、直截《ちよくせつ》で、アーダムにとって正義でした。おわかりでしょうが、とうにアーダムは常軌を逸していました。ですから、間《ま》のわるい大臣《ワジール》がいれば（不運だったというだけで、理由もなしに）大臣《ワジール》の一族郎党を皆殺しにしましたし、同様にあまたの残虐行為を謳歌《おうか》し、拷問の祭典を堪能しました。それについては例を挙げたいとも思いません。

おぞましい嗜虐《しぎやく》の季節、しかし、アーダムの体内にある「餓《う》え」はそれでも已《や》まず、またも物質化した睡魔は襲いかかります。まるで種類を異にする作業に、アーダムはとりかかります。ようするに、没頭できる対象があればよいのです。淫《いん》することのできる歓びがあればよいのです。

第三の挿話。

アーダムは混濁を見せはじめた意識を、ひと条《すじ》に束ねるために、頭脳に対する働きかけをおこないます。アーダムは著者となります。アーダムは筆を執って、一冊の書物を編みはじめるのです。これは魔法書でした。百章と一章の断片からなり、アーダムが蛇のジンニーアから学びとった、そして現在も学びとりつつある、人類の目にふれたことのない高位魔術ばかりを蒐《あつ》めて陳《の》べた一冊でした。魔法知識の解説書であり、ある意味では闇黒《あんこく》の地図です。ばあいによっては闇の諸力を擡頭《たいとう》させるものです。危険な、破滅的な、そして蛇のジンニーアが門外不出とした——いうなれば一子相伝の——秘匿された情報を、あまさず書き留めるという破約の行為です。この裏切りの感覚は、もうしぶんない。ひやひやと戦慄《せんりつ》させる比類のない昂奮《こうふん》があり、アーダムのなかの屈折した感情をみたします。なにより、執筆には困難がともなって、それがアーダムを没頭させます——この頭脳労働に。

古来、名の知れた妖術師《ようじゅつし》の何十人、何百人もがそうしたように、アーダムは秘術を文字のみで（もちろん図形などの助けも借りて）表わそうとするのですが、その挑戦のなんたる難《かた》さか。アーダムはまず、ペルシアの拝火教徒（ゾロアスター教徒。つまりインドにおけるパーシ教徒）たちの、あるいは古代バビロニアの、ヘブライの、さまざまな魔法書を大王《スルターン》の権限でもって奪い、瞥見《べっけん》したのですが、術の幼稚さと表現の未熟さに嗤《わら》ってしまいます。あいまいな表象ばかりがあふれ、実践的でなどあろうはずもない。ところが筆を執り、みずから会得した数々の妖術をことばに変えようとすると、たちまち、執筆が《これ》いかに至難の業であるかが納得されます。本来、こうした妖術の類《たぐ》いは筆（すなわち文字、すなわち書物）によって解説がおこなわれるようにはできていないのです。それは馬術を文字のみによって修得させようとするのにちかい、あきれた挑戦です。はっきりいえば莫迦《ばか》げた試みです。しかし、それほどまでの難題だからこそ――アーダムの熱意と、専心ぶりは昂《たか》まります。

数冊の写本を手がかりに、これを下敷きにして、アーダムはより強度のある実践の一冊を摸索《もさく》します。はじめは護符、結印、粉薬の製法、呪文《まじない》といったものを明かして、より秘められた根源に肉薄する。それから、一行一行、一章一章、思案に思案を重ねて、推敲《すいこう》に推敲を累《かさ》ねて、高度にして破壊的な秘法の内奥にわけ入る。おのれの体験をふり返り、ふり返りながら具体的に記述し、用意周到に、手引きする。

異界の秘儀を説き明かす所業は、その困難によってアーダムから睡魔を遠ざけます。

執筆のあいだは、内側から、しめだします。

註解に註解を層《かさ》ねて、しだいに量《かさ》を増すこの一冊を、アーダムは愛します。筆によって不可能を可能にしつつある大著を。それゆえ、アーダムは造本にも凝ります。アーダムのなかにすでに倫理は不在となっておりますから、アーダムは退屈しのぎの拷問によって生み落とした犠牲者の皮で、人皮で、装訂を手がけました。素材に凝り、意匠に凝り、数章では血を、墨の代用としました。

魔性の書物。

嬉々《きき》として、アーダムは魔性の書物を創りだします。

すでに執筆を了えた部分《もの》と革装の表紙、背、内扉、その他の材料は、螺鈿《らでん》をちりばめて貴石を嵌《は》めこんだ函《はこ》にたいせつに、たいせつに納めて。

その治世。アーダムの暴戻《ぼうれい》のために世界《このよ》は死に瀕《ひん》します。世界《このよ》に害毒はあふれて、その一つひとつがアーダムという名前に染まっています。

人びとの口は呪詛《じゅそ》に満ちます。

怨嗟《えんさ》の声があふれます。

傲然《ごうぜん》と、傲然と、統治者はかつてない邪悪を達成します。

歳月《とき》はすぎ、アーダムが睡眠《ねむり》を避けてから、ちょうど一年半が経過しました。この間《かん》、アーダムはずっと、未来を過去に送るため、ただ現在を生きてきたのです。生きつづけてきたのです。しかし、とうとう誓いの成就される日が、到来《きま》した。ことばを換えれば、目途《もくと》に達する瞬間が。

この日、アーダムのまえに妖術の教師として立った蛇のジンニーアの憑代《よりしろ》は、このように歌を口ずさみました。

ようやく出口にいたります
長い長い　修行の道の
あなたもここまでやってきた
蛇の息子よ　アーダムよ
前代未聞の妖術師
空前絶後の妖術師
さあさあ免許皆伝よ
試験は本日　会場《ば》はこちら
この岩室《いわむろ》で　試しましょ
もろもろの術をすべて容《い》れ
もろもろの業《わざ》を統《す》べて繰《く》り
記録破りになったか否《いな》か
わたしに見せてくだしゃんせ

「ああ、ついに！　待望の日はやってきましてよ！　どれほどの魔力をあなたがわがものにし、どれほどの域に到達したのか、いよいよたしかめられる時機《とき》！　おわかりですわね？　この岩室の四隅の石室に、いよいよあなたは闖入《ちんにゅう》するの。まあ、いきなり全部とはいわないけれど……それでもあなたは闖入するの！　なにしろ、この機会《とき》のためにジンニスタン（魔神らの国とでも訳すべきか？）の秘事をあかして、しょせんは人間にすぎないあなたに秘法をあらいざらい伝授《つた》えたんだもの。いったい、どれほどの智慧《ちえ》を教示したのか、それはもう魂消《たまげ》ちゃうほどよ。ぶっ魂消て、なみの魔神《ジン》なら驚いて胆嚢《たんのう》がはり裂けちゃうわね。もう、ぜったい！　ああ、ああ、昂奮してきたわ！　さあ、アーダム、征《い》ってらっしゃい！　古今未曾有《みぞう》の記録に、挑戦してちょうだい！」

「では、ついに！」

「斃《たお》すのよ！　あっちとこっちとそっちと、それからあっちの石室にいる守護者を、殺しちゃうの！」

蛇のジンニーアは（憑代の口をとおして）アーダムに、できるかしら？　あなたにできるかしら？　と挑発するようにたずねます。これに対し、アーダムは、

「わたしは蛇神《へびがみ》さまの下僕でございます」

と慇懃《いんぎん》に応じます。一歳《ひととせ》と半年のあいだ、眠らずに眠らずに一睡もせずに生きてきて、肉身《からだ》のなかには憎悪と怨恨《えんこん》と饑餓《きが》と狂気が渦巻いているというのに、ジンニーアのまえで

の演技は、依然として完璧《かんぺき》です。あらゆる感情を滅して、理想的な預言者として事《つか》え、ふるまいました。これはアーダムの本性《さが》であり、その精神力はあらゆる妥協を恕《ゆる》さず、立てた誓約《ちかい》の遵守に邁進《まいしん》するのです。

いわずもがな、あの不眠の誓いと、それに附随する各種の行動律に。

「ようござんす」と蛇のジンニーアは満足げに申しました。「それでは、ちょっと示唆《たすけぶね》をだしましてよ。あのね、アーダム、いちばん簡単に魔力で（つまり破壊の妖術で）討ち破れるのが、海のものの夢の石室にいる蟒蛇《うわばみ》の守護者よ。あの大海の蛇。だから、これはまっさきに試してみなさい。ついで、両雄ならび立つのが（あら、この表現はおかしいかしら？）二種類の、きのうの夢とあすの夢の石室にいる精霊。あの半人半蛇の男女のひと組ね。どちらが斃しやすいということはないんじゃない？これは夢との闘いであって、あなた自身の魂の問題となるから。ううん、むずかしいわね。でも、あなたの内面にある卑劣さや、悲劇の運命に直面しても、めげないでね。さらりとやっつけちゃいなさい。あと、最後の一室だけど……」

「森のものの夢、の石室でございますか？」

「そう。あの竜。あの竜は、ちょっとね。現在《いま》のあなたにはむりだから、あとにしましょう」

「むりとおっしゃいますと？」

「妖術《ようじゅつ》では太刀打ちできないのよ、巨竜《あれ》は。だから、あなたの実力を見きわめる試金石には、ならないでしょう？　関係ないでしょう？　わたしも提案をだしたあとに（あなたの才能の比類のなさを見たいから、守護者たちと四つに組めるか試験したいって）、これはちがうなって考えなおしたの。だから、巨竜《あれ》は放っておいて。さあ、ほかに質問は？　なければ、征《い》ってもらうわよ」

「合点《がってん》です！　征きます！　おお、蛇神《へびがみ》さま、わたしもまっていたのです。この日を。時《と》機《き》を。わたしも待望していたのですよ。永《なが》かった！　永久にも感じられた！　でも、いよいよ、とうとう！」

　アーダムは不眠の「餓え」によって充血しきった眼《まなこ》をギラリ、ギラリと底光《そこびか》らせながら歓喜の叫びをあげます。

「ああ、野心があふれます！　試してよいのですね？　この魔力を、試してよいのですね？　野望がわたしの肉体《からだ》を食いやぶります！　母神《ははがみ》さまより授けていただいた秘事のすべて！　いまこそ、人智を超えた智慧を授けていただいたという吾《あ》が負債を、返済いたします！」

　こうしてハワル（男性の踊り子。女装して舞う）が大地を踏むように軽躁《けいそう》に、ハタッハタッとすすむ足どりで、岩室のひと隅にむかいます。蛇のジンニーアの助言を容《い》れて、めざすはまずは海のものの夢の一室。海原《わたつみ》の蛇の護る石室です。

期待に胸躍らせると宣言したジンニーアの憑代が見守るなかで、アーダムは例のふしぎな感触の扉《バーブ》のまえに立ち、さて、押しひらくのかと思えば、

「はて、はて」

といって、なぜかそこでふり返りました。

「蛇神《へびがみ》さま、わたしはさきほど訊《き》き忘れておりました」

「なんだって？　なんのことざましょ？　こりゃアーダム、なぜそこで立ちどまる？」

「ほかに質問は？　と問われたのに、訊き忘れていたのでございます」

「ああ、もう！　こんな佳境の場面で、興趣を削いで！　この、痴《し》れ者の、うっかり屋！　いったいなんですの？　さっさと訊きなさい。たずねなさい。そうして侵入《はい》ってちょうだい！」

「わたしめの授かった恩寵《おんちょう》でございますが」とアーダムはことばから躁的な響きを消失させて、ひややかな、一種抑制された囁《ささや》きでつづけました。

「恩寵？」と蛇のジンニーアは怪訝《けげん》そうな声で、アーダムの言を反復します。

「この古今無比、無双の妖術でございます。これは、いったい、どれほどの威力をもつのでしょう？」

「だから、それを実地に試すのでしょう？」

いらいらと、蛇のジンニーアは応じます。

「むろん承知してはおりますが」とアーダムは柳に風とうけながして、ことばを継ぎます。

「なにしろ生命《いのち》をかけているのは、このわたしめでございますので。ざっと具体的に把握したいのです。魔神めいた守護者をひと柱《はしら》、打倒できるというのは、地上のものを破壊する行為《こと》に譬《たと》えれば、どの程度のことなので？」

「そりゃもうすごいわよ。なんでも壊せちゃうし、崩潰《ほうかい》させられちゃうし、天変地異だって起こせるわ。地上の王国の三つや四つは、容易に亡《ほろ》ぼせるわね。それが人間のならね。だから、そのへんの魔神《ジン》なら肝をつぶすっていったでしょう？」

「それはすごい」

「すごいのよ」

「さては、このようなものも――」

とつぶやいて、アーダムが指さしたのは蛇神の偶像、この地底の祭殿空間の中心に矗《そび》える、もはや再度描写するのも厭《いと》わしいゾハルの本尊、人面蛇身の彫像です。紅玉《ルビー》の双眸《そうぼう》から妖《あや》しい光線《ひかり》を放って、岩室ぜんたいを照らしている、邪教徒らにとっての絶対的権威の象徴です。

窟《いわや》の岩盤に根をはるように、どっしりと、その基盤を地面にすえた――。

「ぶち壊すのは、たやすいのでしょうな」

「こりゃアーダム、なにをおっしゃるの？」

「いえ、いえ、たとえばですが」

「冒瀆《ぼうとく》よ！　譬えばなしにもなりゃしません！」

「はて」

ふいにアーダムの表情が変わります。顔色が変わります。どす黒い、どす黒い、その膚はスーダン人（ここでは漠然と中央アフリカや西アフリカの黒人を指している）よりも濃い黒に変じて、ぞっとするものを醸成します。

「譬えひとつで冒瀆ならば、さらりと毀《こわ》して、その破壊をじっさいに為したとすれば、これいかに」

ぶわりと、魔力が暴威をふるいました。刹那《せつな》のできごとです。ほんの一瞬の呪文《まじない》と、所作《みぶり》とで、ああ、ゾハルの邪宗の本尊である偶像は——ちぢに裂け、砕け、あらまし砂粒のごときとなり——素材であった緑玉石も、紅玉《ルビー》も、橄欖石《ペリドット》も、鱗《うろこ》を摸《も》した銀に純金の装飾も、真珠も、象牙《ぞうげ》も、なにもかもが——ちり——ちりぢりに——

「ああ、ああ！　なにをするの！　なにをするのでござります！」

蛇のジンニーアの憑代《よりしろ》が号《さけ》びます。

アーダムは聞いていません。

アーダムはある一点を見ています。

凝視《みつ》めています。

顕われた「図像」を――

おお、アーダムの本来的な醜さの生涯にあっても、これほどまでに厭わしい、これほどまでに醜い、これほどまでに怪異な形相を見せたことはありません。これほど忌まわしい醜貌《しゅうぼう》を示した瞬間は。アーダムの、その「怒り」、瞋恚《いかり》は、ほむらを燃やしてめらッめらッと音を立て、火の唾《つばき》を吐かせんばかり。またこの瞬間、「餓え」も、肉と皮膚を内側からやぶって、噴きだしかねんばかりに脹《ふく》らみます。

偶像が破裂し、破壊された場所に、むきだしの礎《いしずえ》がありました。

妖麗華美だった本体とは対照的に、土台をなしているのはただの鉛で、そのありふれた金属がいったいの地盤を塗りこめるようにしています。なにかを抑えこんでいます。はっきりとした凸部となっていて、あきらかに蓋《ふた》です。

蓋。

そして、この蓋には封がされ――

六星形がありました。その鉛の蓋には「図像」が。正三角形が二つ、重ねあわせられた「図像」が。スライマーンの印璽《いんじ》が（憶えておられるだろうか？　スライマーンとは旧約聖書等に登場するソロモン賢王の『コーラン』上での呼称である。このようにユダヤ教、キリスト教の伝統とイスラームは連なる）。

偶像のむきだしの礎に、アーダムは未来の夢のなかに目撃した「図像」を見いだしたのです。

「おや、おや、おや」とアーダムはいいます。「なぜ、蛇神《へびがみ》さまのご本尊の基礎に、スライマーンの印璽が？　これではまるで、封印ではありませんか？　千古の昔に、スライマーンによって征伐されたものが、禁《とじ》こめられた牢獄《ろうごく》の蓋ではありませんか？」

「いえ、はて、それは、いったい」

蛇のジンニーアの憑代は、狼狽《ろうばい》し、しどろもどろです。

「なんとも、まあ、ごていねいに隠したものです」とアーダムはつづけます。その声音はぴりぴりと火花をちらしています。「ご本尊の装飾《かざり》だけでは足りず、わざわざ蛇身の尾《お》っぽの部分は、殉教者の『骨の祭壇』など造って何重にも何重にも蓋《おお》って。巧妙だ。じつに巧妙だ。さて、なぜこのようなものが秘《かく》されているのでしょう？　わが母神《ははがみ》さまの似姿に？」

返事につまるジンニーアに、アーダムはことばによって詰めよります。

「それはですね、わが母なる蛇神《へびがみ》さま、あなたさまが地下に監禁《とじ》こめられている邪神の類《たぐ》い——この地下はジンニスタンの一領域なのでしょうが——そうした小物にすぎなかったからではないのですか？　いえ、いえ、魔族のなかではかなり大物でしょう。でしょうとも。スライマーン御《おん》みずからに封印され（投獄され）るほどですから。ですが、ああ、あああぁッ！　残念です。わたしはこの地底神殿の石室こそが、蛇神《へびがみ》さま、あなたさまの権能の証《しるし》だと信じていたのです。わたしがあなたさまを独占したいと思い、所有して所有しきりたいと思い、告白すれば愛してきたのは、あなたさまの、底なしの権勢《ちから》を、それを証明する四種類の夢の石室を、認めたから！　だが、ちがった！　これはあなたさまの為《な》した神秘などではない、千古の昔のスライマーンの御業《みわざ》！　そして、あなたさまを地底に永久《とこしえ》に封じるために置かれた、封印の装置の部分！」

「誤解ですよ！　誤解ですよ！」ジンニーアが喚《おめ》きます。

「はてさて誤解だと？　なにが誤解だ？　おお、蛇神《へびがみ》さま、あなたは知らなかったが、わたしは夢を見た。一歳《ひととせ》と半年をさかのぼる、あの汚辱の日、あなたに閨《ねや》ごとを永遠に、永遠に拒絶された日、わたしは未来の夢に未来を見たのだ。夢を解いて未来を見たのだ。とうに見た。とうに識っていた。あの『図像』が、将来の夢を構成した第三の要素であるスライマーンの印章が、なにを意味するかを。そして、みずから夢見た運命を、いま、みずから為《な》したのだ。ごまかすな。隠すな。逃げるな。蛇神《へびがみ》！　うまうまと瞞《だま》されたわい。四種の夢の守護者を斃《たお》せば、ひとつずつ、力は滅《き》えて、スライマーンの封印は解ける。それをおれにさせようとしたな？　その以前《まえ》の、おれの精子《たね》で子を孕《はら》もうとした性魔術、あれも奸計《かんけい》だな？　わかっているぞ、わかっているぞ。おまえは――」

ぶるぶるとアーダムの全身が顫《ふる》え、その蓬髪《ほうはつ》がさかだちます。

「おまえは、いずれは地上にでようと画策した。蛇は、転生するからな。蛇は、脱皮によって、生まれ変わるからな。生け贄《いにえ》さえあれば、再生しつづけられるから、スライマーンの御業によって禁《とじ》こめられた牢獄の領域にあっても、生きのびて、つかい魔の蛇をあやつって――」

じり、じり、と蛇のジンニーアの憑代にアーダムは迫りよります。

「この処女《きむすめ》のように憑代を生んで、憑代を生んで（とり憑《つ》いて動かす人間を生んで）、邪宗の教団を作って、以来、何千年か？　ほう、ほう、信徒を獲得するのは簡単だったか。スライマーンが用意した四つの夢の空間を、自分が造ったものとして偽れば阿房《あほう》は騙《だま》されるからな。おれのように！　こんなすごいものを造った神なのだ、だからわたしを信じて生け贄を捧げるのだよと、盲信した阿房どもの耳もとで囁《ささや》きかければよいだけだ。なんと！　簡単だ。そうして、まったか？　何千年も。おれのような人間《もの》がでるまで。おれのような人間《もの》に邪宗をひきいさせ、それ以前とは比にならない量の犠牲《いけにえ》を得て、力を獲《え》て、スライマーンの聖印を捺《お》された地底のジンニスタンから、性魔術をおこなって、おれの精子《たね》で子を生《な》そうとした。おれの妖術師の血と、精神《こころ》はおまえである憑代の肉から、一体の赤子を作り、蛇であるおまえはその赤子として生まれ変わろうとした。だろうとも？　だろうとも？　しかし、むだだった！　おれはおまえに罵倒《ばとう》されるほどの、種なしだったからな。そこで、おまえは――方向転換か――人類にはできるはずもない業を試させようとした。夢の石室を守護する者たちを斃して、封印を無効にしようと――」

「できないというわけじゃありませんよ」と蛇のジンニーアは応じました（すこしでもア

ーダムの怒りをやわらげたいと思ったのです）。「ダーウド（ダビデ）の御子《みこ》スライマーン王はね、意図をもって封印を造ったんですよ。あのね、人間には期待していたんですよ。わたしはスライマーン王によって監禁されたわけですけれど、心の義《ただ》しさと、比類のない智慧《ちえ》と、武芸の達者さと、さらに運命の書に記された善《よ》き天命をもつ者ならば、守護者は討ち破れるんですから。きのうの夢を直視できるのは、心の清い人間だけですし、あすの夢を目《ま》のあたりにしても動じないのは、長命のもちぬしだけですし、それから武術と膂力《りょりょく》に長《た》けた人間なら森のものの夢の石室を護っている巨竜を斃せないわけでもないですし、最後に、海のものの夢の石室の蟒蛇《うわばみ》は――」

「意志の力、智慧の術によって、なぎ斃せると？」

「そうです、そうです！」

「あれらはいったい、どんな範疇《たぐい》の存在なのだ？」

「見てのとおりの蛇族の類縁でございます。ハリットとマリットの媾《まぐ》わいから生まれた竜族なり、半蛇人といった精霊で、わたしの親族《はらから》ではないのです。スライマーン王が、わたしに羞《はじ》をかかせようと、わざと系統《すじ》のちかい魔物でこの封印の秘術をなしたのです。四つの石室を治めさせたのです（『コーラン』の蟻の章などに拠り、スライマーンは精霊軍団の主とされている。そのため、アラブの伝承文学ではしばしば魔神がらみで言及される）。わたしを、その事実によって威圧しようと。でも、ちゃっかり、わたしったらスライマーン王の懲罰《こらしめ》を利用して、あれらの四種類の守護者が麾下《きか》にでもあるかのように見せかけたんですけどね。ほら、竜だから。半蛇人だから。蛇の女魔神《ジンニーア》の手下にふさわしいってね。事実を悪用して、集まったゾハルの信徒を騙しちゃったんです」

「おれのこともな」

「いえ、いえ、そんな!」

「あまいぞ、弁解がぬるいぞ、蛇神《へびがみ》。おれのどこに脅力がある? おれのどこに、過去や未来の夢にたちむかえるような清廉潔白さがある? 妖術だけでは斃せぬ守護者がいるのは、あきらかだ。それでも……たとえば一種類だけでも、おまえは神秘の装置を毀《こわ》そうとしたな? 石室の力を殺《そ》ごうとしたな? 石室を、夢を生まないただの石室に変えて、封印の威圧《ちから》を軽減させようと。だろうとも? とりあえずおれに——一種類でも、二種類でも——石室の守護者を滅ぼさせておけば、あとはまた、将来、武芸に秀でた預言者があらわれるのを数百年、数千年とまてばよいだけだと思って。あるいはまた、魂《たま》の正邪を諮《と》われても平気な人間を招《よ》び、瞞《だま》せばよいと思って。ほう、ほう、おれは犬死《いぬじ》にか」

「まるっきり心得ちがいでございますよ! いかにスライマーン王より使命を仰《おお》せつかった守護者といえども、魔物はしょせん、ただの魔物。ぜったいに滅ぼせないという確証《こと》はありません。犬死にさせるだなんて、めっそうもない!」

「でたらめが好きな蛇神《へびがみ》だなあ。いずれにしたって、よしスライマーンがおまえを禁《とじ》こめた封印を地上の人間に解けるようにしていたとしても、していたとしてもだ、それはおまえを処罰《おしおき》させるためだろう？　夢を殺せるほどの人類《ひと》ならば、かならずや、おまえを成敗できると知ってのことだろう？　その意図をすらちゃっかり悪用するというんだから、おまえはほんとうにたいした玉だ。おれもかなわぬほどの奸智《かんち》のもちぬしだよ。いや、だったよ。毒には毒を、奸智には奸智を」

　アーダムは偶像の土台だった、スライマーンの印璽《いんじ》のまえで、蛇のジンニーアの憑代《よりしろ》に対峙《たいじ》します。

　あの「図像」のまえで――。

「おれもきょうまでおまえを騙した」と囁きます。「おれはおまえを愛していた。なのに、おまえはおれを裏切ったのだからな」

　ぎらッと双眸《そうぼう》が光り、かたわらの、足下《そっか》にある「図像」を視野におさめ、再度視線《まなざし》をあげます。

「弁明はそれで終わりか？」と蛇のジンニーアに訊《き》きます。

「はい」

「なら、死ね」

　殺戮《さつりく》は為されました。瞬時に、さらりと、ほとんど対決にすらならずに。蛇のジンニーアの憑代は（このときはエジプト女で、極上の器量をもっていましたが）、術による防禦《ぼうぎょ》などできずに、死にます。まず肉体《からだ》が雷火の直撃に遭《あ》った巨木のように二つに裂けて、髪と皮膚が、燃えあがって、最後は塵《ちり》に変じて。

あっさりと、死は現出します。

アーダムの術者としての力量は、それほどの驚異の域に達していたのです。

蛇のジンニーアのことばを借りれば、人間が築いた地上の王国の三つや四つは、むりもせずに亡《ほろ》ぼせるほどの。

静かです。

岩室は無人で、憑代のなきがらは塵しかのこらず、いまでは邪神の偶像もありません。

アーダムの周囲のみが、魔力による妖光をわずかにボウッと灯《とも》しております。

「眠い」アーダムはいいました。

静寂《しじま》だけがアーダムのその声を聞きました。

アーダムは知っています。憑代を殺したところで、蛇のジンニーアの本体はぶじであることを。睡魔にさいなまれる一年半のあいだ、アーダムがしばしば現実のなかに睡眠《ねむり》の影を見たように、憑代はたんなる影でしかないことを。

実体がいるのは、スライマーンの印璽によって封印された地底の世界、深淵《しんえん》にあるジンニスタンです。

邪宗の本尊をうち倒したところで、蛇のジンニーアの実体が、ほんのわずかでも傷を負うというものではありません。

だから、アーダムは岩室の出口にむかい、この地底の子宮《こつぼ》に通じていた唯一の道——まるで産道のように思えた、狭い、狭い隧道《すいどう》——這《は》いすすまねばならない隧道に入ります。

そして斜めに、わずかに上方に、むかいます。

乳児のように這い、アーダムは長い時間をかけて、ついにこの産道からでます。

そこは竪穴《たてあな》の底。

ファラオ時代の構築物の、最下層をなしていた、あの井戸のような穴の底。

いまでは、アーダムの阿房宮の地下の一部として、改造がおこなわれていました。石室となっていました。建築家と石工《いしく》どもに命じて、ほんの数週間まえに工事をさせ、手を入れさせ、美しい数学的な方形の部屋と化していました。

石棺《せっかん》がありました。

部屋の中央に。

それがアーダムの寝台です。

アーダムは、眠るのです。アーダムは、ついに眠るのです。この寝台で。この寝台の置かれた、石室で。

いな、玄室で。

これがあらたな封印口です。アーダムは、将来だれひとりとして蛇のジンニーアの封印のありかにちかづけないように、何者も四種類の夢の部屋に立ち入れないように、護るのです。この玄室にいて、石の寝台で横たわって、眠り、そして守護者となるのです。けっして蛇のジンニーアの本体を解放しないために。

裏切った者に酬《むく》いるために。

いかに歪《いび》つな愛であっても、アーダムには愛があり、それは滅《き》えました。愛は消失して、アーダムが愛《いと》おしんでいた世界《このよ》も、無用のものとなります。アーダムは、石棺のなかに横たわって、両目をひらき、呪文を唱えます。アーダムは、習いおぼえたすべての破壊の妖術を、この刹那《せつな》に行使します。

静寂《しじま》の一室で。

ただひとりの地底の封印口で。

地上にむかって、両目をひらいて。

破滅は静かに、一瞬に、なされます。ゾハルが。ゾハルの都が崩れ落ちます。阿房宮の壮大な建築が、崩潰《ほうかい》します。呪われた砂塵《さじん》があらゆる天変地異の規模をうわまわって、緑野《オアシス》を蓋《おお》い、黒雲の闇に鎖《とざ》します。ただちに都市は生命《いのち》の温かみというものをうしないます。ゾハルのあちこちに涌《わ》いていた地下水の井戸、そして豊饒《ほうじょう》にして透明な色彩だった泉、湖沼は、いっきに冷やされます。裏返された奇蹟《きせき》のように、灼《や》けるような砂漠地帯のただなかにあったゾハルはいっきに、いっきに気温を墜《お》とし、ついに井戸は、泉は、湖沼は、その水面に薄氷をはります。

薄氷を。

零度。

それから、最後の都市のあえぎとともに、緑野《オアシス》のあらゆる氷は砕けます。

割れた氷面から、解かれることのない呪詛《のろい》が噴きだします。

アーダムは世界《このよ》を道連れに、みずからが命じて築きあげた迷宮をみずからの地下の墓所に変え、都市の存在の記録を砂のしたに埋め、時間を砂のしたに埋《うず》め、歴史のおもて側から消えました。

そして、最後の囁《ささや》き。

おれは眠る。

おれは眠る。

永遠に瞑《ねむ》る。

本書は二〇〇一年十二月に刊行された小社単行本を文庫化したものです。

アラビアの夜《よる》の種族《しゅぞく》 I

古川日出男《ふるかわひでお》

平成18年 7月25日 初版発行
令和7年 10月25日 41版発行

発行者●山下直久

発行●株式会社KADOKAWA
〒102-8177 東京都千代田区富士見2-13-3
電話 0570-002-301(ナビダイヤル)

角川文庫 14321

印刷所●株式会社KADOKAWA
製本所●株式会社KADOKAWA

表紙画●和田三造

●お問い合わせ
https://www.kadokawa.co.jp/ (「お問い合わせ」へお進みください)
※内容によっては、お答えできない場合があります。
※サポートは日本国内のみとさせていただきます。
※Japanese text only

ISBN978-4-04-363603-7 C0193

◆◇◇

角川文庫発刊に際して

角川源義

第二次世界大戦の敗北は、軍事力の敗北であった以上に、私たちの若い文化力の敗退であった。私たちの文化が戦争に対して如何に無力であり、単なるあだ花に過ぎなかったかを、私たちは身を以て体験し痛感した。西洋近代文化の摂取にとって、明治以後八十年の歳月は決して短かすぎたとは言えない。にもかかわらず、近代文化の伝統を確立し、自由な批判と柔軟な良識に富む文化層として自らを形成することに私たちは失敗して来た。そしてこれは、各層への文化の普及滲透を任務とする出版人の責任でもあった。

一九四五年以来、私たちは再び振出しに戻り、第一歩から踏み出すことを余儀なくされた。これは大きな不幸ではあるが、反面、これまでの混沌・未熟・歪曲の中にあった我が国の文化に秩序と確たる基礎を齎らすためには絶好の機会でもある。角川書店は、このような祖国の文化的危機にあたり、微力をも顧みず再建の礎石たるべき抱負と決意とをもって出発したが、ここに創立以来の念願を果すべく角川文庫を発刊する。これまで刊行されたあらゆる全集叢書文庫類の長所と短所とを検討し、古今東西の不朽の典籍を、良心的編集のもとに、廉価に、そして書架にふさわしい美本として、多くのひとびとに提供しようとする。しかし私たちは徒らに百科全書的な知識のジレッタントを作ることを目的とせず、あくまで祖国の文化に秩序と再建への道を示し、この文庫を角川書店の栄ある事業として、今後永久に継続発展せしめ、学芸と教養との殿堂として大成せんことを期したい。多くの読書子の愛情ある忠言と支持とによって、この希望と抱負とを完遂せしめられんことを願う。

一九四九年五月三日

角川文庫ベストセラー

サマーバケーションEP 古川日出男

20歳をすぎてようやく認められた〈自由行動〉。他人の顔を憶えることができない「僕」は、出会った人と連れ立って、神田川を河口に向かって歩き始める。世界に対する驚きと無垢さに満ちた、再生の物語。

5 佐藤正午

結婚8年目の記念にバリ島を訪れた志郎と真智子。旅行中に起こったある出来事がきっかけで、志郎の中に埋もれていたかつての愛の記憶が蘇る。洗練された筆致で交錯した人間模様を描く、会心の恋愛小説。

グラスホッパー 伊坂幸太郎

妻の復讐を目論む元教師「鈴木」。自殺専門の殺し屋「鯨」。ナイフ使いの天才「蝉」。3人の思いが交錯するとき、物語は唸りをあげて動き出す。疾走感溢れる筆致で綴られた、分類不能の「殺し屋」小説！

マリアビートル 伊坂幸太郎

酒浸りの元殺し屋「木村」。狡猾な中学生「王子」。腕利きの二人組「蜜柑」「檸檬」。運の悪い殺し屋「七尾」。物騒な奴らを乗せた新幹線は疾走する！『グラスホッパー』に続く、殺し屋たちの狂想曲。

AX アックス 伊坂幸太郎

超一流の殺し屋「兜」が仕事を辞めたいと考えはじめたのは、息子が生まれた頃だった。引退に必要な金を稼ぐために仕方なく仕事を続けていたある日、意外な人物から襲撃を受ける。エンタテインメント小説の最高峰！

角川文庫ベストセラー

キップをなくして　池澤夏樹

駅から出ようとしたイタルは、キップがないことに気が付いた。キップがない！「キップをなくしたら、駅から出られないんだよ」。女の子に連れられて、東京駅の地下で暮らすことになったイタルは。

星に降る雪　池澤夏樹

男は雪山に暮らし、地下の天文台から星を見ている。死んだ親友の恋人は訊ねる、何を待っているのか、と。岐阜、クレタ。「向こう側」に憑かれた2人の男。生と死のはざま、超越体験を巡る2つの物語。

言葉の流星群　池澤夏樹

残された膨大なテクストを丁寧に、透徹した目で読み進むうちに見えてくる賢治の生の姿。突然のヨーロッパ志向、仏教的な自己犠牲など、わかりにくいとされる賢治の詩を、詩人の目で読み解く。

アトミック・ボックス　池澤夏樹

父の死と同時に現れた公安。父からあるものを託された美汐は、殺人容疑で指名手配される。張り巡らされた国家権力の監視網、命懸けのチェイス。美汐は父が参加した国家プロジェクトの核心に迫るが。

キトラ・ボックス　池澤夏樹

考古学者の三次郎は奈良山中で古代の鏡と剣に巡り合う。剣はキトラ古墳から持ち出されたのか。ウイグル出身の研究者・可敦と謎を追ううち何者かに襲われた可敦を救うため三次郎は昔の恋人の美汐に協力を求める。

角川文庫ベストセラー

ドミノ　恩田　陸

一億の契約書を待つ生保会社のオフィス。下剤を盛られた子役の麻里花。推理力を競い合う大学生。別れを画策する青年実業家。昼下がりの東京駅、見知らぬ者同士がすれ違うその一瞬、運命のドミノが倒れてゆく！

ユージニア　恩田　陸

あの夏、白い百日紅の記憶。死の使いは、静かに街を滅ぼした。旧家で起きた、大量毒殺事件。未解決となったあの事件、真相はいったいどこにあったのだろうか。数々の証言で浮かび上がる、犯人の像は——。

チョコレートコスモス　恩田　陸

無名劇団に現れた一人の少女。天性の勘で役を演じる飛鳥の才能は周囲を圧倒する。いっぽう若き女優響子は、とある舞台への出演を切望していた。開催された奇妙なオーディション、二つの才能がぶつかりあう！

メガロマニア　恩田　陸

いない。誰もいない。ここにはもう誰もいない。みんなどこかへ行ってしまった——。眼前の古代遺跡に失われた物語を見る作家。メキシコ、ペルー、遺跡を辿りながら、物語を夢想する、小説家の遺跡紀行。

夢違　恩田　陸

「何かが教室に侵入してきた」。小学校で頻発する、集団白昼夢。夢が記録されデータ化される時代、「夢判断」を手がける浩章のもとに、夢の解析依頼が入る。子供たちの悪夢は現実化するのか？

角川文庫ベストセラー

幸福な遊戯　角田光代

ハルオと立人とわたし。恋人でもなく家族でもない者同士の共同生活は、奇妙に温かく幸せだった。しかし、やがてわたしたちはバラバラになってしまい――。瑞々しさ溢れる短編集。

ピンク・バス　角田光代

夫・タクジとの間に子を授かり浮かれるサエコの家に、タクジの姉・実夏子が突然訪れてくる。不審な行動を繰り返す実夏子。その言動に対して何も言わない夫に苛つき、サエコの心はかき乱されていく。

愛がなんだ　角田光代

OLのテルコはマモちゃんにベタ惚れだ。彼から電話があれば仕事中に長電話、デートとなれば即退社。全てがマモちゃん最優先で会社もクビ寸前。濃密な筆致で綴られる、全力疾走片思い小説。

薄闇シルエット　角田光代

「結婚してやる」と恋人に得意げに言われ、ハナは反発する。結婚を「幸せ」と信じにくいが、自分なりの何かも見つからず、もう37歳。そんな自分に苛立ち、戸惑うが……ひたむきに生きる女性の心情を描く。

95《キュウゴー》　早見和真

1995年、渋谷。平凡な高校生だった秋久は、縁のなかった同級生グループに仲間入りさせられ、刺激的な毎日を過ごすようになる。だがリーダー的存在の翔が何者かに襲撃され、秋久は真犯人を捜すため立ち上がる……。

角川文庫ベストセラー

GO　金城一紀

レヴォリューションNo.3　金城一紀

フライ，ダディ，フライ　金城一紀

SPEED　金城一紀

レヴォリューションNo.0　金城一紀

僕は《在日韓国人》に国籍を変え、都内の男子高に入学した。広い世界へと飛び込む選択をしたのだが、それはなかなか厳しい選択でもあった。ある日僕は、友人の誕生パーティーで一人の女の子に出会って――。

オチコボレ高校に通う「僕たち」は、三年生を迎えた今年、とある作戦に頭を悩ませていた。厳重な監視のうえ、強面のヤツらまでもががっちりガードする、お嬢様女子高の文化祭への突入が、その課題だ。

おっさん、空を飛んでみたくはないか？――鈴木一、47歳。平凡なサラリーマン。大切なものをとりもどす、最高の夏休み！　ザ・ゾンビーズ・シリーズ、第2弾！

頭で納得できても心が納得できなかったら、とりあえず闘ってみろよ――。風変わりなオチコボレ男子高校生たちに導かれ、佳奈子の平凡な日常は大きく転回を始める――ザ・ゾンビーズ・シリーズ第三弾！

オチコボレ男子高に入学した僕らを待ち受けていたシゴキ合宿。欺瞞に満ち溢れた世界に風穴を開けるため、大脱走計画を練るうち、世界に熱い血が通い始める。ザ・ゾンビーズ結成前夜を描くシリーズ完結篇！

角川文庫ベストセラー

一瞬の光　白石一文

38歳の若さで日本を代表する企業の人事課長に抜擢された エリートサラリーマンと、暗い過去を背負う短大生。二人が出会って生まれた刹那的な非日常世界を描いた感動の物語。直木賞作家、鮮烈のデビュー作。

不自由な心　白石一文

大手部品メーカーに勤務する野島は、パーティで同僚の若い女性の結婚話を耳にし、動揺を隠せなかった。なぜなら当の女性とは、野島が不倫を続けている恵理だったからだ……心のもどかしさを描く会心の作品集。

すぐそばの彼方　白石一文

4年前の不始末から精神的に不安定な状況に陥っていた龍彦の父は、次期総裁レースの本命と目されていた。その総裁レースを契機に政界の深部にのまれていく龍彦。愛と人間存在の意義を問う力作長編！

私という運命について　白石一文

大手メーカーに勤務する亜紀が、かつて恋人からのプロポーズを断った際、相手の母親から貰った一通の手紙。女性にとって、恋愛、結婚、出産、そして死とは……運命の不可思議を鮮やかに映し出す感動長篇。

記憶の渚にて　白石一文

世界的ベストセラー作家だった兄の不審死と、遺された謎だらけの随筆。記憶とは大きく食い違う原稿の真実が明かされるとき、〝世界〟は大きく揺らぎはじめる――。

角川文庫ベストセラー

MISSING　本多孝好

彼女と会ったとき、誰かに似ていると思った。何のことはない。その顔は、幼い頃の私と同じ顔なのだ——。「このミステリーがすごい！2000年版」第10位！第16回小説推理新人賞受賞作「眠りの海」を含む短編集。

ALONE TOGETHER　本多孝好

「私が殺した女性の、娘さんを守って欲しいのです」。三年前に医大を辞めた僕に、教授が切り出した依頼。それが物語の始まりだった——。人と人はどこまで分かりあえるのか？　瑞々しさに満ちた長編小説。

dele《ディーリー》　本多孝好

依頼人の死後、その人が使っていたデジタルデバイスから、指定されたデータを削除（＝dele）する。そんな仕事をする祐太郎と圭司は様々な事件に遭遇する。残されたデータの謎と真実、込められた想いとは。

dele2《ディーリー》　本多孝好

「死後、誰にも見られたくないデータを、故人に代わってデジタルデバイスから削除する」。そんな仕事の手伝いを続けていた祐太郎。だがある日の依頼が、祐太郎の妹の死とつながりがあることを知り——。

dele3《ディーリー》　本多孝好

遺品整理の仕事を始めた真柴祐太郎はある日、かつての雇い主である『ｄｅｌｅ．ＬＩＦＥ』の所長・坂上圭司の失踪を知る。行方を探るべく懐かしい仕事場を訪れると、圭司の机には見慣れぬＰＣが——。